中国奇谭

镜花缘

手绘图鉴

韩元/编著　畅小米/绘

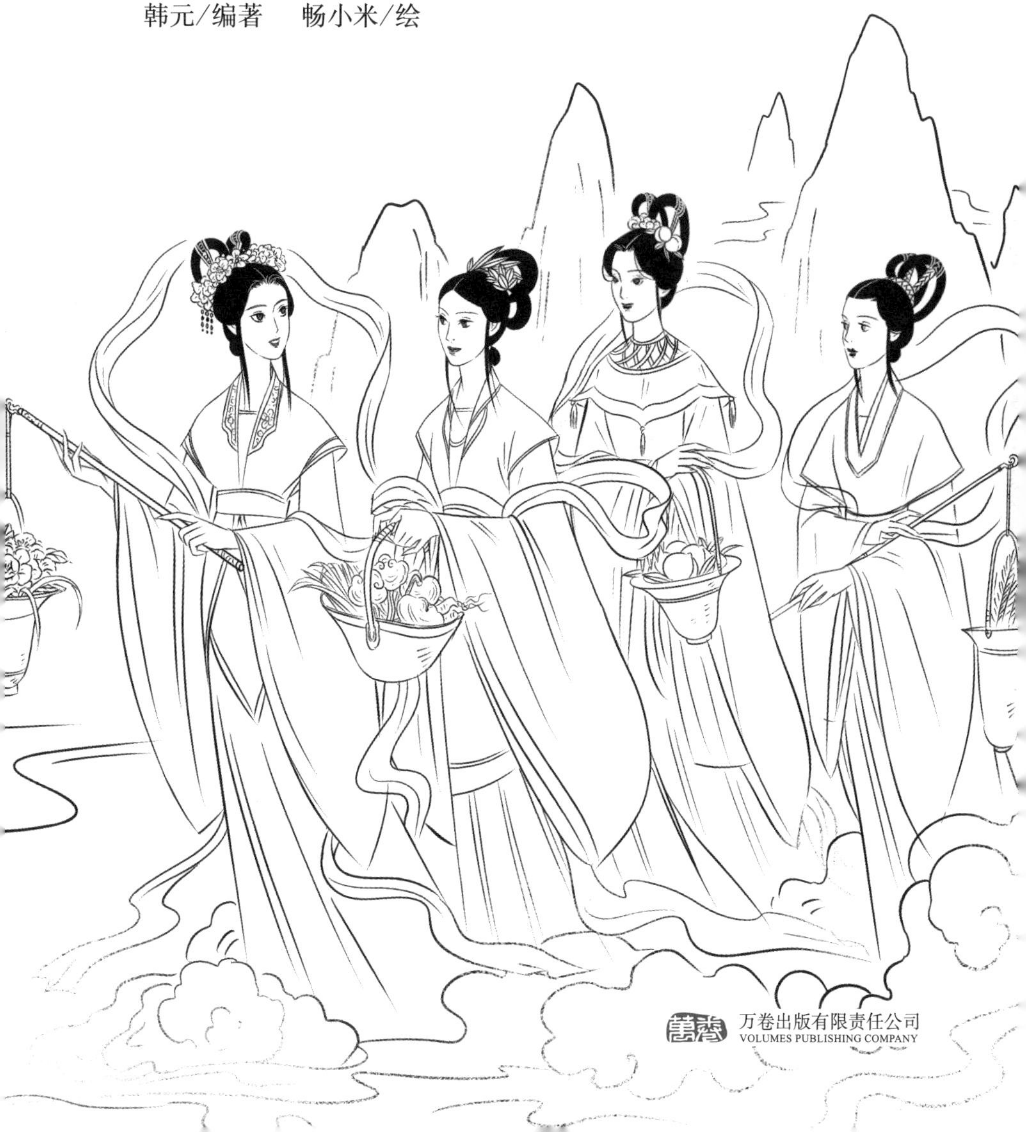

万卷出版有限责任公司
VOLUMES PUBLISHING COMPANY

图书在版编目（CIP）数据

镜花缘 / 韩元编著；畅小米绘. -- 沈阳：万卷出版有限责任公司, 2025.8. -- ISBN 978-7-5470-6857-1

Ⅰ. I242.4

中国国家版本馆CIP数据核字第2025LG4832号

出 品 人：王维良
出版发行：万卷出版有限责任公司
　　　　　（地址：沈阳市和平区十一纬路29号　邮编：110003）
印 刷 者：辽宁新华印务有限公司
经 销 者：全国新华书店
幅面尺寸：145 mm×210 mm
字　　数：160千字
印　　张：7
出版时间：2025年8月第1版
印刷时间：2025年8月第1次印刷
责任编辑：张洋洋
责任校对：郑云英
封面设计：汤　宇
版式设计：张　莹
ISBN 978-7-5470-6857-1
定　　价：68.00元
联系电话：024-23284090
传　　真：024-23284448

常年法律顾问：王　伟　版权所有　侵权必究　举报电话：024-23284090
如有印装质量问题，请与印刷厂联系。联系电话：024-31255233

前　言

　　《镜花缘》是清代小说家李汝珍（约1763—约1830）创作的长篇小说。他本人学识渊博，精通乐律、历算、围棋、音韵等，并著有《李氏音鉴》一书，这些都为他后来创作《镜花缘》提供了良好的基础。《镜花缘》共一百回：前五十回主要写唐敖为了排遣科举落第的忧闷而游历海外诸山，以及其女唐小山（亦名唐闺臣，是下凡的百花仙子）至海外"小蓬莱"寻父的故事；后五十回主要写武则天开设女科，一百名才女应试而皆中才女之号，并且流连十日，谈诗论学的故事。小说的背景是武则天登基后，遭到各路英雄豪杰反对，直至最后被迫还政于唐中宗。小说在写作时以唐朝为背景，保留了君臣大义，但其主体则在于书中的一百位才女，而并非这些英雄好汉。

　　从内容上看，《镜花缘》首先记载了很多奇闻异事，书中的珍禽异兽、名贵花草、海外诸邦，大多可以在《山海经》《博物志》等书籍中找到原型。作者用丰富的想象，在古籍之外增添了许多情节，使得这些神话更加有血有肉，也更具备"游仙"的性质。但这些只是该书的一部分内容，李汝珍在写这些奇闻异事的时候，也不时表现出他对社会现实的关注、讽刺和批判。在小说中，作者借君子国宰相兄弟之口，批判了社会中请客吃饭时的奢侈浪费、因迷信风水而没有及时安葬父母灵柩、将子女送入空门等错误行为；在无肠国中，讽刺了明明腹中一无所有，却要冒充富人的可笑行径，甚至为了成为富人而节省开支，将穿肠而过的排泄之物"好好收存，以备仆婢下顿之用"；小说中着墨最多的是林之洋到女儿国之后遭受的种种磨难，借林之洋被女儿国王选作贵妃的遭遇，表达了对古代女子缠足、穿耳等陋习的批判，是全书中最为精彩的部分。

从结构上看，全书首尾贯穿，在大结构中又包含小结构，如此设计可谓用心良苦。所谓大结构，即百花降谪凡尘（部分流落海外），在一番因果轮回之后，重新聚首的故事。但这个结构过于虚幻，它需要有具体的载体。于是便有了第二个结构，即武则天蛮横专权，激起英雄反抗，直到被迫退位，唐中宗重主朝政。但全书结构也存在一些不够完美的地方：在大结构中，百花在凡尘相遇之后，如何重返天际，小说没有交代，难免会让人产生有始无终的感觉；在小结构中，除了小说结尾写众军士冲破酒色财气四道关口之外，反对武则天的所有战争、谋略都是一笔带过。而小说后半段，写众才女展示才艺的内容又过于堆砌，甚至一个酒令都要写上两三回。正如鲁迅在《中国小说史略》中提到的："论学说艺，数典谈经，连篇累牍而不能自已矣。"本书节选了小说中一小部分讲学论文的段落，希望借此能让读者管中窥豹，见其一斑。

小说在写人物出场时，有时也过于粗线条，比如为了写足一百位才女，"章府十媳""文府五媳"式的仅仅罗列姓名的出场方式较为常见，她们在小说中的身份仅仅是个才女，没有明显的性格特征。相比《红楼梦》"金陵十二钗""十二副钗""十二又副钗"主次分明的呈现，《镜花缘》显得有些粗糙。在众才女谈诗论学的章节中，《镜花缘》也没有《红楼梦》那样舒展圆满。究其所由，李汝珍的人生经历及相关学问较之曹雪芹，在广度、深度上都有不及。在描写人心委曲上，《镜花缘》所下的功夫更是简略。

《镜花缘》是一部志怪小说，其侧重点有所不同，确实不可与《红楼梦》这样的世情小说相比，但作者在展开天马行空的想象和书写时，往往会自觉地回到现实的伦理中，这些都束缚了其才华的进一步发挥。比如小说写到驳马帮助唐小山、阴若花脱离虎患时，唐小山评论道："一兽一麟之微，此诗亦必叙入，可见有善必书。以此看来，鱼马之善尚且不肯埋没，何况于人？真是勉励不小。"虽然这些议论有其道理，但在志怪小说中，屡屡出现说教，就显得不合时宜了。小说中唐敖在成仙后将前来寻亲的唐小山改名为"唐闺臣"，也是为了表明其对封建正统的拥护，但从小说情节发展的角度来看，这些片段并不是必需的。

但总体来看，《镜花缘》仍然是一部杰出的志怪小说。首先，不同于之前志怪小说相互独立的片段，《镜花缘》将这些奇异之事串联在了一起；其次，作者借小说中的嬉笑怒骂、荒诞情节，表达了对社会的思考和批判，并非一味猎奇而不及其他；再次，小说中关于众多知识的记载，确实体现了作者的用心之苦以及丰富学识，对读者了解古代宴会游戏等有较大的认识价值。

一百回的《镜花缘》，人物众多，体量巨大，限于本书篇幅，很难将其内容全部呈现。笔者按照小说原有回目，在考虑全书结构完整性的同时，挑选了部分内容，或详或略，厘定出十八个小片段，并加上自拟的题目，用以概括该部分的主要情节。限于笔者的眼光和学识，书中有疏漏在所难免，还望读者不吝指教。

韩　元
2024年10月

目录

西王母筵席露仙兆	001
武太后怒贬牡丹花	012
弃功名唐敖游海外	021
历诸国众人见异闻	032
紫衣白民殷勤讲学	046
灵鱼毒虫脱厄报恩	058
货禽鸟林郎错失算	069
猜灯谜唐公显博学	079
林之洋缠足做王妃	091
唐义士揭榜治河道	105
入仙境探花摒纷争	118
游瀚海孝女弃科场	133
泣红亭书叶记前缘	146
门户山乘风返岭南	155
众才女赴试忙聚会	168
百花仙吟诗解禅机	179
飞车海舟各赴前缘	191
酒色财气结此公案	203

西王母筵席露仙兆

传说西王母居于昆仑山,每年三月三日是王母寿辰,届时各路仙人都会前往拜寿。

在蓬莱仙山之中,有一处薄命岩,岩上有个红颜洞。洞内住着一位仙姑,她掌管着天下名花,世人皆称她为百花仙子。

这一日,百花仙子正与百果仙子、百草仙子、百谷仙子一同前往昆仑山为王母祝寿。途中,忽见北斗宫中的魁星处绽放出万丈红光,光芒耀眼,四射开来。

百花仙子见状,说道:"这或许是上界为人间显露的某种征兆,只是不知这征兆会在何时何地应验。"

百草仙子接口道:"我听闻海外的小蓬莱上有一块玉碑,上面记载着世间人文荟萃之事,且时常会发出光芒。今日这玉碑所发之光,与刚才魁星处的红光遥遥呼应,想来那征兆便应在这块玉碑上了。"

稍作停顿,百草仙子又感慨道:"不过,这个仙兆要在几百年之后才会揭晓,我们怕是无缘得见了。"

百花仙子听后,微微叹息,说道:"虽说那是人文荟萃之地,可叹我们都是女儿之身,只怕到时候也会逊色不少啊。"

百草仙子说道:"刚那魁星现身,分明是女像。照此看来,那未来的人才里,岂止一两名女子,说不定全都是巾帼奇才

呢！"她接着又说："这些景象咱们今日已然预先瞧见，怎能说无缘？往后说不定就有哪位姐姐碰上这事。只是未来之事渺茫难测，多说无益，咱们还是先去赴西王母的盛会，何必在这儿猜哑谜呢？"

于是，众仙子连同带着宝物的百兽大仙、百鸟大仙、百介大仙、百鳞大仙等，一同前往西王母的筵席，为西王母祝寿。

席间，嫦娥对众多仙人说道："今日乃王母诞辰，各路神仙齐聚，当真是盛极一时。方才的歌舞虽说极为精妙，可平日里也都见识过了。我忽然想到，鸾鸟、凤凰擅长唱歌，诸多野兽精于跳舞，何不让百鸟、百兽二位大仙吩咐手下仙童，在此歌舞一番，诸位意下如何？"

百兽大仙与百鸟大仙听了，立刻吩咐下去。二位仙人和仙童们瞬间全都显出本相，在筵席上尽情歌舞起来。王母见此，十分高兴，当即命人给众多仙人各赐一杯百花酿。

嫦娥趁机举起酒杯，面向百花仙子说道："此刻鸾凤和鸣，百兽起舞，仙姑何不趁此良机，发一道命令，让百花一同绽放，为祝寿添彩？如此既能为歌舞助兴，又能让大伙儿多畅饮几杯，岂不更添乐趣？"众人听了，纷纷称妙，催促百花仙子赶紧行动。

百花仙子赶忙说道："小仙所掌管的百花，开放时间都有既定顺序，不像歌舞这般能随意发号施令。嫦娥姐姐这话，可真是让我为难了。更何况天帝对百花开放一事稽查极为严格。下个月要开的花，上月就得把图册呈递上去。若有违反，必将受罚。最重的惩罚，是让这些花开在渡口、驿站，沾惹泥土，被马足、车轮践踏；其次是让花瓣被蜜蜂、蝴蝶围绕，遭风吹雨打，迅速凋

零；最轻的惩罚，也是将其贬谪到穷山僻谷，任其自生自灭。所以小仙谨遵天帝之命，不敢让花开时间提前，也不敢延迟。"

嫦娥一听，觉得有理，一时也不好再勉强。可风姨向来与百花仙子不和，便在一旁说道："听仙姑这么说，这事确实难办，需慎之又慎，万万不可逆天而行。但梅花通常春天开放，为何大庾岭上的梅花十月就先开了？仙姑所说的号令严格，又体现在哪儿呢？那些园丁培植牡丹花时，施肥、用炭火升温，牡丹便提前开放，称作'唐花'，这又是谁在发号施令呢？嫦娥已然求你，你就别推托了，我再帮你吹一阵温暖和风，促成这场盛会。况且在西王母筵席前，就算天帝知晓，也不会怪罪。若有惩罚，我愿与你一同承担。"

百花仙子听了，微微一笑，说道："风姨请听小仙解释。大庾岭的梅花先开，是因地形存在南北暖寒差异，在小阳春时偶然绽放，是早早得了地气，诗人随即吟诗赞颂，这怎能当作定论？至于'唐花'，不过是过眼云烟，人为矫揉造作罢了，有何值得称道？就好比风姨你掌管风，怎能在阳和温暖之时，吹出肃杀寒冷之风呢？既然你要我发号施令，那我就让桃花仙子、杏花仙子拿上等花枝来歌舞一番，如何？"

嫦娥听了，冷笑一声："桃花、杏花如今遍地都是，哪用得着你费心？我诚心相求，是想趁此良辰，博王母欢心。对你而言，不过举手之劳，你却一味为难，拿腔作势，未免太过分了！"

百花仙子听嫦娥语气不善，不由地说道："百花齐放，对我来说并非难事，可这得有天帝的命令才行。没有天帝之命，就算是下界君主下令，我也不敢听从，何况其他情况？再者，我胆子小,不敢求取长生不死的灵丹妙药,也没本事创造广寒宫那般美景。我确实懦弱,技不如人。"

嫦娥听出这话是在暗讽自己偷药之事,又羞又气,冷笑道:"你不肯开花便罢了,何必用言语讽刺我?"

织女赶忙劝道:"二位姐姐平日关系那般深厚,如今突然如此,岂不伤了和气?"玄女也说道:"二位在此口角,王母虽宽宏大量,不责备你们,但瑶池乃清静之地,你们却当作儿戏,肆意喧哗。要是众神向天帝禀奏,来年蟠桃会,恐怕你们都参加不了了。"

嫦娥说道:"刚百花仙子说,只有天帝命令,她才肯让群花绽放,即便下界君主下令,她也不从。倘若千百年后,下界真有君主一时兴起,使出回天手段,那时百花绽放,她该受何种惩罚?今日得在王母和众位仙人面前说清楚。"

麻姑笑着打趣道:"依我看,若将来真有此事,就罚百花仙子去广寒宫打扫三年落花。嫦娥仙子觉得怎样?"

百花仙子说:"那下界君王是代上天宣传教化的,怎会颠倒阴阳、强人所难?除非嫦娥仙子下凡做了女皇帝,才会下这命令,旁人绝不会如此。要是到时我真糊涂,让百花齐放,我甘愿堕入红尘,承受这孽海无边之苦,绝不反悔。"

话还没说完,女魁星从那边走来,用笔在百花仙子头上点了一笔,随后驾着红光,离开瑶池,前往小蓬莱保护玉碑去了。

嫦娥正欲回应百花仙子的话,织女赶忙劝阻道:"方才魁星夫人因百花仙子不肯让百花开放,用笔点了她一笔以示责备,姐姐你也该消消气了。二位要是再继续争吵喧哗,王母怕是真要下逐客令了。"

王母此时在一旁暗暗点头,轻声叹道:"善哉!善哉!百花仙子这丫头道行尚浅,只盯着这游戏玩乐的小事争吵不休,却浑然不知日后诸多因果皆由此而起。方才她额头被点了那一笔,其中玄机已然点明,可这小妮子却还像在梦中一般,毫无察觉,这或许也是百花的定数,实在无可奈何啊。"

过了好一会儿,歌舞表演结束,王母赏赐了果品和美酒。众位仙女参加完宴会,纷纷向王母拜谢,而后各自散去。

百花仙子与百草、百果、百谷三位仙子一同乘坐云车踏上归途,一路上有说有笑。百谷仙子忍不住抱怨道:"今日本是个欢乐祥和的宴会,哪承想嫦娥仗着受宠,想出这般稀奇古怪的主意,无端挑起这场闲气,到现在我心里还窝着一团火呢。"

百草仙子也附和道:"瑶池本是清幽宁静之所,今日被那些兽蹄、鸟迹搅和得乱七八糟,负责清洁打扫的人还不知要怎样埋怨嫦娥呢。"接着她又调侃说:"百鸟唱歌也就罢了,那些笨头笨脑的耕牛、丑陋的大象,在那儿摇来晃去,实在是难看。还有那只调皮的毛猴子,在中间上蹿下跳,忙得不亦乐乎。更滑稽的是那小耗子,既要跳舞,又得时刻提防着猫,贼眉鼠眼的,一会儿躲这儿,一会儿藏那儿,想起来就觉得好笑。"

四位仙子一路说说笑笑,不知不觉就回到了蓬莱,各自返回洞府。平日里闲暇之时,她们无非是通过下棋来打发时光。就这样,日子一天天过去,一年又一年,也不知人间已经度过了多少岁月。

有一天,正值残冬时节,百花都处于休眠状态,百花仙子也因此少了稽查管理的辛苦,无须再频繁发号施令。长久的安静让百花仙子心生外出走动的念头,于是她吩咐牡丹仙子和兰花仙子看守洞府，自己出门前往百草仙子的住处拜访。可不巧的是，百草仙子刚好外出未归，而百果仙子和百谷仙子也不知去向。

　　此时，天空中阴云密布，已经开始飘下几点雪花。百花仙子突然想起，自己已经很久没有和麻姑见面了，于是转身前往麻姑的洞府。她本想着能与麻姑一同吟诗联句，畅叙情谊，可麻姑却觉得下围棋更有意思。于是，二人一边愉快地说笑，一边专心下起棋来。就在百花仙子正专注于棋局、陷入沉思之时，谁能料到，下界的君王突然颁布了一道旨意，命令她即刻让百花一齐绽放。之后又会发生什么呢？咱们下回接着说。

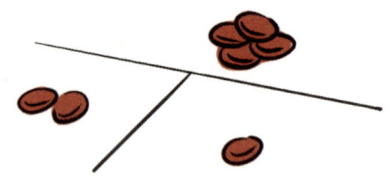

武太后怒贬牡丹花

且说那下令的人,可不是什么男子,而是从古至今头一位从太后之位登上皇帝宝座的女皇帝。她就是唐中宗的母亲,姓武,名曌,还给自己取了个号叫则天,她本是天星里的心月狐下凡。

当年,唐太祖、唐太宗原本是隋朝的臣子,后来推翻了隋炀帝的统治,夺得了江山。虽说这是顺应天命,可他们在此过程中杀了不少人,所以隋炀帝就到阴间去告状。冥界的官员把这事报告给了天帝,众多天神一商量,觉得与其让杨氏后人在人间没完没了地报仇,倒不如派个天魔下凡,搅乱唐朝王室,让他们自己折腾去。心月狐知道了这个消息,高兴得不行,挑了个好日子就下凡投胎,成了则天皇帝,也就是唐中宗的妈。

那时候唐中宗在位,干啥都照着祖宗的规矩来,可他这人太心慈手软了,武太后瞧着不顺眼,就把唐中宗废了,贬成庐陵王,打发到房州去了。从那以后,武后[1]一门心思重用武家的兄弟,拼命迫害李家的子孙,这可把大豪杰徐敬业给惹火了。徐敬业到处招兵买马,还请骆宾王写了一篇檄文昭告天下,起兵讨伐武后。可没办法,他人少打不过人家,指挥上也出了问题,很快

---

[1] 本文中"武后""武太后"等对武则天的称呼,皆遵从《镜花缘》原文。

就吃了败仗。徐敬业和骆宾王的儿子们，只能到处去投奔他们的亲戚朋友。

武后把徐敬业剿灭了以后，担心城池不够结实，就跟武家兄弟商量，在长城外面修了四座关口，还让武家的四个兄弟分别去把守：武四思守北关，因为北方五行属水，所以这关取名叫酉水关；武五思守西关，西方属金，而且这地方离巴蜀近，就取名叫巴刀关；武六思守东关，东方属木，关里的河道盛产紫贝，可"木"字犯了武则天祖先的忌讳，就把"木"字少写一笔，取名才贝关；武七思守南关，南方属火，考虑到最近打仗打得太频繁，火气太旺了，就取名无火关。这兄弟四个都得到了神仙或者有本事的人传授法术，那些攻打武后的英雄们，全都被挡在了关外。

有了这些关口，武后更得意了。有一天，正是寒冬腊月，武后和太平公主在暖阁里喝酒。她推开窗户赏雪，看着雪越下越大，高兴地说："古人说'瑞雪兆丰年'，我刚当上皇帝，就碰上这么大的雪，明年肯定庄稼大丰收，天下太平。"

这时候武后已经喝得有点儿醉了，正开心呢，突然闻到一股很香的味道，就忍不住赞叹说："这么冷的天，蜡梅居然开了，是不是知道我在喝酒，特意来给我助兴？蜡梅都来伺候我了，那花园里的各种花草树木，应该也知道我喜欢花，都该开了吧？赶紧准备车辇，我要和公主一起去群芳圃、上林苑赏花。"宫女们没办法，只能赶紧去准备车辇。

太平公主劝她说："蜡梅本来就是冬天开的花，所以下雪的时候才开。其他的花，开放都有固定的时间。虽说快到春天了，可天还冷着呢，怎么可能全都开了？"武后却说："蜡梅能讨

我欢心，其他花肯定也能。就算我要违背自然规律，让它们一起开，它们敢不听我的？你们都跟我一起去，说不定这会儿园子里的花都已经开了。"

武后一行人到了群芳圃，一看，除了蜡梅和迎春，其他地方全是光秃秃的树枝，别说赏花了，连一片绿叶都看不到。武后的脸一下子就红了。这时候，有个奴婢赶紧说："可能是那些花仙子还不知道万岁您来赏花，所以没来伺候。万岁您再下一道圣旨，明天再来，花肯定就全开了。"武后听了，心里好像有点印象，感觉想起了什么事，可又想不起来，就点了点头说："行吧，今天天晚了，就允许它们明天再开。"说完，趁着酒劲，写了一道圣旨：

明朝游上苑，火速报春知。花须连夜发，莫待晓风催。

上林苑的蜡梅仙子和水仙仙子看到这道圣旨，赶紧跑到洞里去送信。可不巧的是，百花仙子那天正跟麻姑下棋呢，还没回来。牡丹仙子找不到洞主，没办法，就和兰花仙子她们分开去找。大家一边找一边商量："现在时间太紧了，偏偏洞主又找不到，要是违抗了圣旨，这可不是闹着玩的！"牡丹仙子说："话是这么说，可洞主是咱们的头儿，咱们怎么能不听她的命令，自己就把花开放了呢？"

这时候，杨花、芦花、蓼花、菱花这些仙子说："各位仙姑去不去，我们也不敢勉强。可我们这些花，本来就没什么本事，地位又低，既不好看，又没什么用处，哪敢违抗圣旨啊？天马上就亮了，我们先去了，以后洞主怪罪下来，也会体谅我们的难处的。"说完，不管不顾地就把桃花仙子也拉走了。这时候天慢慢亮了，雪也停了。牡丹仙子没办法，说："大家想法不一样，这可怎么办？我还得再去找百花仙子，你们去还是留，自己决定吧。"

正说着，上林苑的土地神来催了。于是，桂花、菊花、海棠、芍药等好多花仙子，都一起下凡把花开放了。牡丹仙子找了一圈，哪儿都没找到百花仙子，等她回到洞里，就剩下两个小丫头在看洞门。牡丹仙子站在那儿愣了半天，没办法，也只能去上林苑了。

话说第二天，武后酒醒了，突然想起昨天干的那些荒唐事。要是这会儿百花还没开，这事传出去，想瞒都瞒不住，那可太丢人了。她正想着，上林苑和群芳圃的太监来报告，说园子里的花全开了。武后高兴坏了，赶紧把太平公主叫来，一起吃了早饭，就去上林苑了。

这时候天气特别暖和，池子里的冰都化了，一下子就有了春天的样子。武后仔细一看，发现百花里只有牡丹花没开，群芳圃里也是一样。她一下子就火了，说："我从进宫开始，就对上林苑、群芳圃的花特别照顾，精心培养，还给自己封了个'督花大王'的名号。我平时最喜欢牡丹，冬天就用布把它围起来，怕它被霜打了；夏天就用凉棚给它遮着，怕它被太阳晒着。三十多年了，一直都是这样。我对牡丹这么好，今天百花都开了，就它不开，这么忘恩负义，太过分了！"

说完，她就让太监把牡丹花连根拔起来，架上柴炭，马上烧了。太平公主赶紧劝她："这会儿其他花都开了，牡丹是花中之王，怎么敢不遵从您的圣旨呢？可能是它花朵大，开得慢，陛下

您再宽限它半天，要是还不开，再治它的罪也不迟。"武后说："既然你替它求情，那就再宽限两个时辰。要是到时候它还不开，可就别怪我不客气了。"

于是，武后下令先把一千株牡丹烧枯，要是到巳时还看不到牡丹开花，就把这一千株烧枯的和剩下没烧的牡丹一起烧掉。

上官婉儿小声对太平公主笑着说："这会儿只闻到一股焦香味，倒也挺特别的。公主您平时最爱赏花了，闻过这么奇怪的香味吗？"太平公主说："我看啊，今天不光能赏花，还能炮制药材呢。"上官婉儿好奇地问："公主，您说这是什么药材啊？"公主笑着说："好好的牡丹花，不用水浇，反而用火烤，这可不就是六味丸里要用的炙丹皮吗？"上官婉儿也笑着说："等把上林苑的这两千株牡丹都烤完，都能开个药材店了。以前有击鼓催花的说法，现在不一样了，用火来烧，真是太霸道了。"

两个人正说着话，巳时就到了。只见宫女们都来报告，说上林苑和群芳圃的牡丹已经长出叶子，花苞也鼓起来了，马上就要开花了。武后说："原来它们也知道我这火烧的厉害。既然这样，那就暂时饶了它们，把炭火撤了吧。"

这时候，武后看到牡丹开了，虽然气消了点儿，但心里还是不太舒服，就又下了一道圣旨："牡丹是花中之王，按道理应该听我的话，最先开放，现在却在百花后面开，明显是故意拖延。本来应该让它绝种，可念在牡丹能当药材，对人有好处，就把它贬到洛阳去吧。"

圣旨一下，牡丹就都被移到洛阳去了，在那儿慢慢扎根，越来越多。所以直到现在，天下的牡丹就属洛阳的最有名、最漂亮。

武后正安排着呢，宫女来报告说："现在清点各处的牡丹，除了送到洛阳的四千株，还剩下四百株，这四百株种在哪儿，还请陛下定夺。"武后说："宫里的牡丹，宴会之后，一株都别留。这剩下的四百株，我听闻淮南节度使文隐前段时间在剑南剿灭土匪，特别卖力，现在都累病了。听说那儿牡丹少，就把这些花赐给文隐，让他看看花，养养病，也算是我对功臣的一点慰问。"从那以后，武后每天就和太平公主在花园里赏花。

再说说百花仙子，前几天跟麻姑在洞里下棋，因为下雪没事干，居然一直下到了第二天早上。这时候，小丫头来报告说："外面的花全开了，可好看了。"两个人走出洞一看，真的是各种花都开了，特别漂亮。百花仙子一看，吓了一跳，说："我光顾着下棋了，没想到出了这么大的事，没跟天帝报告就犯了这么大的错，看来我和嫦娥打的赌，我输定了。"

麻姑说："仙姑要是想把这事解决了，只能把自己因为疏忽没察觉到这事、没来得及请示的情况自己向天帝报告，然后再去向嫦娥赔罪，说不定还能挽回局面。"百花仙子说："让我向嫦娥赔罪，我可丢不起这人。算了，既然我违反了约定，也是命中注定该有这一劫，我就等着接受命运的安排吧。至于自己向天帝报告，也没必要了。"说完，说了声"失陪"，就回自己的洞里去了。

百花仙子因为违反了约定，和其他花仙子们一一喝酒告别后，就被贬到人间去了。之后又会发生什么呢？咱们下回接着说。

弃功名唐敖游海外

话说百花仙子投胎到了岭南秀才唐敖的家里。唐敖祖上是岭南人,他的妻子早已去世,他后来续娶了林氏。唐敖还有个弟弟叫唐敏,也是个秀才,弟媳是史氏。兄弟俩父母都已不在,靠着祖上留下的几顷良田,日子倒也过得下去。唐敏自从考中秀才后,对追求功名不太上心,就靠收学生讲学维持生计。唐敖虽然有心在功名上有所作为,可他特别喜欢出去游玩,学业上就分了心,考了好几次都没考中。

正好这一年,林氏生下一个女儿。孩子刚出生的时候,只觉得满屋子都是奇异的香味,既不是冰麝香,也不是旃檀香,像是花香却又不完全是。在接下来的三天里,香味时刻变化,竟然能闻到上百种不同的香气。在这女孩出生前,林氏梦到自己登上了一座五彩斑斓的陡峭山崖,所以就给女儿取名叫小山。两年后,林氏又生了个儿子,便顺着姐姐的名字,取名叫小峰。

唐小山天资聪慧,到四五岁的时候就喜欢读书,而且看一遍就能记住。正巧家里藏书丰富,又有父亲和叔父的教导,没过几年,文章的意思她就都精通了。

这一年,唐敖又去参加科举考试。一天,月光皎洁,唐小山和唐敏坐在屋檐下,一边赏月,一边讨论文章。

唐小山问:"既然现在开科取士,男的有男科考试,女的也

该有女科考试吧。不知道女科几年考一次,叔叔给我讲讲,我好用功,早点做准备。"

唐敏忍不住笑了:"侄女今天怎么突然说起女科了?现在虽然是太后当皇帝,但朝廷大臣中没有女子,难道侄女你也像你父亲一样,想做官呀?"

唐小山说:"侄女不是想做官。我觉得既然有女皇帝,自然应该有女秀才、女丞相,所以就问一下,没想到竟然没有女科考试这回事。"

从那以后,唐小山放下书本,跟着母亲和婶婶学做针线活。可学了一阵,她觉得做针线活没意思,还是吟诗作赋有趣。平时没事,唐小山就常和唐敏作诗唱和,唐敏都比不过她。渐渐地,唐小山在外面有了才女的名声。

谁能想到,唐敖这次去考试,竟然一路顺利,考中了探花。可万万没想到,有个谏官向皇帝参了他一本,说唐敖在长安的时候,和徐敬业、骆宾王、魏思温、薛仲璋等人结拜成了异姓兄弟。后来徐敬业、骆宾王这些人图谋造反,唐敖虽然没参与,但也免不了有结交党羽的罪名。奏章递到朝廷后,武后暗中派人调查,发现唐敖没什么劣迹,就开恩把他降回了秀才。唐敖这一气之下,渐渐有了抛开世俗、出家的想法。

当时唐敏得到哥哥考中的消息,怕哥哥需要钱花,早就派人送了很多银两过去。唐敖有了路费,心里更踏实了,就先把仆人打发回家,自己一路游山玩水,借此排解心中的忧愁。走了半年,寒冬过去,春天来了,不知不觉唐敖已经回到岭南,前面就是他妻舅林之洋的家门口,离自己家也就二三十里路。可唐敖心灰意冷,不好意思见家人,一时间也不知道该去哪里好。

就在唐敖犹豫不决、来回徘徊的时候，忽然见一古庙，上书"梦神观"三个大字，不禁感叹道："我唐敖都年过半百了，这些年做的事，真像做梦一样。好梦坏梦都经历过了，现在我看破红尘，不如进去求求神明，给我指点指点。"

于是他就从船上走到岸上，进入庙中。这时，恍惚间只见一个童子走过来，说："我家主人请秀才过去，有话要和您面谈。"

唐敖跟着童子来到庙中后殿，看见一位老者迎了上来。在两人交谈过程中，唐敖说："我一开始本想努力上进，恢复唐室，可刚考中就遭了这飞来横祸，真是有志难成啊，不知道老仙人您有什么指教？"

老者说："秀才您有志却没能实现，实在可惜，但塞翁失马，焉知非福？以后要是抛开尘世，自能有另外的好缘分。我听说天界的百花被贬到人间，有十二种已经漂泊到海外了，如果秀才您怜悯它们的遭遇，不怕辛苦，到海外去把它们找回来，冥冥之中，这可是一件大功德。要是再能多做善事，广结善缘，等您登上小蓬莱，就可以位列仙班了。"

唐敖听完，正想往下追问，那个老人突然就不见了。唐敖连忙揉揉眼睛，四处张望，这才发现自己坐在神像旁边，仔细一想，原来刚才是做了一场梦。

唐敖回到船上，仔细回想梦中的情景，只觉得虚虚实实，让人捉摸不透。他心想，现在功名是没指望了，既然已经看破红尘，不如就到海外去走走。他来到林之洋家门前，只见林之洋正让人往船上搬货物，看样子马上就要出海了。于是唐敖就跟林之洋说了自己想去海外散心的想法。

林之洋祖籍在河北，现在寄居在岭南，妻子是吕氏，还有个

女儿叫婉如。婉如平时经常跟着父母在海船上漂洋过海,也喜欢诗书笔墨。

林之洋夫妇听说唐敖要一起出海,就劝他:"海外可不像内陆的河流,我们经常出海,都习惯了。你要是胆子小,哪怕遇上点儿风浪,也会被吓得不轻。"

唐敖说:"我之前在长江、大湖里也都走过,这点儿风浪算什么?平时我也不会浪费你们的淡水,洗澡什么的,有也行,没有也没关系。"

林之洋见妹夫铁了心要去,也就没再推辞。于是唐敖写了封信送回家,就和林之洋一起启程出海了。当时正是正月中旬,天气特别好,走了几天,就来到了大洋之中。唐敖回头望去,只觉得视野一下子开阔了,真应了那句"曾经沧海难为水",心里十分高兴。因为唐敖心里一直惦记着梦中神人说的那些名花,所以只要碰到高山峻岭,他就一定要把船停下来,上岸去看看。

一天,唐敖和林之洋把船靠岸后,走到山坡上。林之洋拿着鸟枪火绳,唐敖带着宝剑,边走边看。突然,前面出现了一头怪兽,样子像猪,身长六尺,高四尺,浑身青色,还有两只大耳朵,嘴巴里长着四颗长牙,就像大象的象牙一样拖在外面。

唐敖说:"这野兽的牙这么长,还真少见。舅兄,你知道它叫什么名字吗?"

林之洋说:"这玩意儿我可不认识。我们船上有个舵工,刚才没把他一起叫过来。他常年在海外跑,对海外的山水都很熟悉,那些奇花异草、野鸟野兽,他都能叫出名字。"

唐敖说:"船上既然有这么厉害的人,我们游玩的时候可少不了他。这个人姓什么,识字吗?"

林之洋说："这个人姓多，因为排行第九，所以大家都叫他多九公。"两人正说着，多九公正好从对面走过来，林之洋连忙打招呼，把他叫了过来。

唐敖迎上去，拱手行礼，说："之前和多九公见面，都没怎么深聊，刚才听舅兄说起，才知道都是自家亲戚，而且您还是学问上的前辈。之前我礼数不周，还请您多多原谅。"

多九公连忙说："不敢当，不敢当。"

林之洋指着那头野兽，问："九公，您看那头满嘴长牙的怪兽，叫什么名字啊？"

多九公说："这野兽叫当康，在太平盛世的时候，它就会现身。现在突然出现，肯定是天下太平的预兆。"话还没说完，就听那野兽嘴里果然叫了一声"当康"，然后就跳着跑走了。

林之洋说："九公，你看前面有一片树林，那些树又高又大，不知道是什么树。我们过去看看，要是能碰到新鲜果子，摘几个尝尝多好。"

于是，三个人来到树林里，只见那些树有五丈高，树干有五围那么粗，可上面没有枝叶，只有无数根像稻穗一样的稻须子，每根稻穗有一丈多长。

唐敖说："古人有禾木的说法，现在看这情形，难道这就是禾木？"

于是大家就在地上找，不一会儿，林之洋拿着一颗大米，喊道："我找到了。"另外两人走过去一看，只见那颗大米有三寸宽，五寸长。

唐敖说："这米要是煮成饭，不得有一尺长啊？"

多九公说："这米有什么稀奇的，以前我在海外曾吃过一颗

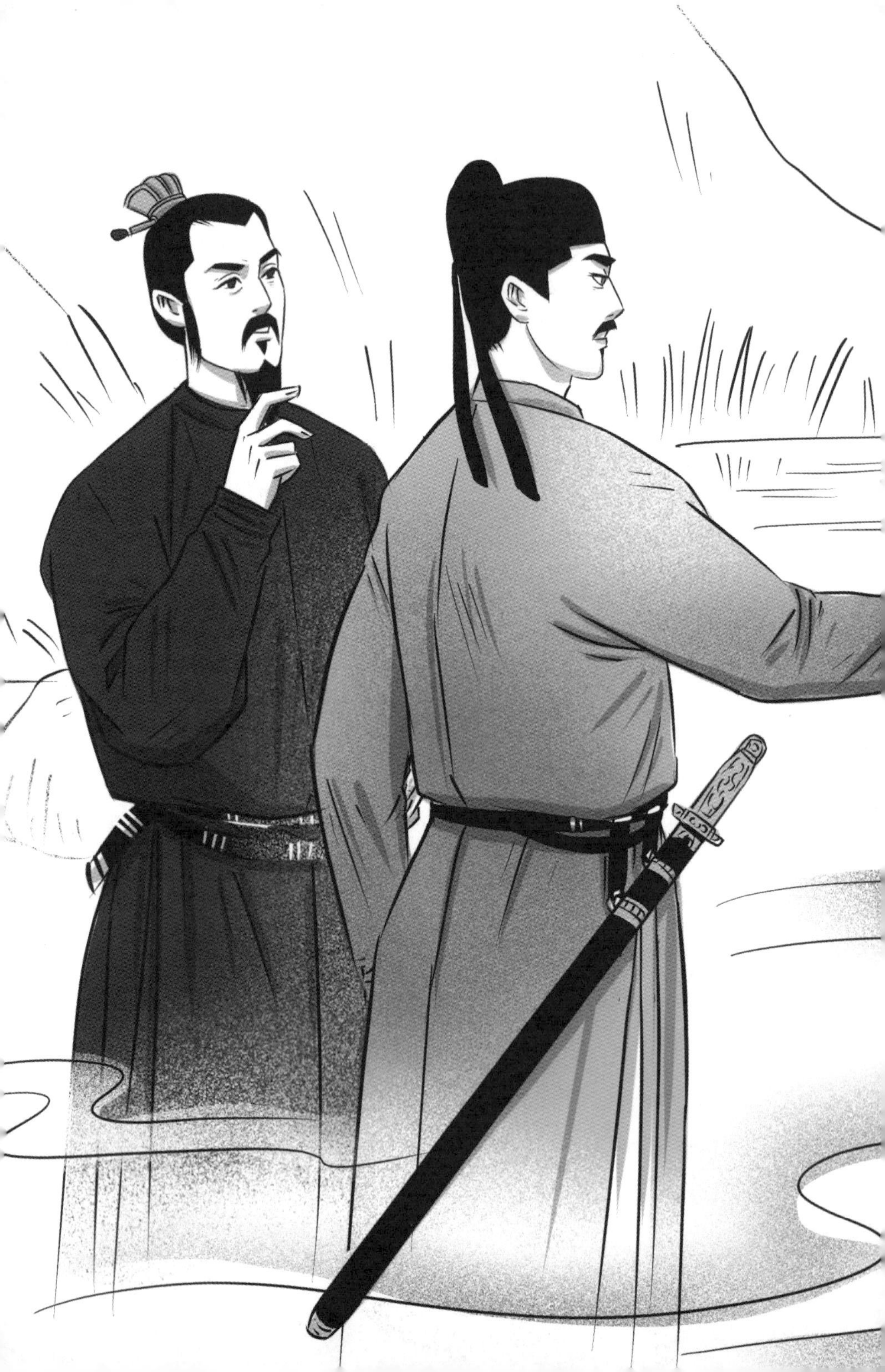

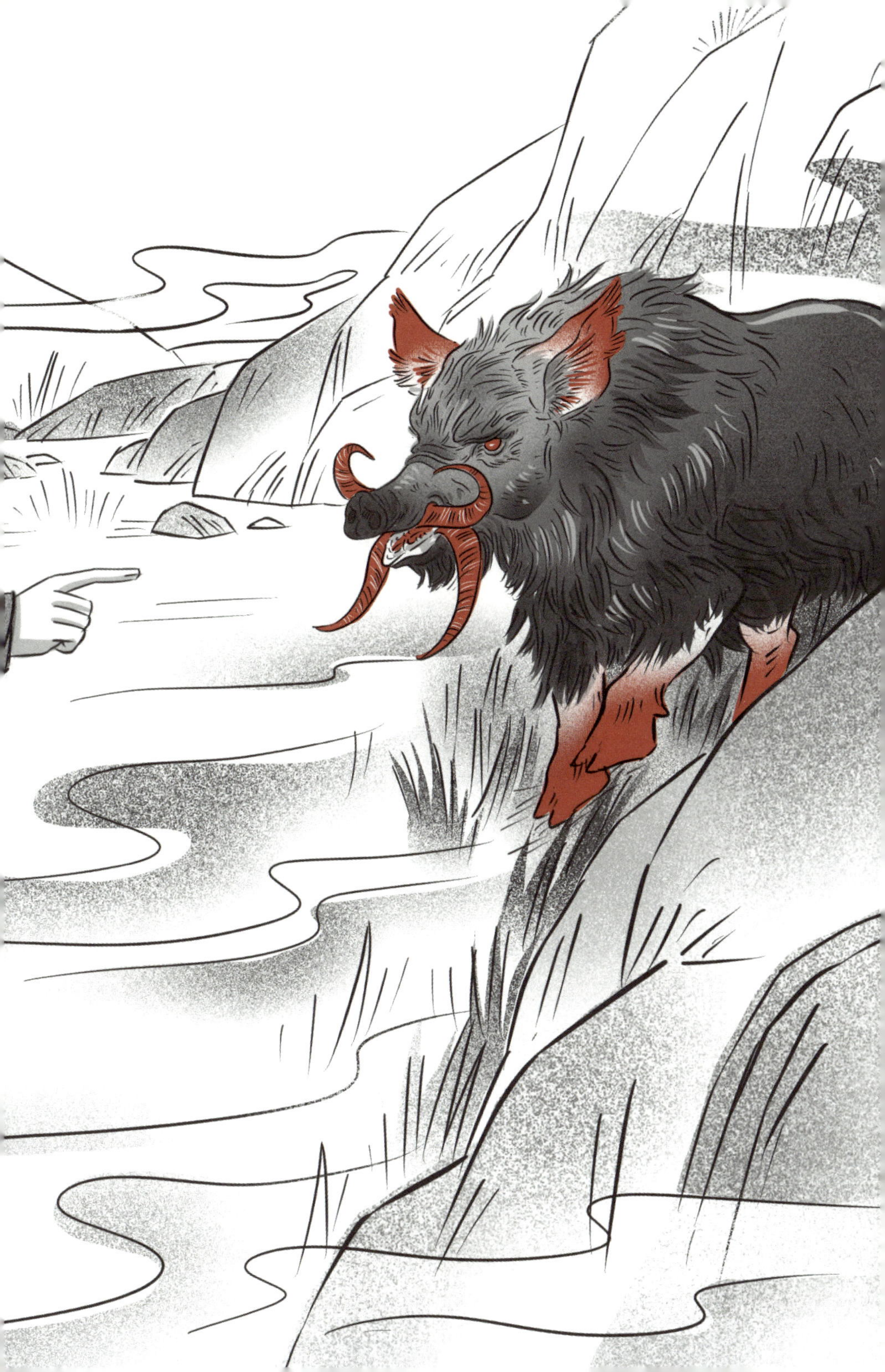

大米，吃了之后足足饱了一年呢。"

这时林之洋肚子饿了，多九公就在碧草丛中拔了几棵青草，说："林兄，把这个吃了，不但不饿，还能神清气爽。"

林之洋吃了之后，说："真奇怪，我真感觉饱了。这青草既然有这么好的功效，我得多找几担放在船上，要是遇到缺粮的时候，就拿它来充饥，多好啊。"

三个人一边走一边聊。只见唐敖突然在路旁折了一棵青草，说："舅兄刚才吃的是祝余，我就吃这个陪你吧。"

林之洋笑着说："妹夫你要是这么使劲嚼，恐怕这里的青草都要被你嚼光了。"

多九公说："这是蹑空草，人要是吃了，能站在空中。"

林之洋说："既然这草有这么神奇的功效，我也吃点，等回家以后，要是碰到房顶上有贼，我就能一下子跳到空中去抓他，多省事啊。"可林之洋找了半天，也没再找到这种草。

多九公说："林兄，别找了，这草不是常见的东西，我在海外这么多年，今天也是第一次见到。"

林之洋说："吃了这草就能站在空中，这话有点儿玄乎。妹夫，你要是能在空中站一站，我才相信。"

唐敖说："刚吃了草，哪能马上就灵验？也罢，我就试试。"唐敖说完，就往上一跳，果然蹑到了空中，离地面大概有五六丈高。

林之洋拍手笑道："妹夫现在可是平步青云了啊！"

三个人在山上玩了半天，就回到了船上。林之洋把找到的大米拿给吕氏、婉如看，大家都惊叹不已。于是，他们又重新扬帆起航。之后又会发生什么呢？咱们下回接着说。

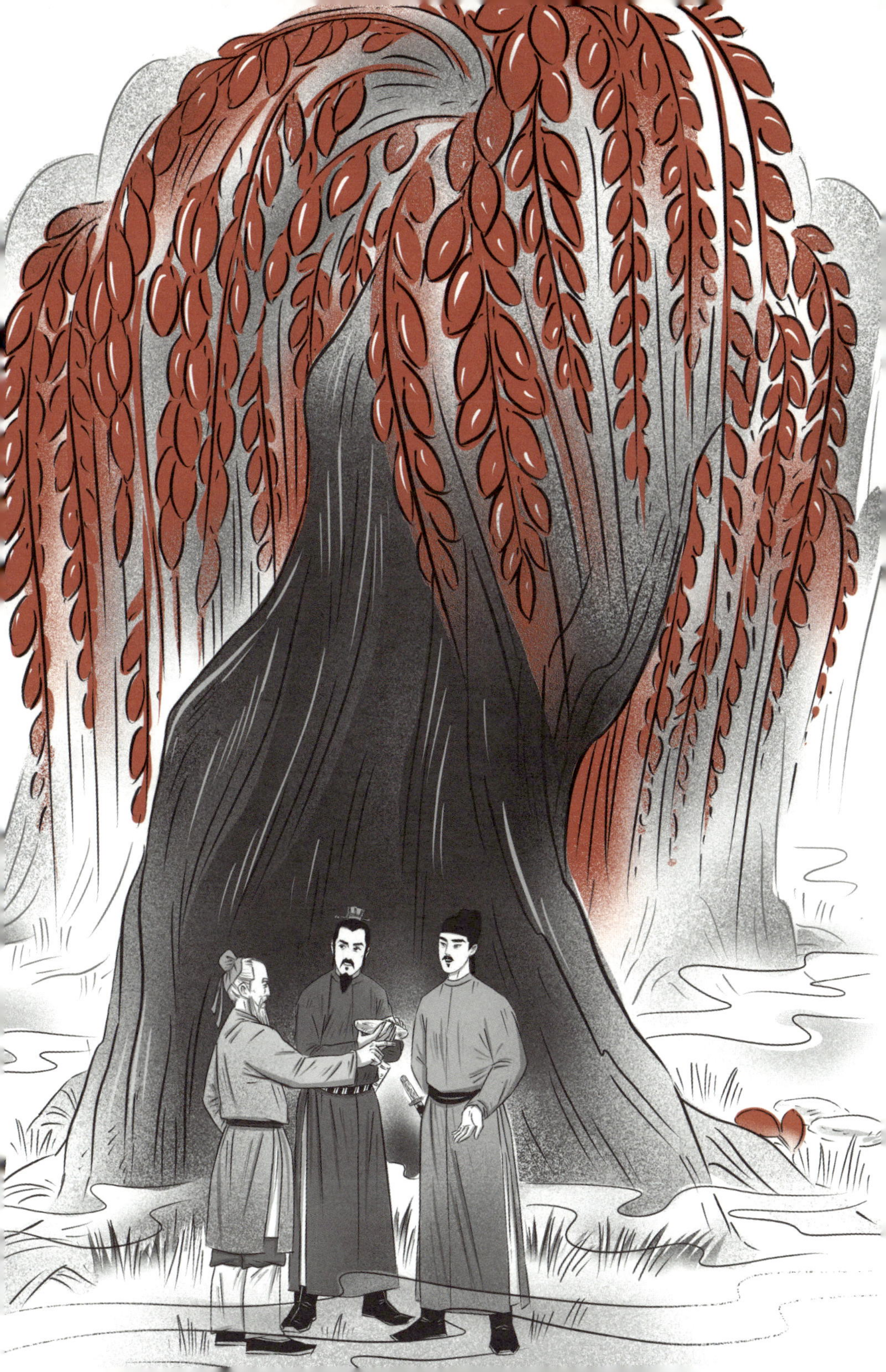

历诸国众人见异闻

没走几天,众人抵达了君子国,把船停靠在岸边后,林之洋独自去卖货了。唐敖此前就听闻君子国的人彼此谦让,没有纷争,便邀请多九公一同上岸,去瞧瞧当地的风俗民情。二人边走边聊,很快就来到了集市。

只见一个小兵正在买东西,他手里拿着货物说道:"这么好的货,你却开这么低的价,让我买了去,我心里怎么能踏实呢?你务必把价格再抬高些,我才好买。你要是再这么谦让,那就是存心不想卖给我了。"

唐敖听了,低声对多九公说:"买卖东西,向来都是卖家要价,买家还价,如今却颠倒过来,这可真是稀奇。"

这时,只听卖货的人说:"你照顾我的生意,我感激还来不及呢。刚才我要价太高,心里已经很过意不去了。没想到老兄你反倒说货物太好,价格太便宜,这不是让我更惭愧了吗?俗话说'漫天要价,就地还钱'。老兄你不但不压价,反而要加价。你这般克制自己的欲望,那只好请你到别家去买,我实在不能答应你的要求。"

双方争执了好一会儿,卖货的人坚决不肯加价,小兵没办法,只好按原价付了钱,却只拿了一半的货物。

小兵刚要走,卖货的人哪肯答应,拦住他不让走。路旁两个

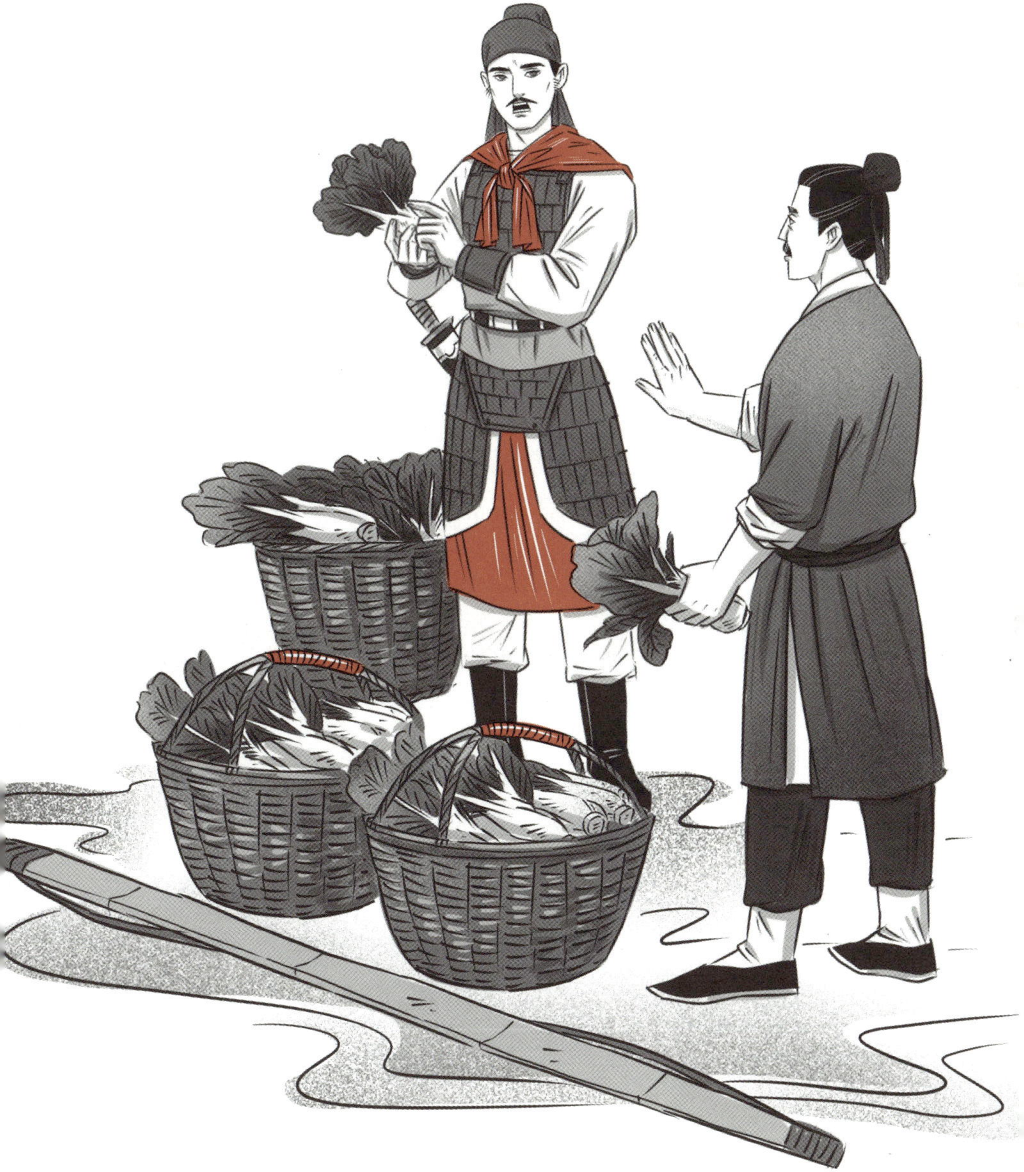

老翁见此情形，赶忙上前好言相劝，一番公正评判后，让小兵按原价拿了八成的货物，这场交易才算完成。

唐敖和多九公二人看在眼里，暗暗点头，接着继续向前走去。

这时，路旁走来两位老者，他们都鹤发童颜，满脸洋溢着春风般的笑容。唐敖一看，就知道这二位绝非普通人，赶忙礼貌地站到一旁。四人随即拱手行礼，互相询问姓名。原来这两位老者都姓吴，是同胞兄弟，一位叫吴之和，一位叫吴之祥。

吴之和问道："请教二位，你们的家乡在哪里，来此地有什么事呢？"唐敖和多九公便把来意说了。吴之祥说道："原来是来自天朝的贵客，今日有幸相逢，没能远迎，还望多多包涵。"唐、多二人连忙说道："不敢当，不敢当！"

于是，二人跟着吴氏兄弟来到一处住宅。只见两扇柴门，四周是用篱笆围成的围墙，上面爬满了藤萝薜荔。走进厅中，墙上悬挂着国王赏赐的匾额"渭川别墅"。众人坐下后，便开始谈论起两国各自的风俗。

吴之和说道："我听说贵邦在处理殡葬之事时，完全不替死者着想，忘了让死者入土为安这个基本道理。为了选个风水好的地方，以至于父母的灵柩多年都不能下葬，甚至耽搁两代、三代。结果，寺院、道观里到处都是棺柩，荒郊旷野的棺柩也只是随意放在地上，简单遮盖一下，根本没有埋进土里。有些大户人家后来家道中落，连就地掩埋的能力都没有了。他们太轻信风水先生的话了，可那些风水先生难道就没有父母吗？要是真有好地块，他们为什么不留给自己用呢？依我看，没能力的人家，就该早早让父母的灵柩入土为安；有能力的人家，把父母安葬在高地,免受水患,这就是好地段了。不知二位意下如何?"

唐敖和多九公正准备回答,吴之祥又说道:"还听说贵邦在宴请宾客时极其奢华。宾主刚就座时,除了果品、冷菜十几种外,酒过一两巡后,还会端上小盘、小碗,少的有四种、八种,多的十几二十种。这些小吃过后,才上正菜。菜肴丰富,碗也出奇地大,有的八九种,有的十几种。虽然主人如此盛情款待,但实际上客人在小吃还没吃完时就已经饱了,后面上的菜不过是虚设,就跟祭祀先人一样摆在那里。更奇怪的是,菜肴的好坏不是按口味来定的,而是价钱高的才被当作尊贵的菜肴。因为燕窝价钱高,所以宴会时必定把这道菜放在首位,可实际上这道菜看起来像粉条,吃起来也没什么味道。燕窝这东西在我们这里多得很,价格也非常低,贫苦人家都拿它当口粮呢。"

众人正说得高兴,一个老仆人慌慌张张地跑过来说:"启禀二位相爷,国王找二位相爷有要事商量,一会儿就到了。"

多九公听了,心里暗想:"在我们家乡,如果客人久坐不走,主人就会给仆人使个眼色,仆人会意,马上就会过来传话,不是说这个大老爷来拜见,就是说那个大老爷等着去回话。没想到这里也是这个风气,还拿什么相爷来吓唬人!"

于是,多九公和唐敖随即向吴氏兄弟拱手告别。吴氏兄弟连忙回礼,说道:"没想到国王马上就要到寒舍了,实在不好意思。等我们送过国王,就到宝船上去拜见二位。"唐敖和多九公匆匆告辞,离开了相府。只见外面有人在街道上洒水,老百姓都远远地回避,这才明白吴氏兄弟说的都是真的。

到了晚上,吴氏兄弟写了帖子,到船上拜见唐敖他们,还送了很多倭瓜、燕窝。水手们做了倭瓜燕窝汤,吃时用筷子夹了一

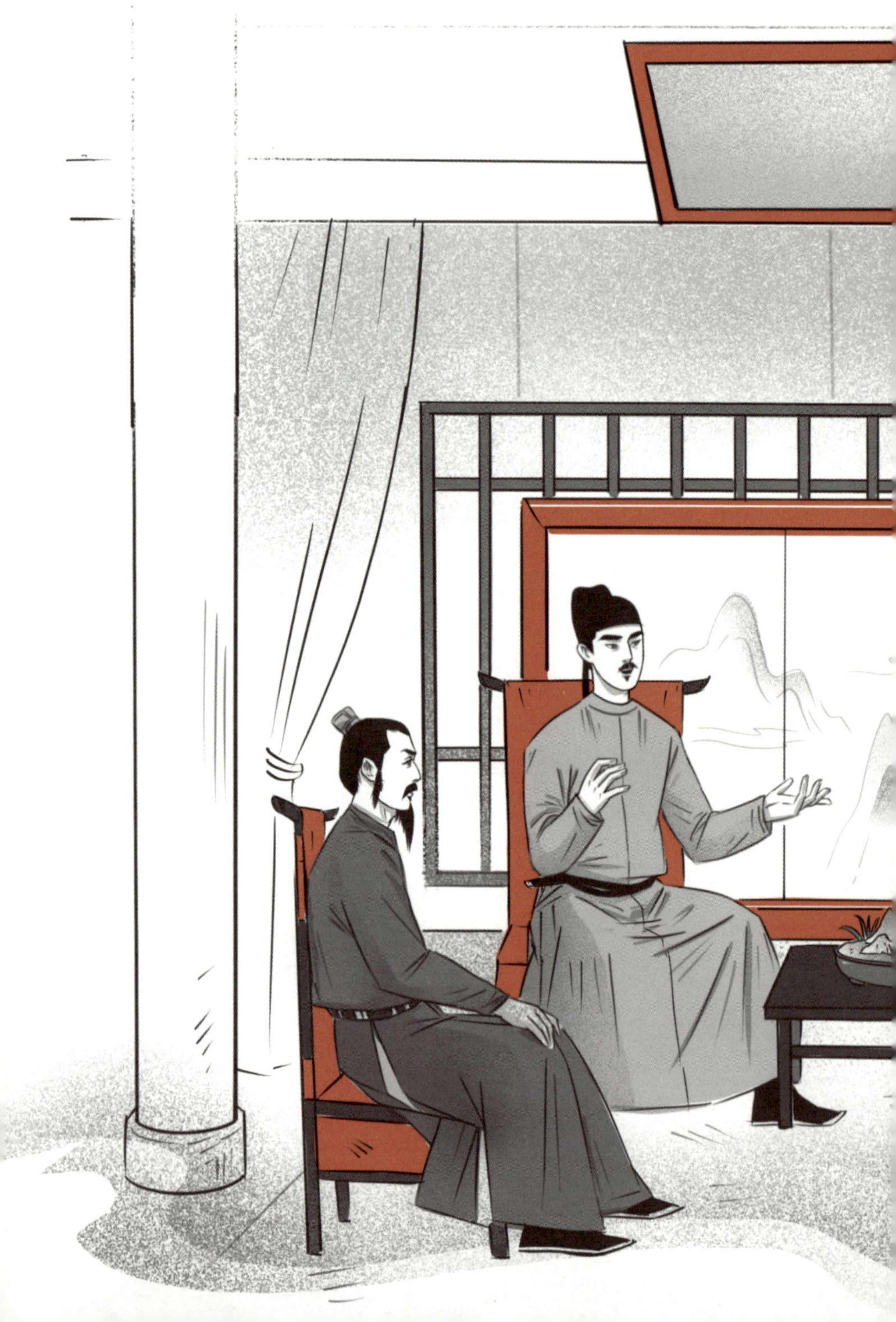

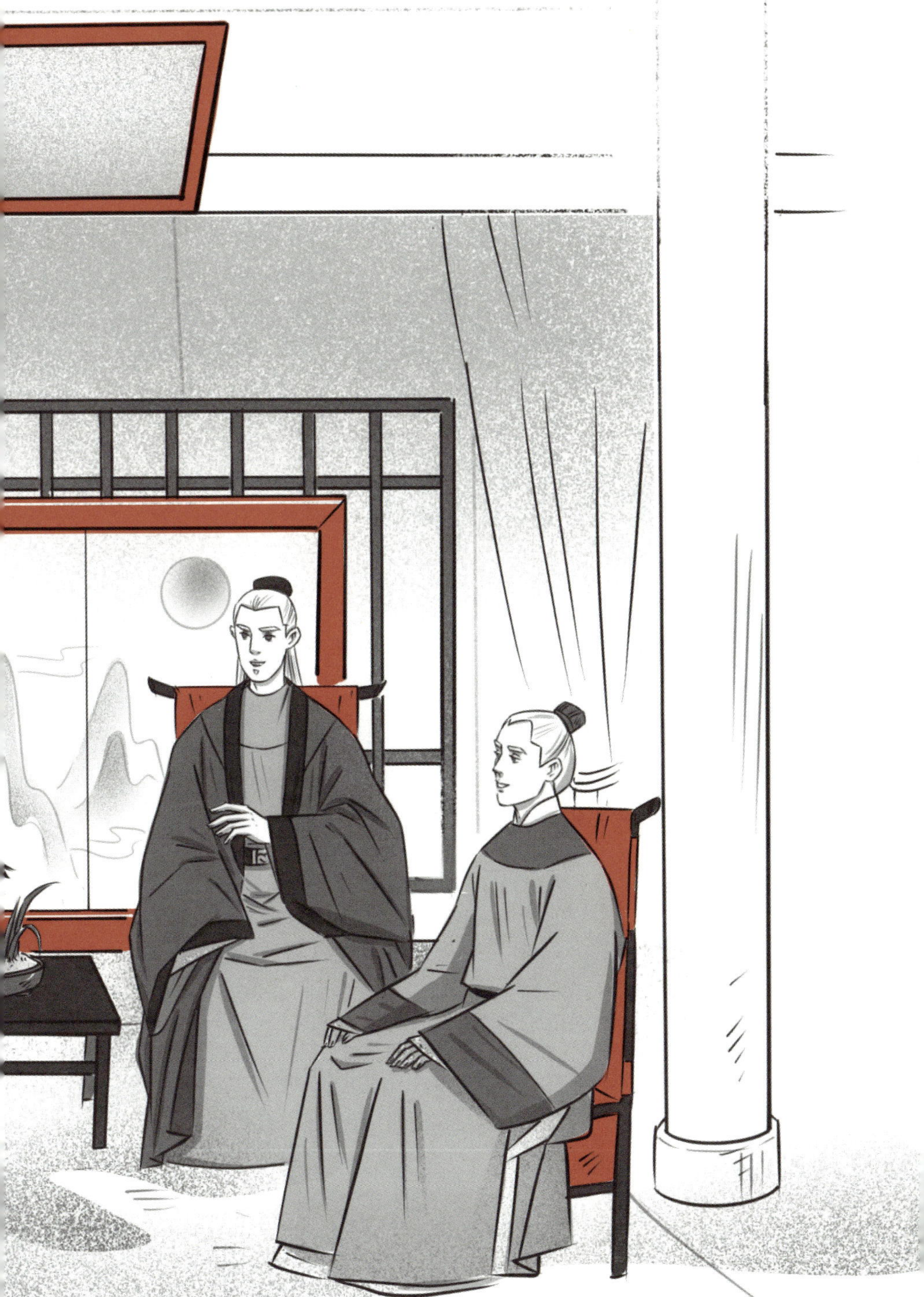

大片燕窝放到嘴里，不禁皱起眉头说："这明明就是粉条子，怎么说是燕窝呢？"林之洋这才知道燕窝在这里非常便宜，于是买了很多放在船舱里，打算到别的地方碰碰运气，赚点钱。之后，众人又开船起航了。

又走了两天，这天林之洋正要把船停泊靠岸，突然听到有人喊救命。唐敖连忙走出船舱，只见岸边靠着一条大渔船，多九公和林之洋也都走了过来。只见渔船上站着一个年轻女子，浑身湿透，长得唇红齿白，十分美丽。她上身穿一件银红色小袄，下身套着皮裤，背后斜背着一把宝剑，被人用一条草绳勒住脖子，绑在了渔船的桅杆上，旁边站着一个渔翁和一个渔婆。

唐敖问道："请问渔翁，这个女子是你什么人，为什么把她扣在船上？你是哪里人，这里是什么地方？"

渔翁说："这里是君子国境内，我是青丘国的人，专门在这里以打鱼为生。因为大家都知道这里是君子国，这里的人品德高尚，不会暗中害人，所以我经常到这里来打鱼。可我最近运气不好，一连几天都没打到大鱼。今天正发愁呢，突然捞到这么好的一个女子，我要是把她卖掉，能赚不少钱。谁知道这女子苦苦求饶，让我放了她。不瞒你说，我到这里来花了不少路费，放了她，我可怎么活呀？"

唐敖又问那女子："你是哪里人？为什么这样打扮，是失足落水，还是想不开要轻生？你赶紧如实说来，我好想法子救你。"

女子听后，眼里满是泪水，说道："我叫廉锦枫，是君子国水仙村的人。我父亲为国家效力，奈何时运不济，客死他乡。母亲身体向来虚弱，吃了药就吐，只有用海参煮汤喝，身体才能稍

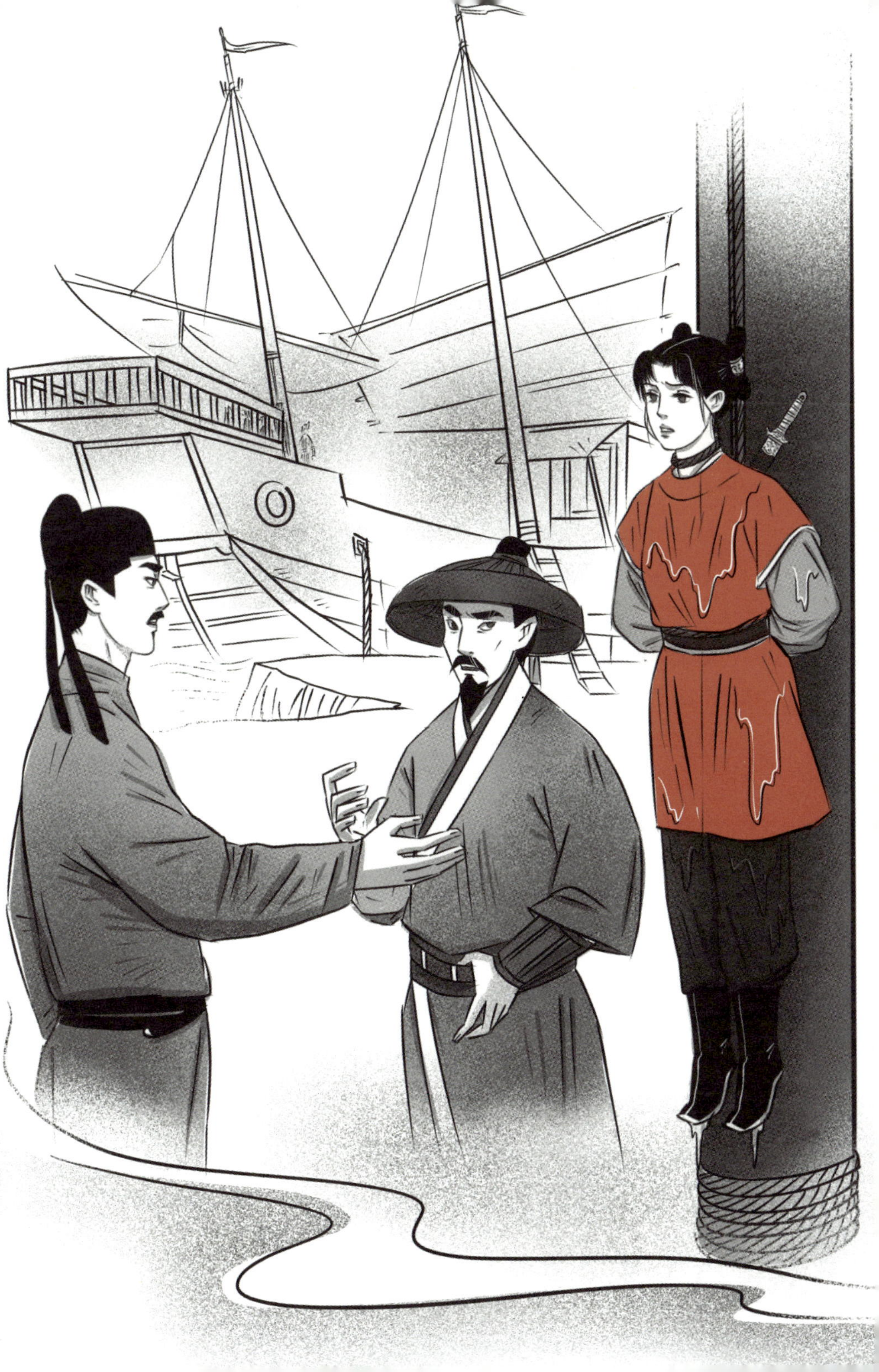

微好点。父亲去世后，家里很穷，我心里很发愁。后来听说海参产在大海里，于是我就学习潜水，到大海里找海参，没想到被渔网捞住了。一想到寡母无人照料，我心里就像刀割一样。"

唐敖于是对渔翁说："这名女子其实是个千金小姐，我给你十贯钱，就当请你喝酒了，你把这个女子放了吧，也算是积点阴德。"

渔翁摇了摇头说："我好不容易碰上这财运，哪能十贯钱就把她放了。我劝这位客人，别多管闲事。"

林之洋说："我跟你说，鱼落在你网里，你想怎样就怎样。可她是个人，不是鱼，你可别眼瞎认错了。你不放这女子，我偏要你放！"说完，纵身一跃就跳到了渔船上。

那个渔婆大声哭喊起来："青天白日的，你们敢来打劫，我跟你们拼了！"众水手连忙把她拦住。

唐敖说："渔翁，你到底要多少钱才肯放了这个女子？"渔翁说："也不多，只要一百两银子就行。"于是唐敖走进船舱，拿了一百两银子递给渔婆，救下了廉锦枫。

唐敖问："请问你家离这儿有多远？"

廉锦枫说："就在前面的水仙村，离这儿不过几里路。"

唐敖说："既然这样，我们送小姐回家。"

廉锦枫："我得下海去找几条海参才能回去，不知恩人能不能再等我一会儿？"

唐敖说："小姐尽管去，再等一会儿又何妨。"

于是廉锦枫纵身一跃，跳进了海水中。等了好一会儿，只见廉锦枫浑身是血，带着海参和一颗大珍珠上了岸。原来她在海底和海蚌搏斗，杀了海蚌后，得到了这颗珍珠。廉锦枫想把珍珠送给唐敖，以感谢他的救命之恩，但唐敖婉言谢绝了。

众人来到水仙村后，廉锦枫把唐敖救命的事告诉了母亲良氏。双方一聊起家事，才知道良氏和唐敖是平辈的表亲。原来廉氏一家祖籍在岭南，因为躲避南北朝时期的战乱，才逃到了海外。

良氏高兴地说："我早就有回乡的想法，无奈故乡远在万里之外，我们寡妇孤女的，怎么回得去呢？"

唐敖说："既然表嫂有回乡的意愿，日后我要是回家，自然会和你们一同回去。只是我们现在要去卖货，归期不定，你要保重身体，千万别太牵挂。"

唐敖见廉锦枫的弟弟廉亮长得眉目清秀，气宇轩昂，日后定能成大器，于是拿出两封银子交给良氏，作为廉亮读书的费用。

良氏也嘱托道："恩人如果回到故土，孩子们的终身大事，还望你多留意，帮我拿主意。"

唐敖说："表嫂既然这么嘱托，我一定会放在心上，你就放心吧。"说完，便告辞回船了。

又走了两天，林之洋一行来到了大人国。他们下船上岸，走到城边，只见这里的人比别处的人大概高两三尺。他们走路时，脚下有云朵托着脚跟，随着脚步转动，离地大概有半尺高，站着不动时，脚下的云也静止了。

众人向当地的和尚打听后才知道，这里的人脚下云朵的颜色以五彩的最为珍贵，黄色的次之，其他颜色没有高低之分，只有黑色的是最低等的。原来云朵的颜色全由人的内心决定：内心善良、光明磊落的人，脚下的云朵自然是彩色的；如果内心阴暗险恶，脚下就会是黑云。

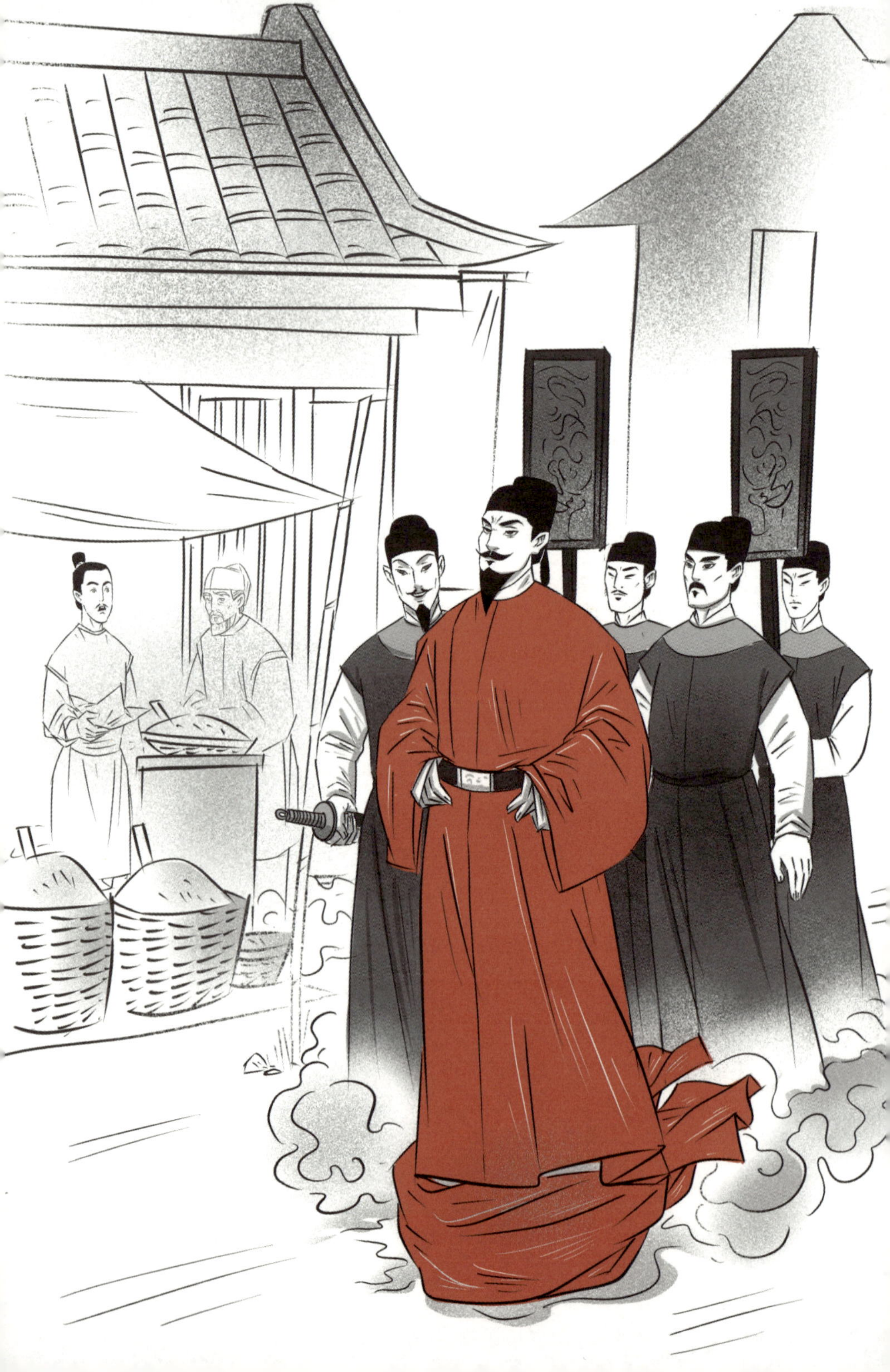

众人来到集市，正走着，突然街上的人都闪到一旁，让出一条大路。原来是一位官员路过，他头戴乌纱帽，身穿官服，身边有一群衙役前呼后拥，十分威风。可他的脚下却用红绫缠着，看不到脚底云朵的颜色。

唐敖问："这个官员为什么要用红绫缠着脚下呢？"

多九公说："此人脚下突然生出一股恶云，似黑非黑，有点儿像灰色。凡是生出这种云的人，肯定是做了亏心事，所以才会在众人面前出丑。虽然他用红绫遮掩，可这分明就是掩耳盗铃啊！"

众人走了几天，又来到了无肠国。唐敖想到岸上走走，多九公说："这个地方没什么可看的，而且今天顺风，船走得快，等我们到了玄股国、深目国再去看吧。"

唐敖说："这样也好，不过我之前就听说无肠国的人，食物吃进去后都是直通到底，不知道是不是真的。"

多九公说："我当年也费了不少功夫才弄清楚这事。原来他们在吃饭前，就得先找好上厕所的地方。不然，吃了饭就跟喝了酒一样，马上就得去上厕所。所以他们吃东西时总是偷偷摸摸的，不敢大大方方地吃，怕被人看见。"

唐敖问："既然食物不在肚子里停留，那也就没法充饥了，吃饭还有什么用呢？"多九公说："我也问过，他们吃饭时，只要食物在肚子里过一遍，就跟我们吃饱了一样。所以他们的肚子虽然是空的，但自己却觉得饱了。可笑的是，那些没吃饭的人，明明肚子里啥都没有，却偏偏要装作吃饱的样子，这些人脸皮可真够厚的。在他们国家里，没有特别穷的人家，也没有特别富的人家。虽说有几个富裕人家，但也都是精打细算，别人可忍受不

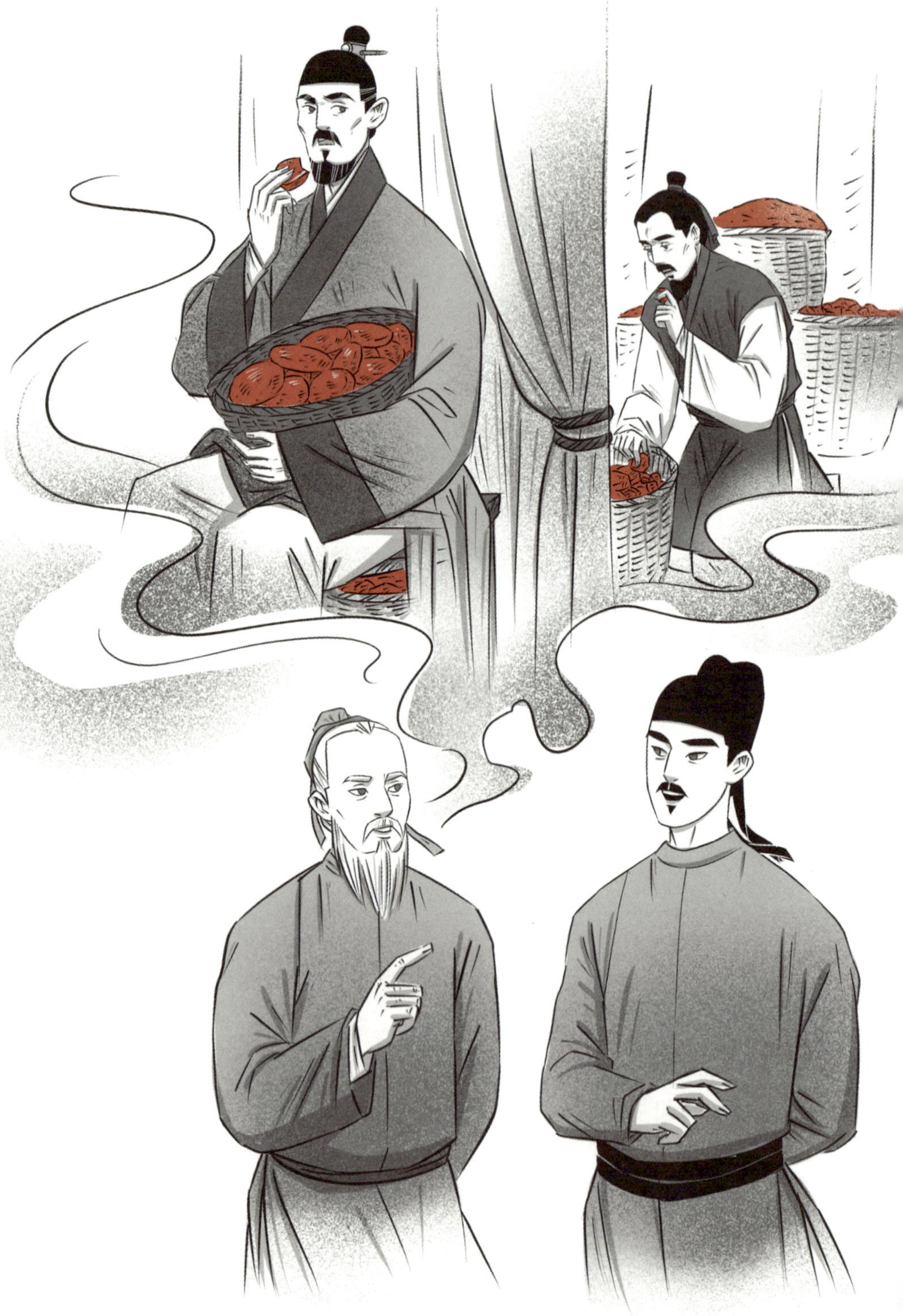

了这种精细，所以富裕人家也没多少。"

唐敖说："要是说到日常饮食，勤俭节约本是很平常的事，为什么别人就做不到呢？"

多九公说："要是把勤俭节约用在正道上，该省就省，该用就用，那自然是好的。可谁知这里的人食量极大，还容易饿，每天在饮食上的开销可不少。那些想发财的人怎么办呢？说起来也挺可笑的，他们觉得吃进去的食物直接从肚子里排出去，虽然叫粪，但实际上食物都没怎么停留，也没腐臭。于是他们就把这些粪好好收存起来，给仆人吃。天天这么节省，怎么能不富呢？"

唐敖说："这么脏的东西，他自己能忍受，那也是他的事。"

又走了两天，众人来到了毛民国。林之洋说："好好的一个人，怎么会长一身长毛呢？"

多九公说："我之前也打听过，原来是因为他们生性吝啬，一毛不拔，所以死后冥官就顺着他们的性子，让他们长了一身长毛。"

又走了几天，来到了黑齿国。这里的人不但全身黑得像墨一样，就连牙齿也是黑的。再加上嘴唇和眉毛都是红色的，更显得他们黑得厉害。唐敖因为他们肤色太黑，想着其相貌肯定也很丑陋，于是就想约多九公一起走近去看个究竟。之后又会发生什么呢？咱们下回接着说。

紫衣白民殷勤讲学

话说林之洋见唐敖和多九公二人要上岸游玩，便带上许多脂粉，先行去卖货了。

唐敖说："黑齿国的人长相如此特别，也不知道他们的风俗是什么样的。"

多九公回应："此地水路与君子国相距甚远，但旱路却挨得很近，想来风俗不至于太过野蛮。我多次到这里，只因他们模样看着有些可怕，所以一直没上岸去看看。今日承蒙唐兄邀请，我也能借此机会活动活动，舒展一下筋骨。"

两人说着话，不知不觉就进了城。集市里买卖交易十分热闹，语言也比较容易听懂。集市中也有妇女走动，男女之间并没有混杂在一起。走路时，男人都靠右边走，妇女则靠左边走。

唐敖一开始不清楚，走到了左边，经过仔细打听才知道那是妇人行走的路。唐敖笑着说："想不到他们虽然肤色黝黑，但在男女礼节方面倒是分得很清楚。九公，你瞧他们来来往往，男女之间不交谈一句话，全都目不斜视，低着头走路，由此可见君子国的良好风气确实传播到了这里。"

两人一边谈论，一边走到一个十字小巷。往前走了几步，看到一家门口贴着一张红纸，上面写着"女学塾"三个大字。这时，从门里走出一位老人，他看了唐敖和多九公一眼，见他们的穿着打扮和容貌与本地人不同,便知道是从外地来的,于是拱手问道:"二位贵客想必是从邻邦来的,如果不嫌弃我们这乡下地方简陋,何不到屋里喝杯清茶呢?"

唐敖正想打听一下当地风俗,听到这话,连忙拱手说道:"初次见面就来打扰,实在有些冒昧。"

于是三人走进屋内,再次行礼后分别坐下。屋里有两个女学生,都十四五岁的样子,一个穿着红衫,一个穿着紫衫。她们虽然面容黝黑,但气质倒也不俗。大家坐定后,女学生献上茶。接着彼此询问姓氏,没想到这位老人耳朵已经聋了,两人费了好大劲,才勉强把自己的姓名和来历说清楚。老人听说他们是从天朝来的,态度越发恭敬谦逊,还让两个女学生多多向他们请教,因为这两个女学生正准备参加本国的科举考试。

只见那紫衣女子起身问道:"小女听说读书的困难就在于如何把字认清,认字的关键在于把音韵弄懂。如果音韵没弄清楚,文义就会不明白。比如经书上所载的'敦'字,读音就很不相同,在某一本书中应该读什么音,我却不太明白。两位大贤就在身边,想必是清楚的了。"

多九公道:"才女请坐。这个'敦'字,在灰韵应当难读,《毛诗》所谓'敦彼独宿';元韵音憞,《易经》'敦临吉';又元韵音豚,《汉书》'敦煌,郡名';寒韵音团,《毛诗》'敦彼行苇';萧韵音雕,《毛诗》'敦弓既坚';轸韵音准,《周礼》'内宰出其度量敦制';阮韵音遁,《左传》谓之'浑敦';队韵音对,《仪礼》'黍稷四敦';愿韵音顿,《尔雅》'太岁在子曰困敦';号韵音导,《周礼》所谓'每敦一几'。除这十音之外,不但经传上没有其他音,就算是别的书上,也是

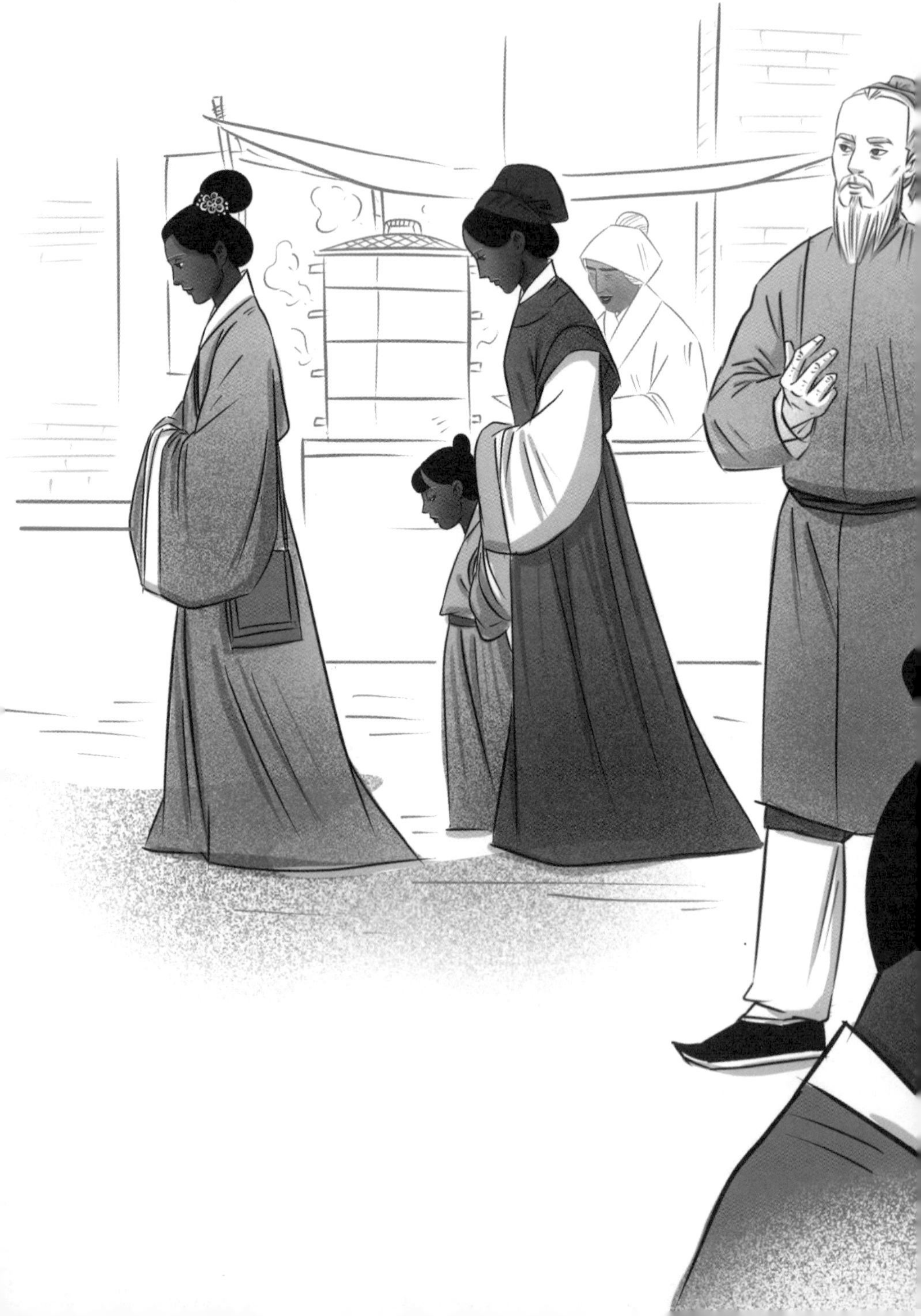

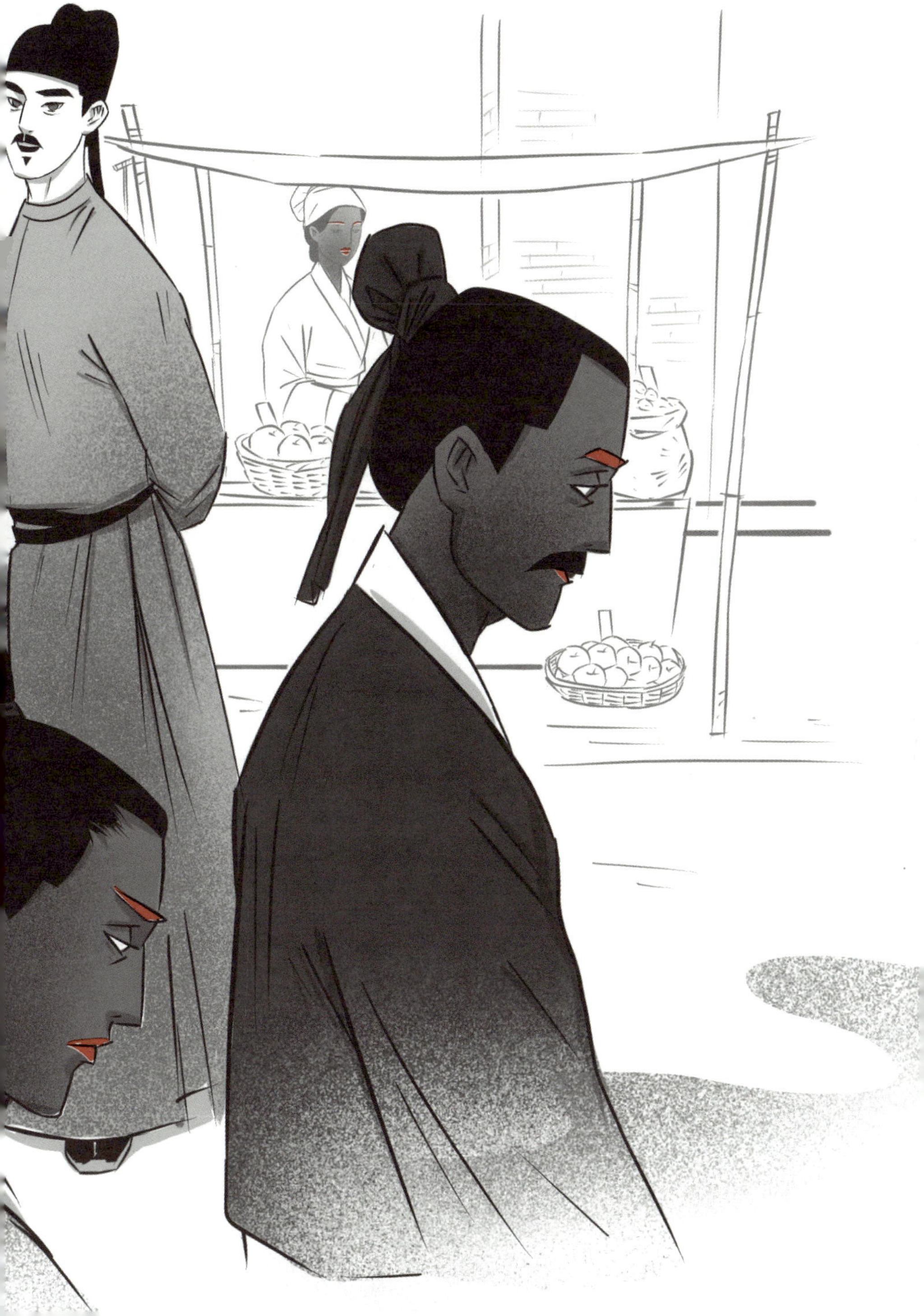

很少了。幸亏才女请教的是老夫，要是问别人，恐怕他们连一半都记不得呢。"

紫衣女子道："小女曾听过，这个'敦'字好像还有吞音、俦音之类。如今大贤说除此十音之外，再也没有其他读音，大约是各处的方音不同，所以才有多寡之异了。"

多九公听说还有几个读音，但因为刚才的话说得太满，此时也不好细问那紫衣女子，只好说："这些都是文字上的小事，一个字的读音往往都有好几种，老夫又哪里有空去记呢？更何况就算记得几个冷僻的读音，也算不上什么好的学问。"他口中虽是这样说，却不得不佩服这两名女子的学问，于是便思量了一番，心想："这两个女子既然要去赴试，寻常的经书估计也难不倒她们。我听说外国没有《周易》，何不用这本书来难难她们，如果将她们难倒，也算挣回一点颜面。"

多九公想到此处，便说道："老夫听说《周易》一书，海外少有，而贵地人文荟萃，加上二位又极为博学，想必已得到其中奥妙。《周易》一书的注释，各家说法不一，不知哪一家的说法最高妙呢？"

紫衣女子说道："从汉代、晋代以来，直至隋代，讲解《周易》的各家，据小女子所知，除子夏的《周易传》二卷之外，还有九十三家。若论其优劣，小女子孤陋寡闻，又怎么敢妄自议论呢？还望二位大贤指教。"

多九公思忖道："《周易》一书，平日里我也是熟悉的，最多不过五六十种，刚才这小女子竟然说有九十多种，但她对前人的著作并不评论，可见是没有读过，不过略微记得几种就大言不惭了。我就考考她，如果出丑了，也可以让唐兄高兴高兴。"

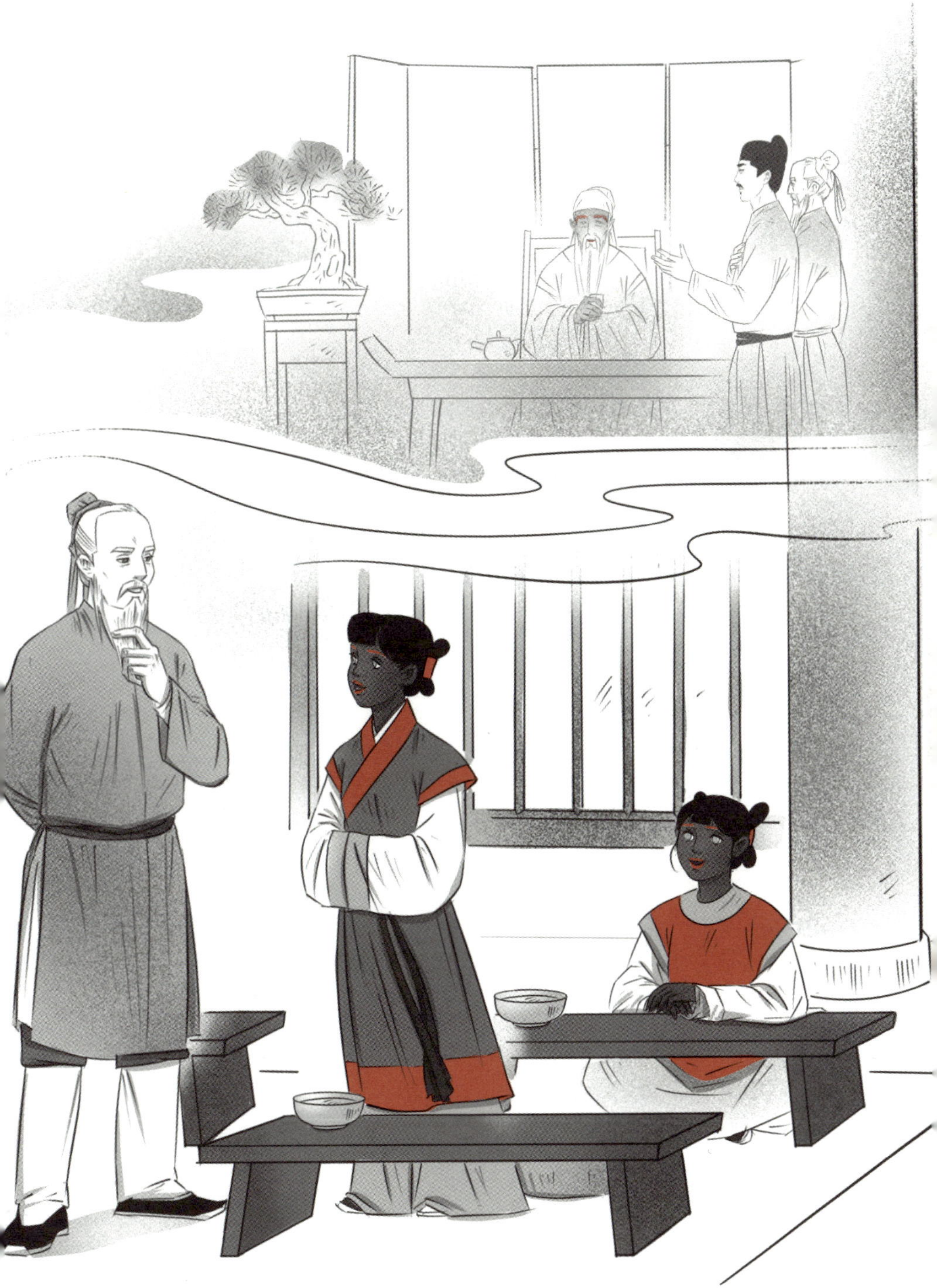

于是便说道:"据老夫之前所见,注解《周易》的大概有一百多种,没想到此处竟然有九十三种,也算是难得了。至于《周易》一书,某人的注解有多少卷,才女还记得吗?"

紫衣女子笑道:"注解《周易》的书虽然精微,我读得不熟,但注解各家的姓名、卷数,也还略微记得。"

多九公吃惊道:"才女何不略微说一说呢?"紫衣女子于是就把当时天下所流传的《周易》九十三种,某人若干卷,从汉代到隋代的全部说了一遍,然后问道:"大贤刚才说《周易》的注解有一百多种,不知道是否就是小女刚才说的这几种,还是说另外仍有一百多种,还请大贤略说一二,让我们增长一下见识。"

多九公见这紫衣女子所说的书名,就好像平日里熟读过一样,其中所说的大部分竟然连姓名、卷数都丝毫不差,有些书名、卷数自己只记得一半,而有些竟然一概不知。登时被惊得目瞪口呆,唯恐她们盘问,这样就出丑了,于是连忙答道:"老夫刚才见日常的书名都已经被才女说过了,怎奈现在年纪大了,总是迷迷糊糊,记不清了。"

紫衣女子说道:"书中的奥秘如果大贤记不清,小女子也不敢强人所难,但卷数、姓名这些是三尺童子都懂得的,大贤又何必吝于赐教呢?"

多九公说道:"确实是记不清楚,并非有意推辞。"

紫衣女子说道:"大贤若不说出几个书名,那体谅人的,不过认为是吝于赐教;那不体谅人的,则会怀疑是大贤妄造狂言,欺骗别人呢!"

多九公听罢,急得汗如雨下,无言回答。

那老人在下面坐了多时,看了几篇书,见他们你一言我一语，也不知说的是些什么，后来见多九公脸上一阵红一阵白，头上只管出汗，以为是天气热，于是拿来一把扇子递给唐、多二人。多九公接过扇子，说道："此处的天气果然比别处更热。"

老人还想挽留二人品茶，无奈二人执意要走。老人将二人送到门外，就又回来教两名女学生读书了。

唐、多二人出门后，恰好碰到林之洋卖货回来。林之洋见二人举止仓皇，面如土色，不禁诧异道："你们这样惊慌，肯定是有什么古怪事。"二人略略喘了口气，然后将刚才的事略略讲了一遍。

唐敖道："小弟从来没有见过世上竟然有知识如此渊博的才女。"

多九公道："渊博也就罢了，可恨她丝毫不肯放松，竟将老夫骂得要死。今天这个亏吃得不小，也怨恨自己读书不精。"

二人回过神来，才发现扇子上用蝇头小楷写着《女戒》和《璇玑全图》，看那落款，一个写着"墨溪夫子大人命书"，下写"女弟子红红谨录"，一面写"女亭亭谨录"。下面还有两枚印章，"红红"下面是"黎氏红薇"，"亭亭"之下是"卢氏紫萱"。

多九公对二人说道："这两个黑女既然饱读诗书，书法又好，屋内应该是诗书满架，为什么却是寥寥无几呢？而且书案上堆的书也不多。她们如果诗书满架，我们又岂敢冒昧，自讨苦吃呢？"

过了几天，众人又来到白民国。林之洋带了些绸缎、海菜去卖，唐敖便邀多九公上岸游玩。登岸之后，走了几里路，只见到处都是白色的土壤。人们在劳作时穿的也都是清一色的白衣。

二人来到集市，只见国人无论男女老少，个个面白如玉，美貌异常。路旁的酒店、饭馆，也飘出阵阵香味。只见林之洋同水手从绸缎店里走出来。

多九公问："林兄，卖的货挣到钱了吗？"

林之洋道："俺托了二位的福气，卖了许多货物，大赚了一笔，待会儿回去，一定要多买点儿酒肉，请大家好好吃上一顿。"说着，同唐、多二人走进前面的巷子，林之洋接着说道："好了，前面那个高门大楼，想是大户人家。我们何不进去卖卖货物呢？"

两人走近一看，门旁贴着一张白纸，上面写着"学塾"两个大字。唐敖一看，不觉吓了一跳，说："九公，此处原来是学馆。"多九公看后，也吓了一跳，但一时也不好退出去了，只得走进去。三人来至厅堂，见上面坐着一位老者，厅堂中悬着一块玉匾，上写"学海文林"四个金色大字，屋中诗书笔墨满架。唐、多二人自从受辱之后，便小心谨慎起来，不但步子轻了起来，就连鼻子也不敢出个大气儿。

唐敖轻轻地说道："这才是大国的世面，一切的气概与别处不同。相形之下，觉得我们倒俗气了很多。"

三人走进厅堂，也不敢冒昧行礼，只好恭敬地站在旁边。那教书先生坐在上面，手里拿着香珠，把三人看了一番，朝唐敖招手道："来，来，来，那个书生请过来。"

唐敖听见先生称他为书生，吓得连忙向前打躬，说道："晚生不是书生，是商人。"

先生道："你头戴儒巾，又生长在天朝，为何说自己不是书生呢？"

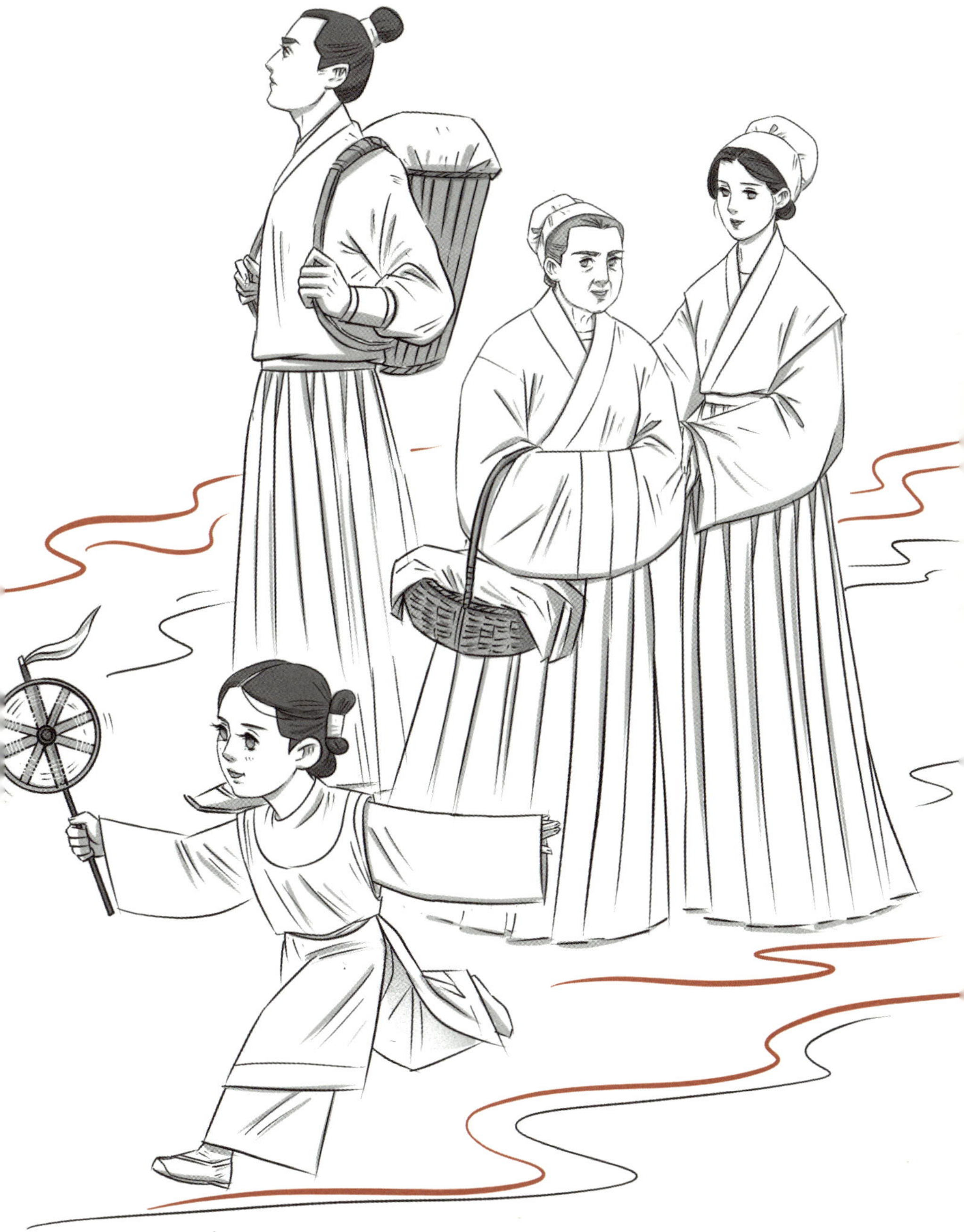

林之洋道:"俺对先生实说了吧,他的确是知书的,可自从考中功名之后,就把书扔到了九霄云外,幼年时就读过《左传》、右传、《公羊传》、母羊传这些。"

那先生说道:"学业荒废,也是可惜了。我看你们的学业虽然也可造就,奈何你们都是行路之人,如果肯在这略微住上两年,我倒可以指点指点。"

唐敖此时心里扑通扑通乱跳,唯恐先生还要和他谈论文学,就想拉着多九公先走一步。

忽然,二人听到先生在教学馆里的学生读书,细细听时,只听到两句,总共八个字,上句三个字,下句五个字。学生跟着读道:"切吾切,以反人之切。"

唐敖思索道:"难道他们在讲什么反切吗?这可是更加高深的学问啊!"

先生教完之后,让学生退了下去,又教一个学生念书,也是两句,上句三个字,下句四个字。只听师徒二人高声读道:"永之兴(興),柳兴(興)之兴(興)。"三人听了,越发不懂了。

此时有个学生出来招手,说道:"我们先生想看看你卖的是什么货。"

林之洋连忙答应,带着包裹走了进去。唐敖趁机暗暗溜进书馆,把众学生的书看了一遍,又把文稿翻了两遍,就连忙退了出来。

多九公道:"唐兄看了他们所读之书,为何脸上一阵通红?"

唐敖正要开口,恰好林之洋把货卖完,也退了出来,三人一齐出门，走出了巷子。

唐敖道："今日这个亏吃得不小。我还以为他们学问有多么渊博，所以时时恭敬，自称晚生，谁知他们的学问是如此不通，真是闻所未闻。"

多九公道："他们读的'切吾切，以反人之切'，是什么书？"

唐敖道："小弟刚才去偷看，原来他把'幼'和'及'都读错了，其实是《孟子》中的'幼吾幼，以及人之幼'。"

多九公笑道："若据此而论，他们读的'永之兴（興），柳兴（興）之兴（興）'，莫非就是'求之与（與），抑与（與）之与（與）'么？"

唐敖道："怎么不是呢？在此等学问不通的人面前自称晚生，岂不羞死人了？"

三人说说笑笑回到船上，大家痛痛快快地喝了一顿酒。

又走了几天，一路顺风，众人又到了厌火国。

唐敖约多九公和林之洋上岸。没走多久，只见一群人面容黑得像墨汁，身形如同猕猴，都对着唐敖叽叽呱呱地乱叫，也不知道在说些什么。接下来会发生什么呢？咱们下回接着说。

灵鱼毒虫脱厄报恩

话说唐敖也没有见过这场面，只能站在原地发愣。只见这些人一面说话，一面又将手伸出来，像是索要什么东西。

多九公说："我们都是过路人，不过上来瞻仰一下贵国的风光，哪里有多少钱带在身边呢？而且虽然贵国因为干旱暂时没有收成，但国王将来自然会救济你们，我们自己也救不了这么多人啊。"

那些人听了，仍然是七嘴八舌，不肯散去。

林之洋在旁边发怒道："九公，俺们历经千山万水一路走来，原本就是为了赚钱的，不是出来施舍钱财的。任凭他们怎样，俺是一分一文都不会给的。"

这群人见索要无果，也就散开了，但还有几个人站在那里伸着手。林之洋道："九公，俺们走吧，谁有工夫和这些穷鬼瞎纠缠。"

话还没说完，只听这群人喊了一声，个个口中喷出一股烈火，顿时烟雾弥漫，火光直朝三人扑面而来。林之洋的胡子早已被烧得一干二净，三人吓得连忙朝船上跑去。

幸亏这些人走得慢，等三人跑到船上之时，他们也都赶了过来，一齐朝着船头喷火，烈焰飞腾，很多水手都被烧得焦头烂额。

众人正在惊慌时，忽然从大海中蹿出许多妇人，她们浮在水面，露着半个身子，个个从口中往外喷水，就像瀑布一样，瞬间火焰就被浇灭了。林之洋趁机朝这群人放了两枪，他们这才散去。

众人再仔细看那些喷水的妇人，原来正是之前在玄股国救下的人鱼。那些人鱼见大火已经熄灭，也就钻入水中不见了。

林之洋便赶紧命水手开船，离开了这里。

多九公说："今年春天才听唐兄说，放生能够积德，没想到只隔了几天，我们就靠这鱼救了一船人的性命。古人说：'与人方便，自己方便。'这话果然是不错的。"

林之洋道："这人鱼当日跟在船后走了几日，后来俺们走远了，她们就不见了，怎么今天忽然又跑过来了呢？俺见世上的人，受别人恩惠，到了事后又把恩情撇得一干二净，谁知这鱼儿倒不忘恩。这么看来，那些忘恩的人，连鱼鳖也不如了。"

又走了很多天，众人来到巫咸国。唐敖忽然想起一件事来，之前听说薛仲璋逃在此地，如今便想前去探访。

于是唐敖约了多九公一同上岸，二人走了很久，看到前面有一片树林，极其青翠。

多九公道："这个树就是之前我说的木棉了。"

唐敖听了，正仰头往上看，忽然发现树上藏着一个大汉。恰好碰到林之洋卖货回来，唐敖便把此事暗暗告知，大家手中都拿着器械，做好了准备。

只见远远走来一个老妈妈，身边还带着一个年轻的女孩。那大汉看到后，便从树上跳了下来，手中拿着利刃，拦住去路。唐、多、林三人手中也拿着武器，迎了上去。

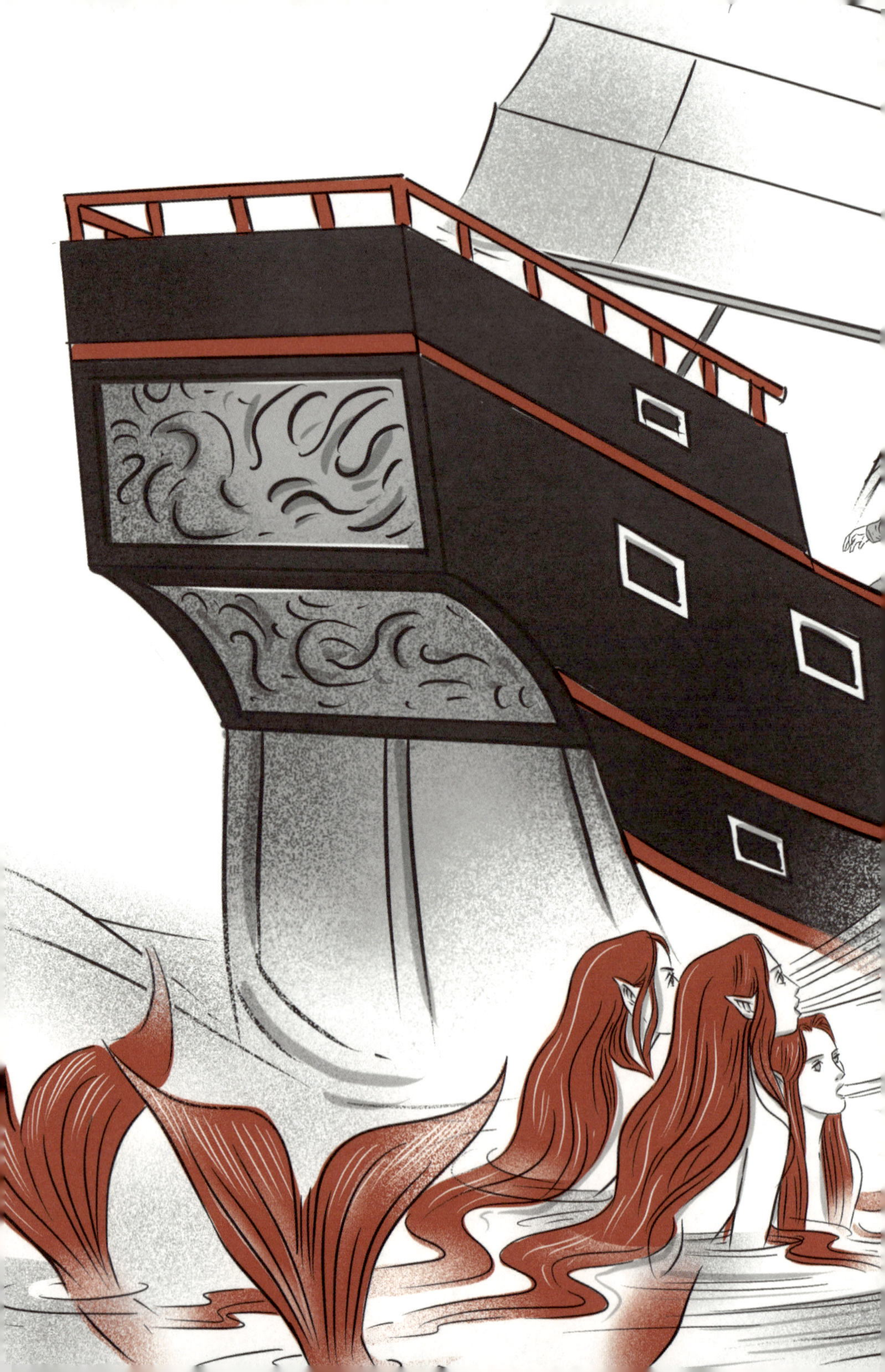

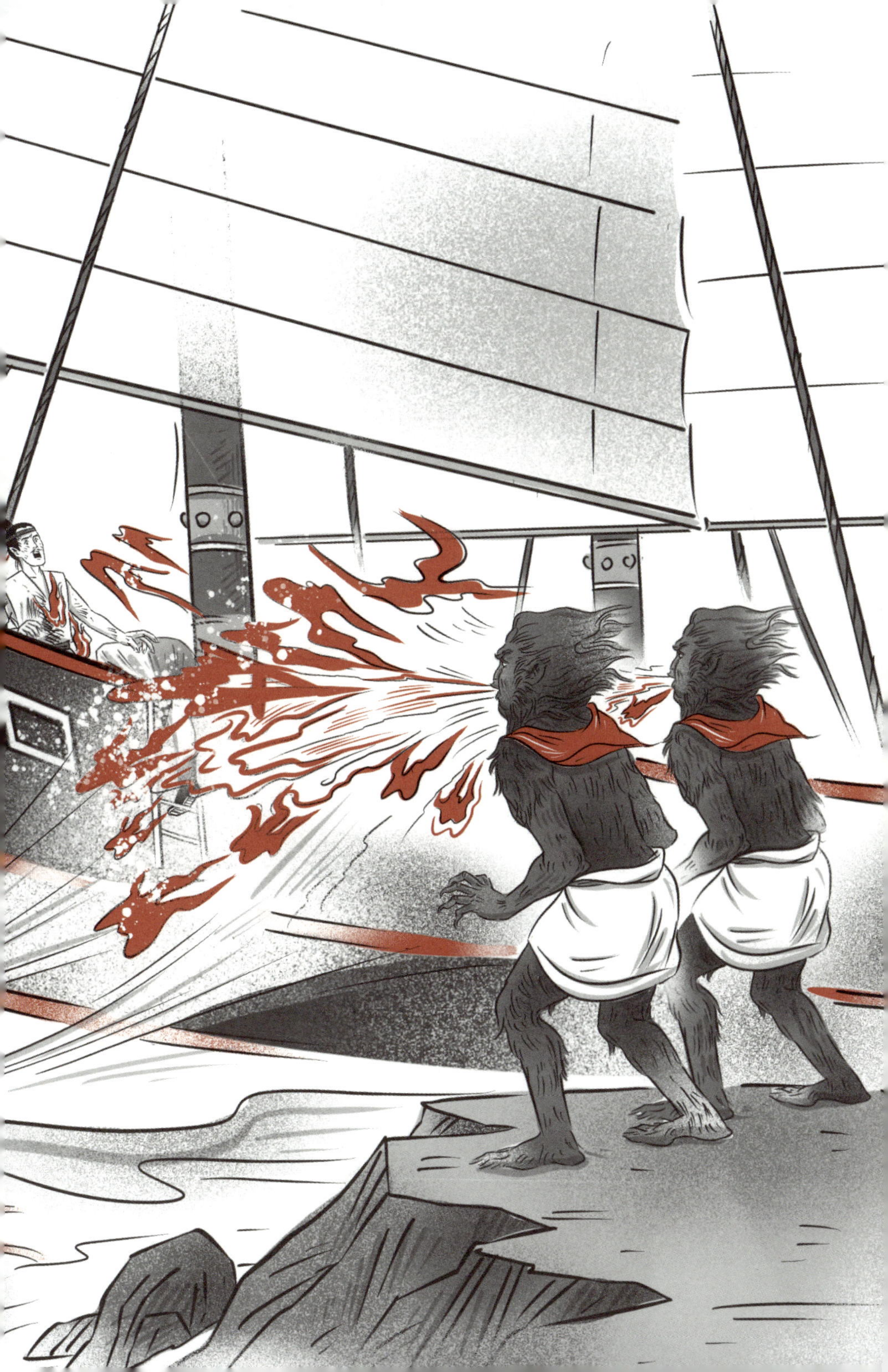

只听那大汉气愤地说道:"你这女子,小小年纪,竟然下此毒手,害得我们好苦!今日冤家路窄,我就替大家除了此害,为众人报仇!"说罢,便举着利刃朝女子砍去。

唐敖见状不妙,将身子往上一跳,蹿到女子面前,用宝剑拦住大汉。大汉虎口一震,差点儿摔倒,那小女孩早已吓得瘫倒在地。

原来唐敖自从吃了仙草之后,两个臂膀就像添了千百斤的力气。

唐敖喊道:"壮士住手,此女有何过错?"

那大汉把唐敖浑身打量之后,说道:"我看先生这般打扮,想是从中原文明之邦来的,你只要问问这个恶女的所作所为,就知道我并不是冒昧行凶了。"

很快,多、林二人也赶到近前,那老妈妈也过来将小女孩扶起来,小女孩还在那里哭哭啼啼。

唐敖问道:"请问这名女子贵姓,家住何处,为何冒犯这位壮士?"

女子流着眼泪说:"小女子姓姚,名芷馨,今年十四岁。我本是天朝人氏,已经在此寄居多年了。我一直跟着父母养蚕为生。父母去世后,我跟着舅母生活。今日和乳母一起前来扫墓,没想到会遇到强盗,还望恩人救人救到底,如果能脱离虎口,定不会忘记您的恩德。"

那大汉说道:"你这恶女,只顾养那些毒虫,你哪里知道几万户人家都被你害得没法生活了。"

多九公说道:"你这大汉究竟为什么要杀她,还希望你慢慢说清楚,不要说得这样不明不白的。"

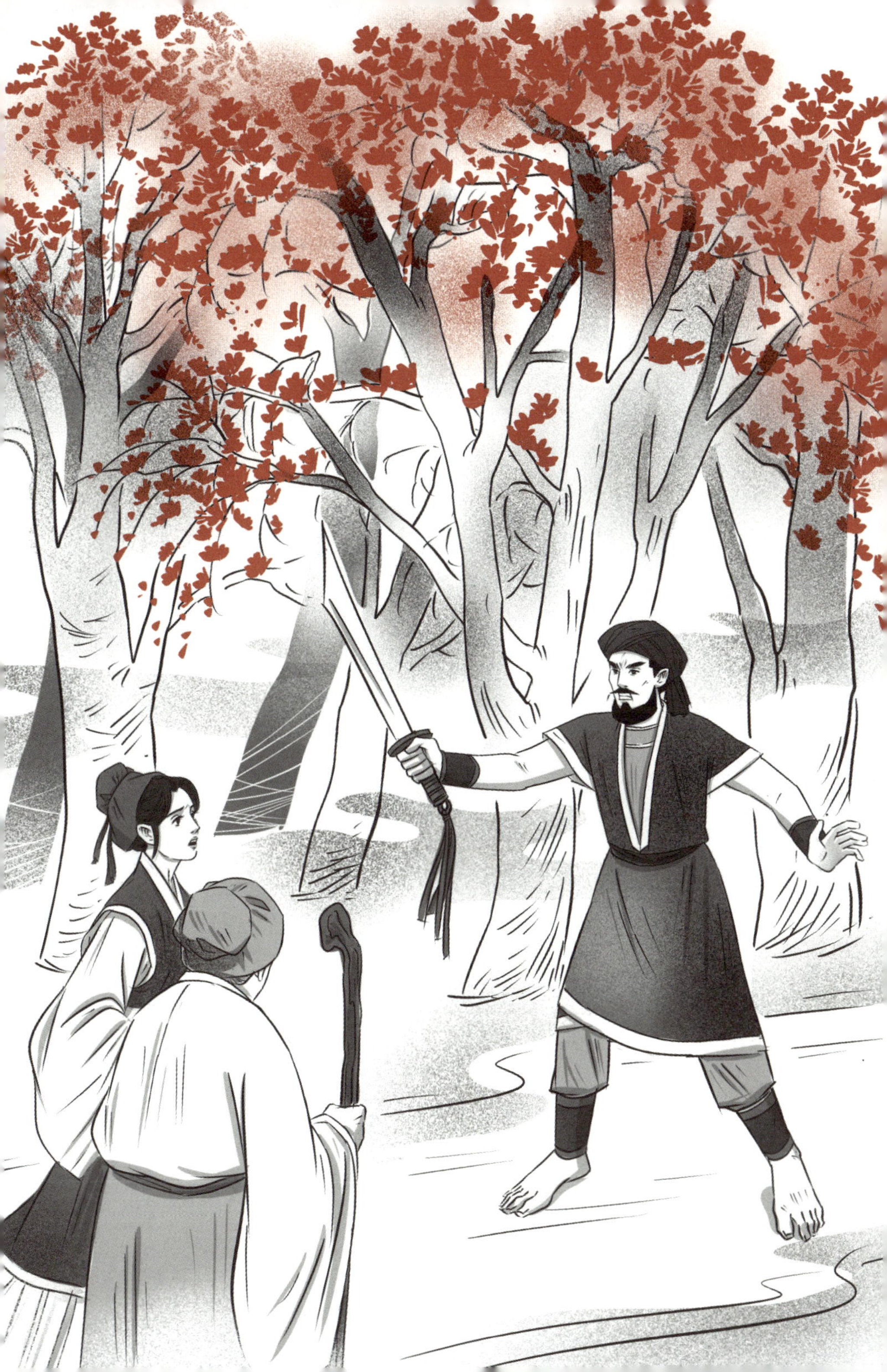

那大汉说："我是巫咸国的经纪人，这个地方出产木棉，各处贸易都要经我的手。自从这个女子带着织布机来到这里后，又养了很多产丝的毒虫，又织出许多丝布在这里卖。我们生意虽然冷淡了一些，但也还不妨事。谁知后来她竟然把这个邪恶的法术到处传播，导致本地的妇女都学会了养蚕、织布，再也不用木棉了，而那些以木棉为生的人家，就失业了。所以在下特意来为众人除害。今天遇到你们，虽然她可以绝处逢生，但如果她想保命，还是快快离开本国，另找生路。"

说完，大汉将手一拱，将掉在地上的利刃捡起来，愤愤地离开了。

唐敖又问道："贵府还有何人，你父亲在世的时候做些什么事业？"

女子说道："我父亲名叫姚禹，曾经担任河北都督，因为反对武后未能成功，老家已经待不下去，所以带着家口逃到此地。后来父亲很快就去世了，母亲也相继而亡，我便和舅母宣氏一起居住。好在表姐薛蘅香善于纺织，小女子和母亲又善于养蚕，身边也带着蚕子，所以就在此地以养蚕、织布为生。今日若非恩人相救，恐怕已遭毒手。"

唐敖道："请问小姐，那薛蘅香侄女现在何处，父母可都康健？"

姚芷馨道："蘅香表姐的父亲就是小女的母舅，很久以前就去世了。如今只有舅母宣氏带着表弟薛选和表姐蘅香，与小女住在一起。恩人称薛蘅香表姐为侄女，这是何故？"

唐敖道："我姓唐名敖，祖籍岭南。昔日与蘅香之父结拜为至交，今日正来相访，谁知他已经去世。小姐既然与蘅香侄女同住,就请引我一见。"

姚芷馨引着唐敖来到薛家,只见许多人围在门口,喊成一片,口口声声要织布的女子出来送命。

姚芷馨吓得不敢向前,唐敖同多、林二人挤到门口,只见刚才树林中的大汉也在其中。

唐敖于是对众人大声说道:"大家不要喧闹,听我说一句。这薛家只不过是在此暂住,我们三人特地来接他们回中原。你们暂且散了去吧,我们会想办法的。"

那大汉听到之后,晓得唐敖的厉害,只得带着众人离开。

姚芷馨引众人进门,将前后的经历详说一遍。宣氏一边哭,一边拜谢了唐敖。

唐敖将宣氏一家安置妥当后,又到薛仲璋的坟前恸哭一场,方才与众人上船分别。

走了几日之后,众人来到歧舌国。林之洋平日里就知道这个国家的人最喜欢音乐,于是向水手拿了很多的笙笛,连同之前在劳民国买的双头鸟,一起拿到集市上交易。唐、多二人也就跟着上了岸。

只见那些人嘴里叽叽呱呱讲个不停,不知说些什么。

唐敖道:"这个地方的人讲话,口中有好几种声音,九公你能不能听懂呢?"

多九公道:"海外各国的语音,只有歧舌国的最难懂。当日老夫也想学习,但没有人指点。后来因为偶尔贩卖些东西,在这里住了半个月,每天听他们说话,就请他们指点一二,也就学会了。林兄也是经过老夫指点,才学会的。"

唐敖说道:"九公既然懂他们的语言,为什么不趁此机会探听一下他们的音韵学呢？"

多九公听后，表示赞同，说道："海外有两句谚语说得好：'来歧舌国而不学习音韵，就好比进入宝山而空手回去。'可见音韵学是此地的特产，待老夫前去问一问。"

多九公正要走，只见迎面走过来一位老人，举止倒也文雅。

多九公于是朝老人拱了拱手，说了几句话，老人也拱手回答了几句。

二人谈了许久，老人忽然摇头吐舌，好像有什么困难。

唐敖趁老人吐舌头时，细细一看，原来老人的舌尖分为两半，就像用剪刀剪开了一样，说话时两个舌尖一起颤动，所以声音不一致。

谈了许久，只见九公连连向老人作揖，老人说了两句话，把袖子一甩就走了。

多九公被气得愣在原地，回过神来之后，才向唐敖说道："那个老儿真的要把我气昏了！我请他指点音韵学，他只管摇头，说音韵学是本国不外传的秘密，他们国王曾下达过威严的命令，如果有人贪图钱财而将音韵学外传，不论是大臣还是百姓，都要治罪。我便向他诚恳地请求道：'老先生，您只要暗暗地指教，有谁会知道呢？我们学会之后，感激还来不及，又怎么会走漏风声？您就放心吧。'那老人却说道：'若要人不知，除非己莫为。当年邻国有个人送我一只大乌龟，说乌龟的肚子下藏着贵重的珠宝，如果我教会了他音韵，他就将珠宝取出报答我。当时我连这只大乌龟都不要，何况你今日只是向我作了几个揖呢？你也未免把你的身份看得太高了！'"

唐敖听后，不觉发愁道："送他珠宝，他都不要，看来要学

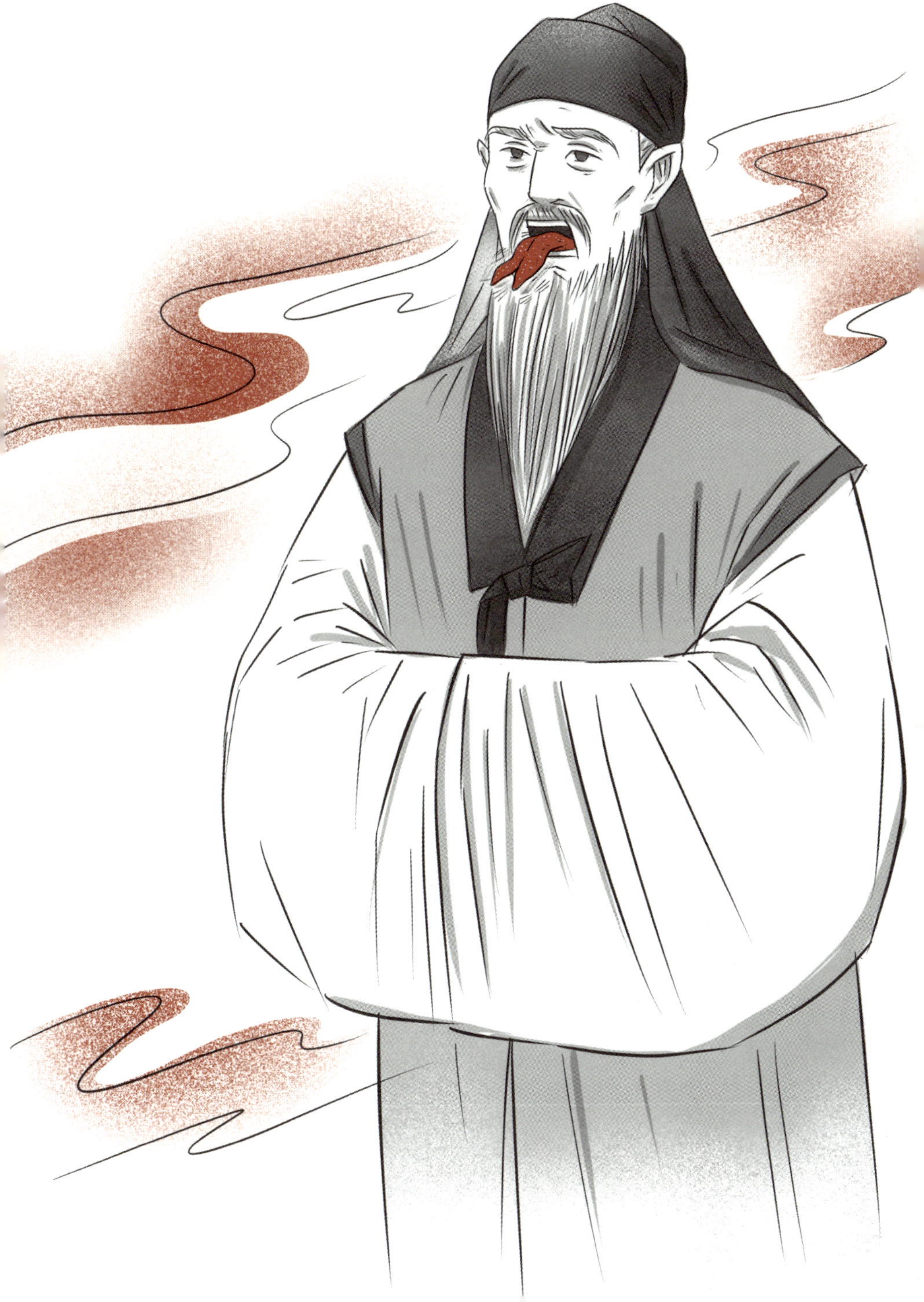

音韵也是别无他法了。"

二人正在垂头丧气之时，只见林之洋提着个雀笼子，笑嘻嘻地走过来。唐敖问道："舅兄今日为何这样欢喜？"林之洋伸出两根指头，不慌不忙地说出一番话来。之后又会发生什么呢？咱们下回接着说。

货禽鸟林郎错失算

话说唐敖看到林之洋一手拎着鸟笼，满脸笑意地朝他们走来，心里好奇，便开口问道："究竟是什么事让你这么高兴呀？"

林之洋兴致勃勃地说道："这里有个长官，连着好几天都心心念念地想买我这只双头鸟。我仔细算了算，他出的价钱和我当初买这鸟时的价格相比，翻了几十倍呢。本来我今天是打算卖给他的，可那长官家里的小厮偷偷跟我说：'我家主人买这鸟，是要送给国王的儿子。你要是现在不肯卖，他肯定还会加价。我把这消息透露给你，等你把鸟卖出去，分我点儿好处就行。'"

"我一听这消息，哪还肯轻易卖掉呀。果然，那长官又提高了价钱。刚才那小厮看天色晚了，就让我明天再过去，说他家主人还会继续加价呢。我一路上想着这事，心里那个欢喜哟，止都止不住。"

"不过啊，这小厮也真是见钱眼开，一点儿都不记得主人平日里对他的衣食之恩，一看到钱，就把主人抛到脑后去了。"

众人听了林之洋的话，随后便一同回去休息了。第二天一大早，林之洋就起了床，精神抖擞地提着雀笼子出门去了。

唐敖因为没能学到岐舌国的音韵学，心里一直烦闷不已，直到中午才从床上起身。他正和多九公说着话，就瞧见林之洋提着雀笼子，满脸愁容地回来了。

唐敖见状，忙开口问道："舅兄，你怎么这副模样，难不成是那小厮故意骗你？"

林之洋叹了口气，说道："我一大早就过去了，那个长官确实又给加价了。本来我是打算把鸟卖给他的，可那小厮跟我说，他主人马上要去上朝，这会儿没时间，让我等他主人回来，说不定还能再加些价。"

"我寻思着这鸟反正迟早都得卖，多等半天就能多赚点钱，这不是挺好的事嘛，就答应了。哪知道那长官下朝后，突然让小厮来跟我说，不买这鸟了。"

"我偷偷打听了一下，原来是国王的儿子平日里最喜欢骑马射箭，今天出去打猎的时候，不小心从马上摔了下来，现在已经昏迷不醒，情况非常危急，国王都开始准备棺木了。那长官得知这个消息后，就不愿意买这鸟了，还说已经在别的地方买了其他东西。"

"后来，我把价格一降再降，他还是不肯买。我想来想去，这鸟也只有在岐舌国或许还能卖个好价钱，要是到了别的地方，根本没人会买。"

"没办法，我只能先吃完饭再出去碰碰运气，估计这回连一半的利润都赚不到了。"

说完，林之洋简单吃了些饭，便又唉声叹气地提着鸟笼出门去了。

唐敖闲来无事，将林婉如所写的几首诗修改了一番，随后闷坐在那里，只觉百无聊赖，便邀请多九公一同上岸去四处逛逛。

二人来到热闹的街市，只见许多人正围着一道黄榜，其中一人站在那儿大声朗读着榜文内容。唐敖和多九公走近一看，榜文上写着，国王的儿子不慎坠马，生命垂危，若有名医或贤能之士能将王子的伤病治愈，本国之人赏银五百两，外国之人赏银一千两。

多九公看完榜文后，径直走到黄榜前，动作轻巧地将榜揭了下来。守卫黄榜的士兵见多九公的穿着打扮不像是本国人，急忙飞奔着前往王宫报信。与此同时，他们为多九公准备好车马，护送他前往宾馆休息。唐敖对于多九公的举动感到十分疑惑，却也没有别的办法，只能默默地跟在后面。

没过多久，宫中的使者便来到了宾馆。双方相互行礼后，各自落座。使者开口问道："请问二位尊姓大名，是从何处而来，此次到我们这里有什么事情呢？"

多九公回答道："老夫姓多，乃是中原人士，年少时曾读过一些诗书。"说完，他又指了指身旁的唐敖，介绍道："这位是我的好友，姓唐。我们一同出海经商，路过贵地，特地前来见识一番。刚才看到国王张贴的榜文，才得知王子不幸跌伤的事情。老夫虽说在医学方面并不精通，但家中祖辈传下了一副药方，只要是跌打损伤的病症，服用此药后立刻就能起死回生。不过这药分为内服和外敷两种，必须先查看伤者的伤势，才能确定具体该如何用药。"

使者听后，随即进宫向国王禀报了此事。多九公也嘱托唐敖返回船上，将所需的药物取来。

使者引领着唐敖和多九公来到王府。他们走进屋内，只见王子躺在床上，双腿布满伤痕，头部破损处鲜血直流。由于伤势极为严重，王子一直处于昏迷状态。

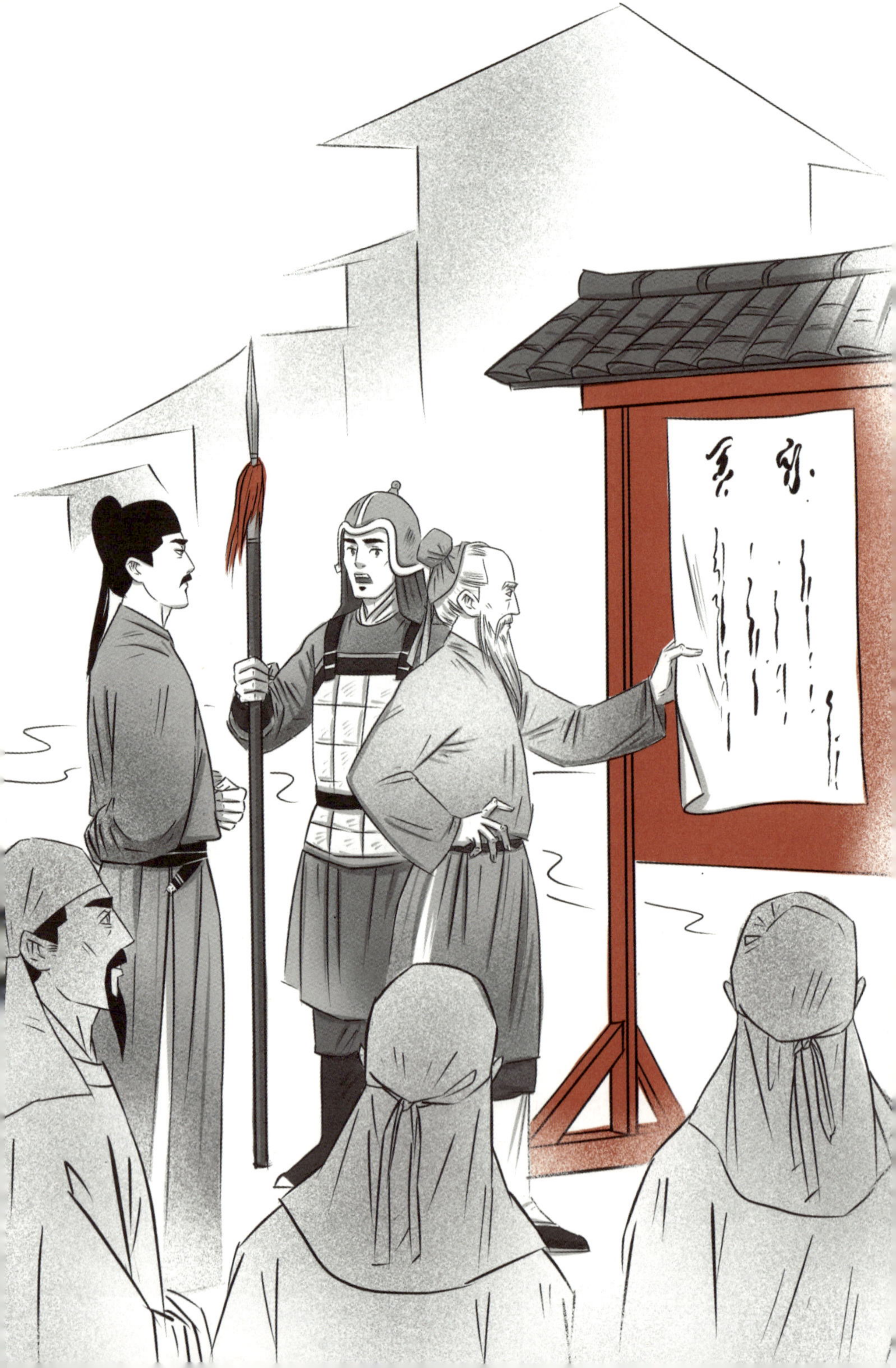

多九公不慌不忙，吩咐使者取来半碗童子尿，又兑上半碗黄酒，而后小心地撬开王子的牙关，缓缓地将混合液体灌了下去。接着，他从身上掏出药瓶，倒出药末，均匀地敷在王子头部的伤口处。随即，他取出一把大纸扇，一边敷药，一边用力地快速扇动扇子。

王府中的宫人看到这一幕，顿时惊慌地叫喊起来。使者也赶忙出声制止："请大贤暂且停手。王子摔成这副模样，本应极力避免吹风，为何您反而用扇子扇风呢？"

多九公耐心解释道："老夫所敷的药名为'铁扇散'，此药必须借助扇子扇动，才能让伤口迅速结疤。这个药方是一位奇人传授给我的，我已经用了很长时间，颇有疗效。你们大可放心，我怎敢拿王子的性命开玩笑呢。"说罢，他依旧不停地扇动着扇子。

没过多久，奇迹出现了，王子头上的伤口果真都结了疤。与此同时，王子也逐渐从昏迷中苏醒过来，口中不时发出痛苦的呻吟声。

多九公见王子病情有了转机，便对使者说道："王子的伤势想来已无大碍，估计过上几日便能痊愈。倘若王子平素酒量尚可，不妨将黄酒与童子尿冲兑，让他不时饮用一些。老夫暂且告辞，明日再来换药。"

使者赶忙说道："方才国王已有吩咐，想请大贤在宾馆暂且住上几日，也便于为王子换药。此刻酒饭都已备好，就请二位移步前往。"

于是众人起身，一同前往宾馆。用过酒饭之后，多九公便在宾馆住下，唐敖则返回船上通报此事。

过了几日，王子的伤果真痊愈了。国王特地为多九公设宴答谢，席间还摆出一千两银子作为酬谢之礼。此外，国王又额外赠送二百两银子，恳请多九公留下疗伤的药方。

多九公推辞道："我们行医济世，本就不求钱财回报。药方我稍后便写给您，不过是举手之劳，何须如此厚赠。老夫别无所求，只希望国王能赏赐一部韵书，或者稍稍为我们指点一下音韵学的门道，老夫便心满意足了。"

使者将多九公的想法如实转达给了国王。国王听闻后，态度坚决，宁可把原本的赠礼再加一倍，也坚决不肯传授音韵学。

使者向多九公解释道："音韵学乃是我国绝不外传的机密，即便国王心情大好的时候，也不会轻易透露，更何况如今王妃正身患重病，国王心中忧虑，就更不可能外传了。"

多九公详细询问了王妃的病情后，随即开出一剂药方。没想到，这药方十分灵验，王妃服用后，病情很快就痊愈了。国王见王妃康复，心中自是欢喜，但一想到音韵学的事情，又懊悔不已。于是，他再次表示，宁愿再多送些银两，也绝不能把音韵学传给外邦人。

使者在国王和多九公之间往返传达了好几次双方的意见，可多九公态度坚定，丝毫不肯让步，甚至表示情愿一分钱都不要，也一定要得到音韵学的相关内容。

国王实在没有办法，只好召集众多臣子一起商议。君臣们足足讨论了三天，才最终决定将几个音韵学的字母写在纸上，然后命使者把这张纸交给多九公。国王还再三叮嘱使者，务必让多九公千万不可轻易将这些字母传给外人，一定要等到回到自己的国家之后才能打开来看。

说来也神奇，虽然纸上所写的内容不多，但音韵学的精髓要点都浓缩在这几个字母之中。后来，唐敖和多九公凭借着这几个字母，一点点钻研，渐渐学会了音韵学。这些都是后话了。

话说多九公回到船上后，突然想起林之洋的双头鸟一事，便开口对林之洋说道："老夫这几日一门心思都放在治病上了，竟忘了问林兄，你那双头鸟到底卖得如何了？"

林之洋一听，连忙说道："俺正想好好谢谢你呢！多亏你把王子的伤给治好了，俺的鸟最后才顺利卖出去。虽说这次卖鸟也赚了点钱，可那小厮实在可恶，不肯真心待我，非要把价钱砍去一半才肯付钱。我跟他磨了好久的嘴皮子，可就是说不过他，只好先回来，银子还在他那儿呢。我想请二位跟我一起去，帮我讲讲价。要是那小厮肯少扣点钱，俺一定做东，请你们好好吃喝一顿！"

于是，三人一同上岸，没多久便来到了那位长官的家中。林之洋把那小厮喊了出来，随即和他开始讨价还价。小厮拿出一袋银子，可给的依旧是半价。

唐敖见状，说道："我们找你卖货，前前后后麻烦了你，按道理自然是要答谢你的。可你把价钱扣掉一半，这也太过分了吧！"那小厮回了几句，唐敖却根本听不懂。

就在这时，只见多九公突然放开嗓门，叽叽呱呱地大喊了几声。那小厮一听，吓得脸色大变，赶紧连连打拱作揖。随后，他转身走进屋子，又拿出一袋银子。多九公打开袋子，从中取出两锭银子付给小厮，把剩下的银子交还给林之洋。之后，三人便一起返回了船上。

路上，唐敖满心疑惑，忍不住向多九公问道："方才你同那

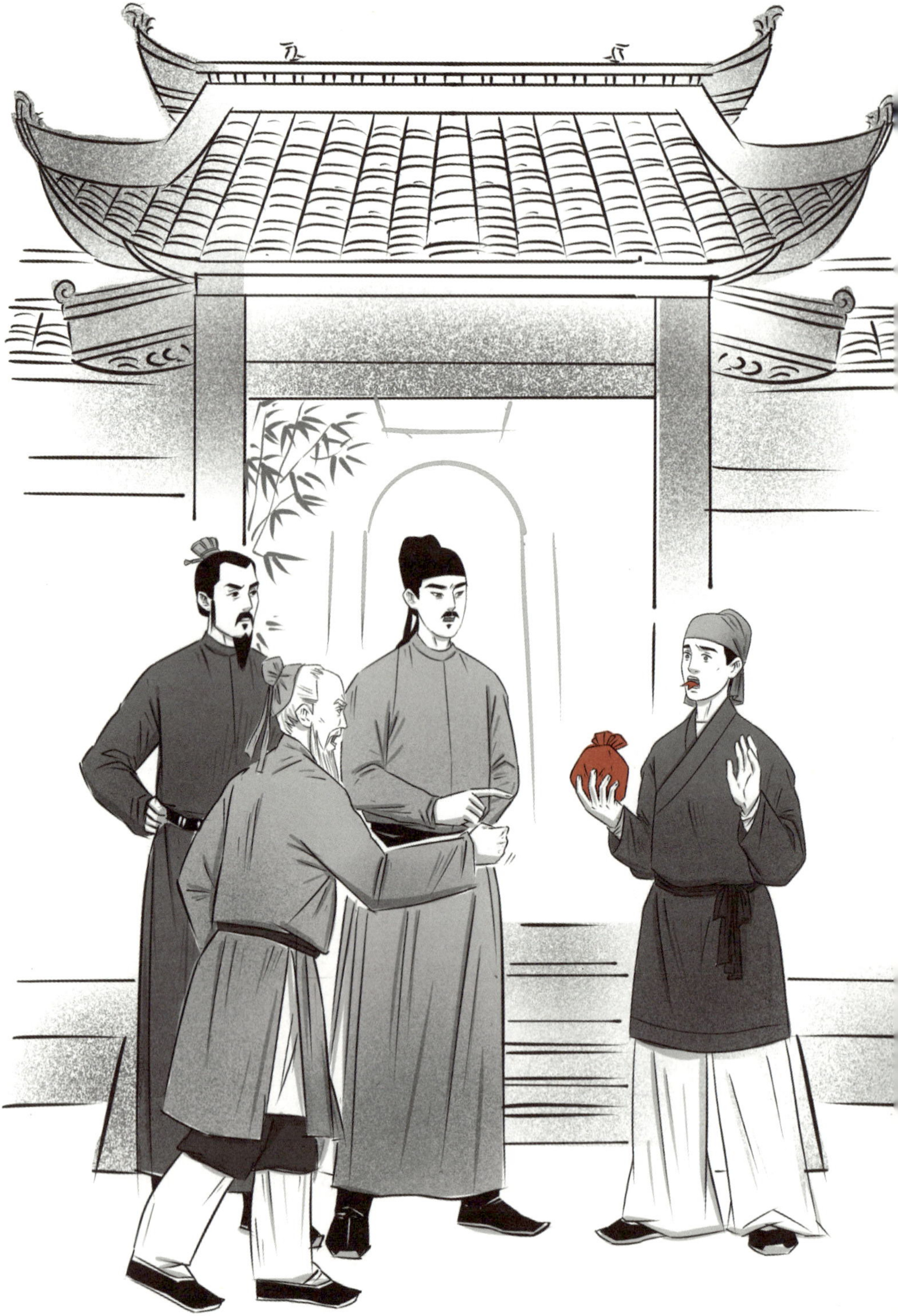

小厮讲话,我是一个字都没听明白。我就琢磨着,我跟那小厮说的话,他到底能不能听懂呢?还有啊,后来九公你对他大喊大叫的,他咋就被吓成那样呢?"

多九公笑着解释道:"咱们天朝乃是万邦之首,平日里说的话,自然是无人不知、无人不晓。那小厮听到唐兄你批评他扣掉一半价钱太过分,便回应说在本地向来都是如此,一分一毫都没法商量。老夫听他这话,说一分一毫都不肯相让,心里着实有些气恼,便大声冲他喊,说他私下把消息透露给我们,教我们抬高售价,这是合伙在骗他的主人。他一听这话,害怕被主人知晓,自然吓得赶紧把银子取出来了。好在咱们也没打算长期和他做生意,毕竟谁会总带着双头鸟到这儿来卖呀。不管怎么说,能多拿几两银子总是好事,大伙儿也能多喝几日酒。"

这一日,众人乘船抵达了智佳国,恰好赶上了中秋佳节。考虑到水手们都想痛痛快快地喝酒过节,林之洋便早早地将船停靠在了岸边。

唐敖放眼望去,发现智佳国的风景以及人们的言语,都与君子国大致相仿,心中顿时涌起了好奇,便邀约林之洋和多九公二人一同上岸,打算瞧瞧这个国家的人是怎样欢度佳节的。

三人没走多远,便进入了城中。只听见一阵震耳欲聋的爆竹声,街市上摆满了各式各样的花灯,人群熙熙攘攘,人声嘈杂,热闹非凡。林之洋不禁感慨道:"你瞧这儿这么多花灯,倒跟咱们过元宵节时一个样儿。"多九公也附和道:"确实有些奇怪。"

于是,三人找来一位路旁的行人,向他打听其中的缘由。原来,这个地方有着独特的风俗,他们觉得正月里太过寒冷,过年过节的氛围也因此大打折扣，没什么趣味。而八月不冷不热，天朗气清，更适合用来过年。所以，他们便把八月初一改成了元旦，把中秋当作上元节来过。眼下，正是智佳国的元宵节，也难怪会如此热闹。

三人继续往前走了许久，来到了一家门前，只见门头上贴着"春社候教"四个大字。唐敖一见，心中暗自欢喜，说道："没想到在这地方还能碰到猜灯谜的活动，咱们进去看看如何？"之后又会发生什么呢？咱们下回接着说。

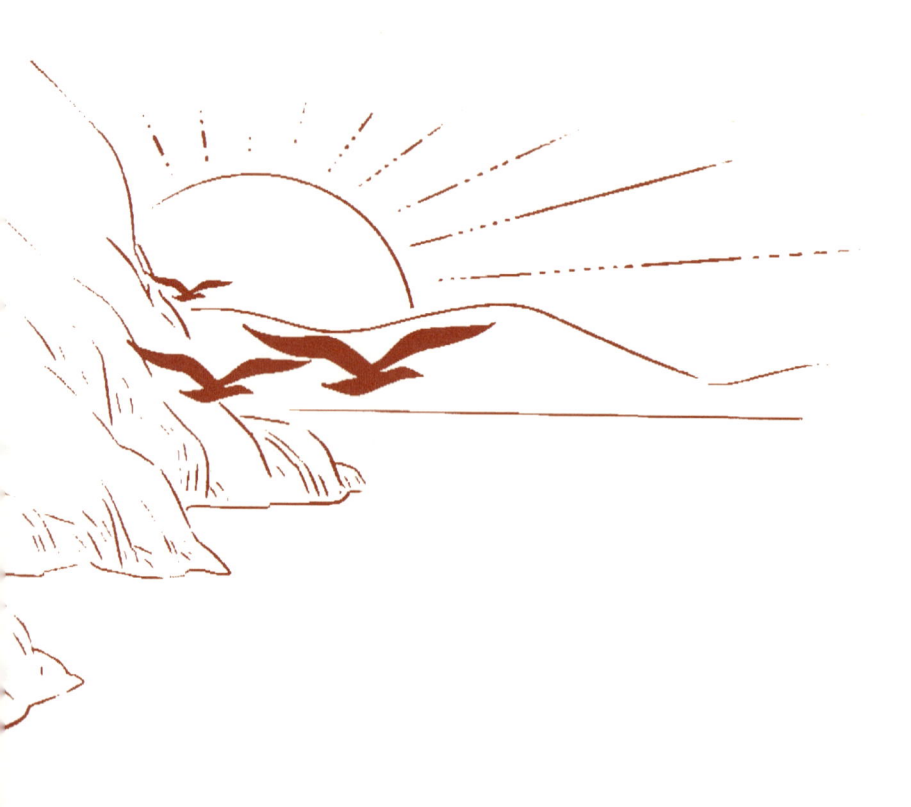

猜灯谜唐公显博学

话说唐敖提议进到屋内去猜灯谜，多九公连忙点头附和道："这主意不错，正合我意。"于是，三人迈步走进大门。往里一看，二门的门头上赫然贴着"学馆"两个大字。唐敖和多九公不禁心中一惊，本能地就想退出来，可一想到那有趣的灯谜，又实在有些舍不得。

就在这时，林之洋在一旁说道："你们别担心，大胆进去便是。说不定这里跟上次我们去的白民国一样，表面看着厉害，实际上不过是徒有其表罢了。"

听了林之洋的话，二人便跟着他一同来到厅堂。只见厅堂的墙壁上贴满了五颜六色的纸条，上面密密麻麻地写着无数的灯谜。旁边围着不少人，他们个个身着儒生的服饰，头戴头巾，举止言谈间透着一股斯文的气质。而且，这些人竟然都是白发苍苍的老翁，没有一个年轻人。看到这一幕，唐敖和多九公才稍微放下心来。

主人热情地邀请三人入座，三人走上前去，仔细端详着那些字条。这时，一张字条上的内容映入眼帘，上面写着："万国咸宁。打《孟子》六字，赠送万寿香一束。"

多九公看罢，便开口问道："敢问主人，这'万国咸宁'的谜底，是不是'天下之民举安'？"

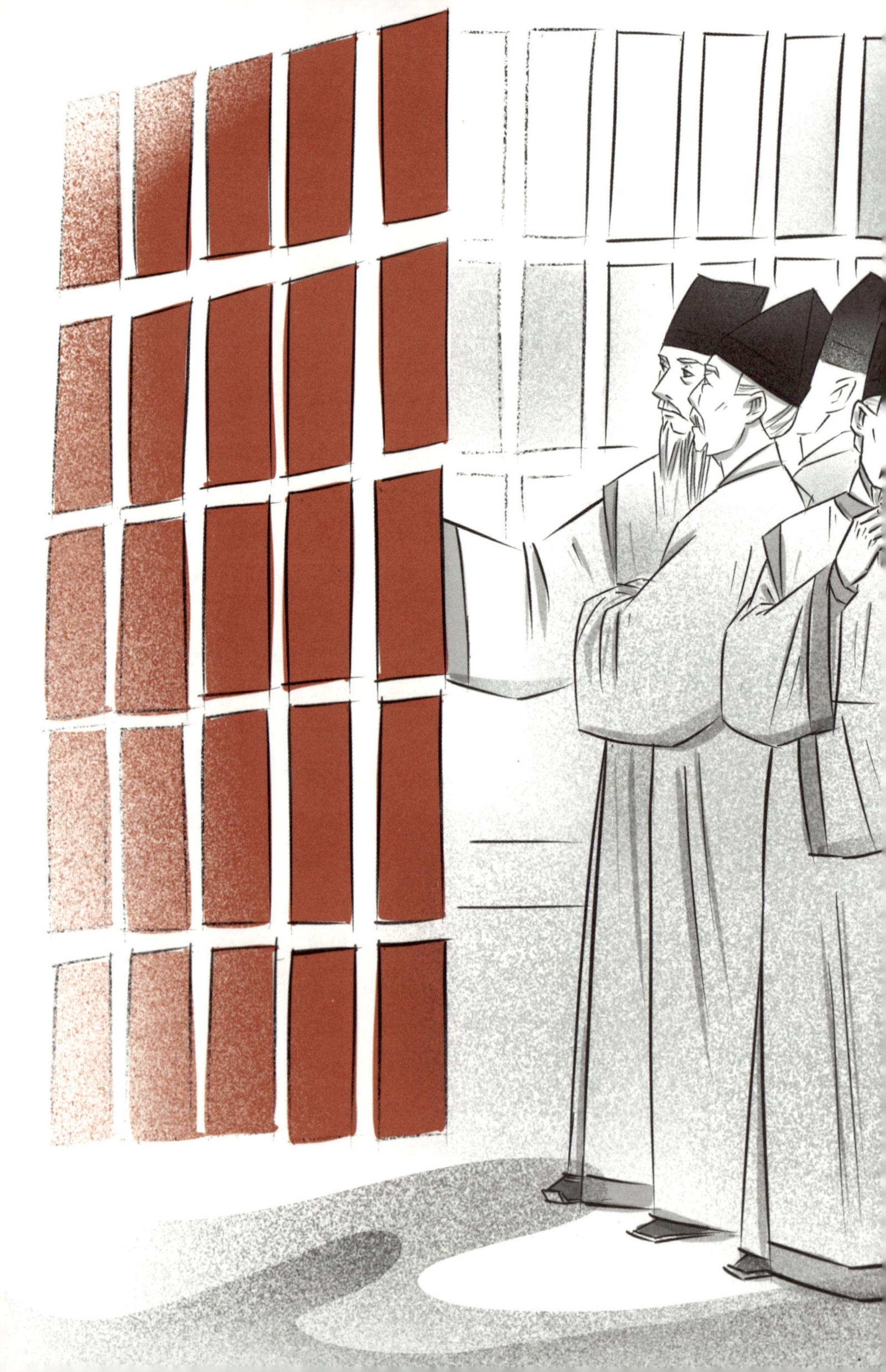

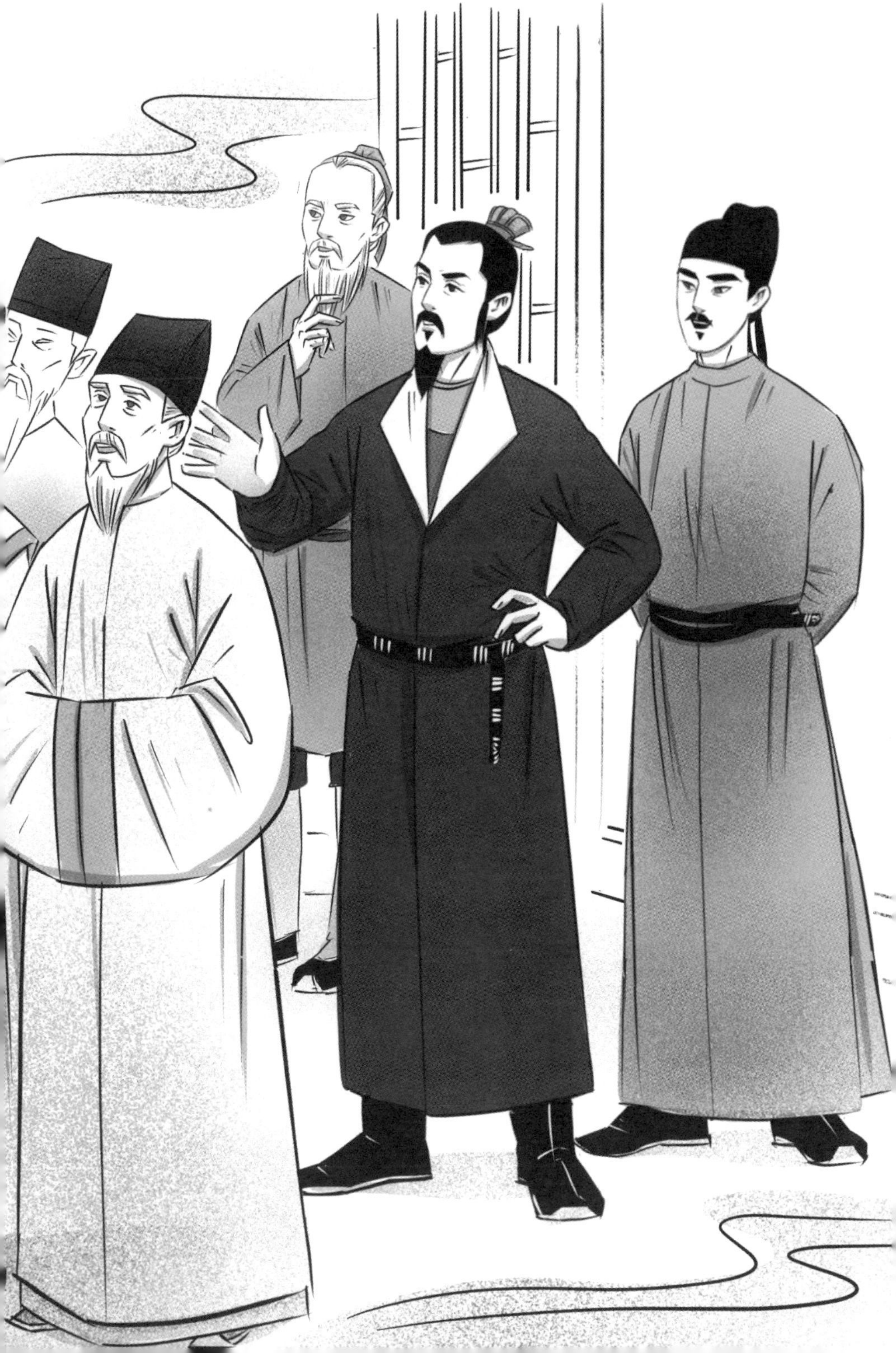

一旁的一位老人马上回应道："老丈猜得一点儿没错。"说着，便将作为奖品的万寿香递了过来。

多九公有些惊讶，说道："不过是偶尔玩玩的小游戏罢了，怎么还会有礼物赠送呢？"

老人微笑着解释道："能得到您的赐教，我们十分高兴。这些小小的礼物，不过是为了增添些乐趣罢了。在我们这儿，猜谜语向来都是如此，只是一份秀才之间的情谊，还请您不要见笑。"

多九公连忙说道："岂敢，岂敢。"随即便恭敬地把万寿香接了过来。

唐敖突然想起一事，便向多九公请教道："九公，之前咱们在路上看到的那个人的眼睛长在手掌上的国家，到底叫啥名字来着？"

多九公不假思索地回答道："那是深目国。"

唐敖听后，心中一动，随即高声向主人询问："请教主人，'分明眼底人千里'，以此打个国名，是不是深目国啊？"

老人微微点头，回应道："丈人所言极是。"说罢，便将准备好的礼物递了过来。

旁边围观的众人也纷纷称赞："用'千里'来描绘'深'字，构思实在是精妙周到。这灯谜出得好，猜得也妙啊。"

这时，林之洋也来了兴致，开口问道："九公，我听说人们常把女儿称作'千金'，这么看来，'千金'指的就是女儿了。要真是这样，那墙壁上贴着的'千金之子'，打个国名的话，应该就是女儿国了吧？我去问问他。"

不承想，林之洋刚才说话声音太大，那个老人早就听到了，不等他去问，老人便说道："小哥猜得没错。"

唐敖在一旁点评道："这个女儿国的'儿'字设计得倒还挺有意思。"

林之洋意犹未尽，又说道："那还有个'永赐难老'，打个国名呢。"

老人笑着纠正道："这里贴的字条，只有'永锡难老'，可没有'永赐难老'哟。"

林之洋赶忙改口："我刚才说错了，那'永锡难老'，是不是不死国呀？还有那上面画着螃蟹的那个，是不是无肠国？"

老人微笑着答道："不错，正是。"随后也把相应的礼品送了过来。

林之洋看着手中的礼品，满脸兴奋地说道："有了这些赠送的礼品，我对猜谜的兴致就更高啦。请问主人，'游方僧'打《孟子》四字，是不是'到处化缘'呀？"

众人一听，顿时哄堂大笑起来。唐敖的脸一下子涨得通红，尴尬地解释道："这是我的朋友在开玩笑，故意逗大家乐的。请问主人，正确的答案是不是'所过者化'呢？"

主人微笑着点了点头，说道："正是。"说完，便把相应的礼物递了过去。

多九公在一旁暗暗埋怨林之洋，心想："林兄的书都没读熟，怎么也不先问问我们，就这么急着把答案说出来呢。"

可还没等多九公把这想法压下去，林之洋又开口了："'守岁'二字打《孟子》一句，是不是'要等新年'呀？"

众人听了，再次笑得前俯后仰。多九公赶忙站出来打圆场："我这朋友就爱开个玩笑，诸位可别见怪。请教主人，这谜底是不是'以待来年'呢？"

主人笑着回应："没错，正是。"

多九公听后，偷偷向唐敖使了个眼色。二人随即一同站起身来，恭敬地说道："多谢主人的丰厚赏赐，只是我们还要继续赶路，只能先告辞了。要是明年还能来到贵国，一定再来向您请教。"

主人客气地将三人送到门外，目送他们离去。

三人来到闹市后，多九公微微皱着眉头，略带遗憾地说道："老夫瞧着那学馆里的灯谜还有不少，本想着再多猜上几条，好好展现一下咱们的本事。可没想到，林兄你三番两次地催着我们出来，这又是何必呢？"

林之洋一听，立马瞪大了眼睛，满脸委屈地反驳道："九公，你这说的是什么话呀？我一直在那儿好好地猜谜呢，什么时候催过你们了？我还正埋怨你们打断了我猜灯谜的兴致呢，怎么反倒怪起我来了？"

唐敖在一旁无奈地摇了摇头，开口说道："《孟子》这本书大家都熟知，舅兄你既然记不清楚，问我们一声又有何妨？可你却随口乱说，人家听了都忍不住发笑。我和多九公站在你旁边，都觉得尴尬得很，这难道不是舅兄你存心想要催我们离开吗？"

林之洋听了，有些不好意思地挠了挠头，辩解道："我不过是想多猜几个谜，给自己挣点儿面子，哪承想反倒被人笑话了。反正他们也不知道我的名字，就让他们笑去吧。再说了，今天可是中秋佳节，幸亏我们早早回来了，要是一直顾着猜灯谜，不就耽误了饮酒赏月的好时光了吗？"

唐敖心中疑惑，不禁开口问道："之前在劳民国的时候，九公你曾说过'劳民国长寿,智佳国短命'。可既然这里的人寿命不长,为什么我们看到的个个都是老翁的模样呢?"

多九公轻轻摇了摇头,解释道:"唐兄,你只看到了他们满头白发,却不晓得这些看似老翁的人,实际上都只有三四十岁罢了。"紧接着,多九公继续说道:"这个国家的人,对天文、占卜、勾股、算法之类的技艺喜爱至极,而且没有一样不精通的。他们彼此之间争强好胜,为了出人头地,用尽了心思。也正因如此,邻国的人便用'智佳'来称呼他们。他们整日只顾着思考钻研这些技艺,时间一长,心血都耗尽了,所以还不到三十岁,头发就已经白得像霜雪一样了。到了四十岁的时候,身体状况就如同我们那儿七八十岁的老人了,因此这个国家很难有长寿的人。"

林之洋听了,不禁笑道:"他们见我模样年轻健壮,还喊我小哥,哪里知道论起年龄,我还是他们的老兄呢!"

唐敖感慨道:"虽说我们少猜了几个灯谜,但好在现在天色还早,正好可以尽情地游玩一番。"

于是,三人又前往各处观赏花灯、欣赏花卉。所幸这个地方并不禁止夜晚出行,而且花灯整夜都亮着。就这样,三人兴致勃勃地游玩了整整一夜。回到船上后,他们又小酌了几杯酒,不知不觉间,天已经亮了。林之洋吩咐水手开船,航行了几天之后,他们便抵达了女儿国。

船稳稳地停靠在岸边后,多九公兴致勃勃地邀约唐敖一同上岸游玩。唐敖由于之前听闻唐太宗派遣唐三藏前往西天取经时,也曾路过女儿国,唐三藏险些被女儿国国王强行留下,难以脱身,因此对上岸一事颇为忌惮,不太敢轻易前往。

多九公见状，不禁笑道："唐兄这番考虑确实周全，不过此女儿国并非彼女儿国。倘若真是唐三藏当年所经过的那个女儿国，莫说唐兄你不该上岸，即便是林兄想去卖货，恐怕也不敢贸然前往。此地的女儿国与别处大不相同，这里同样有男有女，和我们所生活的地方是一样的。只是，这里的男子反倒身着衣裙，如同妇人一般操持家中事务；而女子却穿着靴帽，像男人一样去处理外面的事情。"

唐敖听了多九公的介绍，心中好奇，便问道："既然这里的男子如同妇人一样处理家庭内部事务，那他们的脸上会不会搽粉，两只脚需不需要缠足呢？"

林之洋抢着回答道："我听说他们这儿可喜欢缠足了，不管是大户人家还是普通小户，都把缠足视为高贵的象征。至于脂粉，那更是必不可少的东西。幸好咱们生活在中原地区，要是生活在这儿，也让我缠足，那可真是要把人坑惨了！"

三人一路上有说有笑，林之洋满心欢喜地拿着货单，前往各处售卖货物去了。而唐敖和多九公则走进城里，悠闲地四处逛着。

他们在城中漫步时，发现这里的人，无论年长年幼，脸上都没有胡须。那些身着男装的人，一开口说话，发出的却是妇人的声音，而且身形较为瘦小，举止间袅袅婷婷，尽显柔态。

唐敖见状，不禁感慨道："九公，你瞧他们，本就是好好的妇人，如今却偏偏要装扮成男子的模样，这般行事，可真是矫揉造作啊。"

多九公听了，笑着回应道："唐兄，你若这样想，那要是他们看到我们，恐怕也会觉得奇怪，心想我们为何放着好好的妇人不做，却要这般矫揉造作地冒充男人呢。"

唐敖听了多九公的话，不住地点头，说道："九公说得极是，正所谓'习惯成自然'。在我们眼中，他们的装扮和行为确实怪异，但对于他们来说，这是自古以来就形成的习惯。想必他们看我们的时候，也会觉得我们的行为不符合他们的认知，认为我们做得不对呢。如今，此地的男子我们已经见识过了，只是不知道这里的妇人又是什么样的呢？"

这时，只见多九公暗暗地朝旁边指了指，说道："唐兄，你瞧那边，那个中年妇人正拿着针线做鞋呢，那不就是妇人嘛。"

唐敖顺着多九公所指的方向看去，只见在那边有一小户人家，门内坐着一位中年妇人。她一头乌黑的青丝，被搽得油光发亮，简直能滑倒苍蝇。耳朵上戴着精美的八宝金环，上身穿着一件玫瑰紫色的长衫，下身搭配着葱绿色的裙子。裙子下露出一双小巧玲珑的金莲，脚上穿着一双大红绣鞋，尺寸刚好只有三寸。她伸出一双小手，十指尖尖细细的，正在专心致志地绣花。

唐敖又仔细瞧了瞧，尽管那妇人脸上搽了厚厚的脂粉，可嘴上却长着一圈络腮胡子，唐敖忍不住"扑哧"一声笑了出来。

那妇人听到笑声，停下了手中的针线活，看了唐敖一眼，大声喊道："你这妇人，是在笑话我吗？"那声音听起来老声老气的，把唐敖吓了一跳，他连忙拉着多九公就往前跑。

那妇人还在后面大声叫嚷着："你脸上也有胡须，分明就是个妇人，却穿着男子的衣服冒充男人。你也不管什么男女有别，就随便偷看别人，也不觉得害臊。今日幸亏是碰到我了，要是碰到别人，只怕会把你打得半死呢。"

唐敖和多九公跑出一段距离后，唐敖才对多九公说道："这

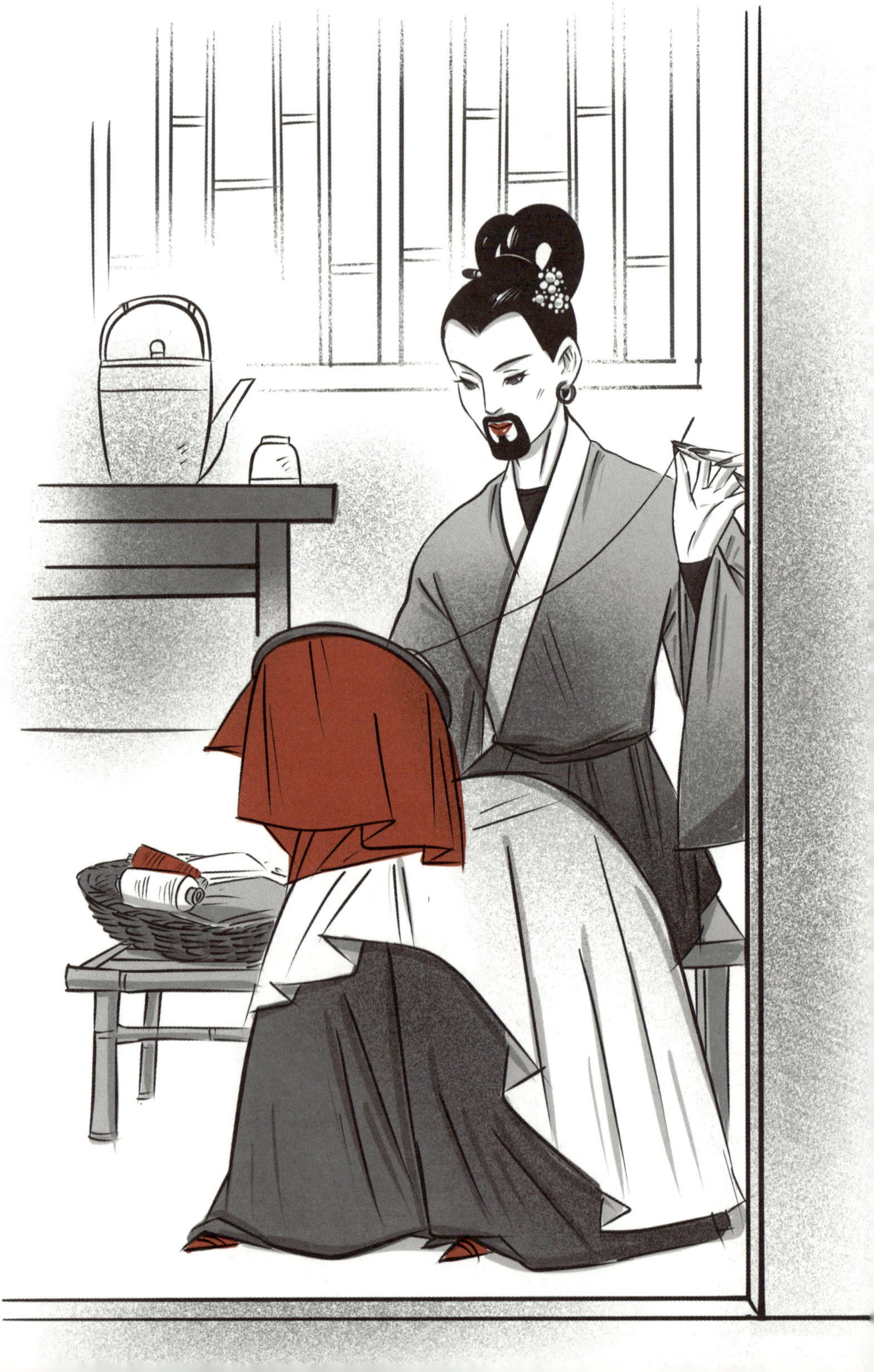

里的语言倒还比较容易懂，听那妇人说的话，果然是把我们当成妇人了。我那舅兄上岸去卖货了，真希望这里的人能把他当作男人才好。"

多九公疑惑地问道："这话怎么说呢？"

唐敖解释道："舅兄本来就生得面如傅粉，如今在厌火国又被烧掉了胡须，看起来就更显得年轻健壮了。要是这里的人把舅兄当成妇人，那可真让人担心啊。"

多九公宽慰道："此地的人对待邻邦向来是最为和睦的，更何况我们是从天朝来的，他们自然会更加尊敬我们。唐兄就尽管放心吧。"

唐敖忽然发现前方路旁有些异样，便对多九公说道："你瞧那边，路旁挂着一道榜文呢，好多人围在那儿高声念着什么，咱们过去瞧瞧吧。"

多九公顺着唐敖所指的方向望去，微微点头。于是，二人走上前去。好不容易挤到人群近处才看清，原来是关于治理河道壅塞的事情。

唐敖好奇心起，想要再挤进去仔细看看榜文内容。多九公见状，打趣道："治理河道这事跟咱们有啥关系呀，唐兄你何必非要去看呢？难不成你还想帮他们治河，顺便赚点酬劳？"

唐敖听了，连忙解释："九公可别打趣我了，小弟我对河道治理的事一窍不通，只是想看看他们写的字和我们的有没有不一样罢了。"

两人继续往前漫步，一路上欣赏着女儿国的风土人情，游玩了许久才返回船上。回到船上时，却发现林之洋还没回来。众人吃过晚饭，一直等到半夜，仍然不见林之洋的踪影。吕氏心里十分焦急，坐立不安。

唐敖和多九公见状，为了安抚吕氏，便提着灯笼上岸去寻找林之洋。他们匆匆赶到城门边，却发现城门已经关闭，无奈之下，只好失望地返回船上。至于林之洋究竟去了哪里，又会发生什么事情，且听下回分解。

林之洋缠足做王妃

话说唐敖和多九公那天晚上没能找到林之洋,心里十分着急。第二天一早,他们又马不停蹄地出去寻访,然而找遍了林之洋可能去的地方,依旧是毫无他的踪影。

到了第三天,两人决定带着几个水手一起,分头在城里城外仔细寻找。他们不辞辛劳,四处打听,不放过任何一个可能的线索,可还是徒劳无功。就这样,一连找了好几天,林之洋就如同石沉大海一般,没有半点消息。

吕氏和婉如得知情况后,心急如焚,哭得死去活来。唐敖和多九公看着她们如此伤心,心里也很不是滋味,于是仍然坚持每天出去寻找林之洋。

然而,他们并不知道,当日林之洋带着货物清单,先是到一些大户人家去卖货。在一户大户人家的指点下,林之洋得知前面有个国舅府,府里人口众多,要买的货物肯定也不少。于是,林之洋满怀希望地朝着国舅府走去。

当他来到国舅府时,只见这府邸规模宏大,气势非凡,尽显富贵气象。林之洋跟着引路的使者来到内殿门口,使者停下脚步,对他说道:"大嫂,你就在这儿稍等片刻,我把这货物单送进去,看看府上的意思,之后再来回复你。"

林之洋点点头,耐心地等待着。没过一会儿,使者便走了出来，说道："大嫂，你货物单上列的各种物品，我们国主都有需求，只是数量多少不一，各样都打算买一些。这买卖讲价，要是问来问去的，怕到时候会有差错，所以必须当面讲清楚才好。国主念你是天朝来的妇人，而天朝又是我们极为尊崇的上等邻国，因此特命你入内详谈。大嫂进去之后可要多加小心啊。"

林之洋自信满满地回答道："这个你放心，我心里有数，自然不用你多吩咐。"

林之洋跟着使者来到内殿，见过国王并行礼后，便站在一旁。他看那国王三十多岁，面白唇红，十分美貌，身旁围着众多宫女。国王用尖尖十指拿着货物单，询问了各种货物的价钱，还上下打量了林之洋一番。林之洋心想："这国王为何这般打量我，莫不是没见过中原来的人？"不久，宫女来请用膳。国王吩咐使者存下货物单，先回复国舅，又让宫女款待天朝妇人用酒饭，随后便转身回宫了。

林之洋稍作歇息，几个宫女便将他带到了一座楼上，楼上席间摆满了美味佳肴。他刚用完酒饭，就听见楼下吵吵嚷嚷。许多宫女跑上楼来，口中喊着"娘娘"，接着便磕头道喜。

紧接着，又有不少人拿着凤冠霞帔、裙裤和各类首饰进来。她们不由分说，七手八脚地就开始脱林之洋的衣服。这些宫女力气极大，林之洋根本无法动弹。随后，宫女们准备好香汤，伺候林之洋洗浴，又给他换上裙袄，在头上梳起发髻，搽了大量头油，戴上凤钗，还在他脸上搽满香粉，将嘴唇涂得通红。

此刻的林之洋，如同在做梦，又似喝醉了酒，只是呆呆地发愣。他仔细询问宫女后才得知，国王已封他为王妃，等选好吉日良辰，便要接他进宫。

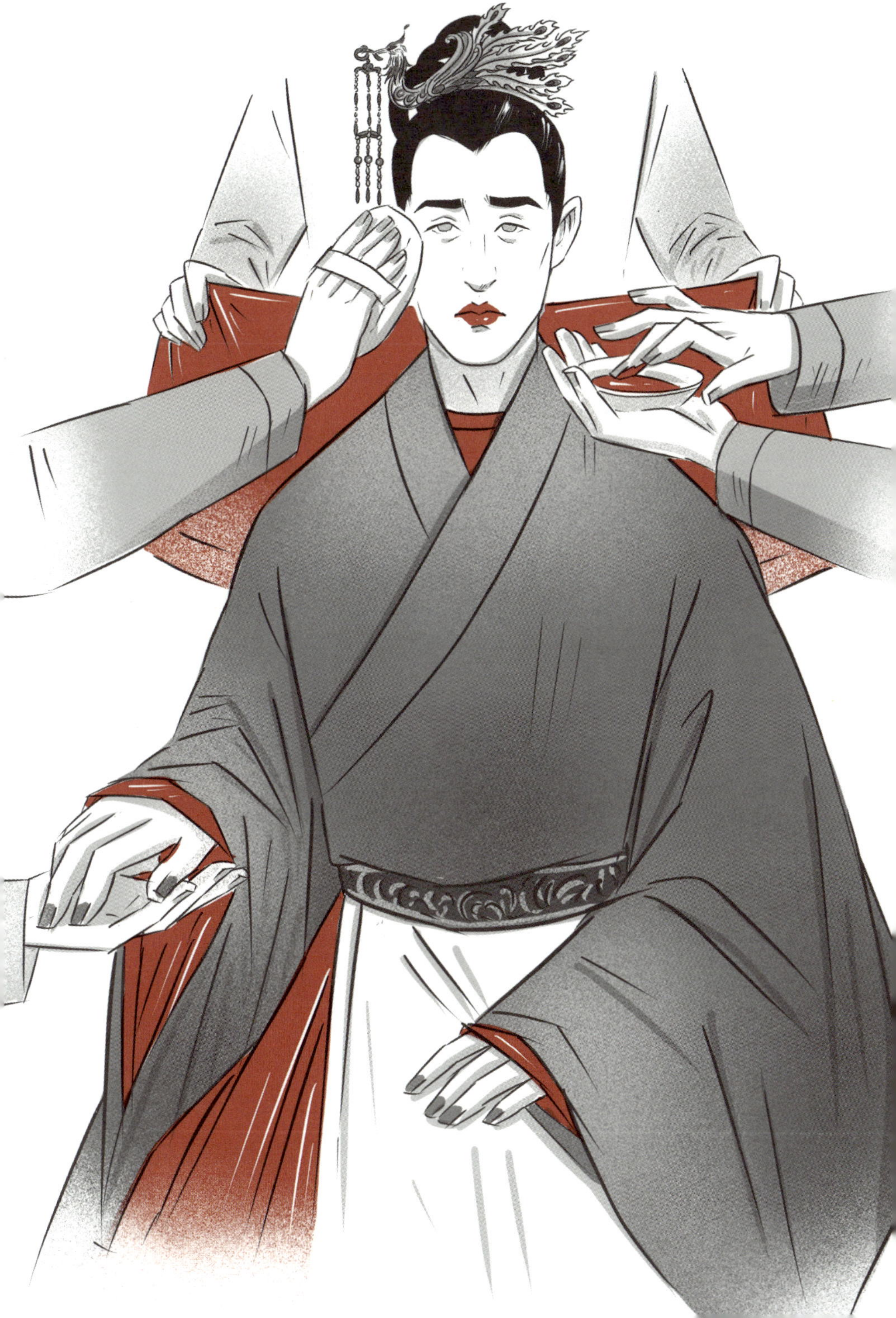

在一片忙乱之际，几个中年宫女走了进来，她们个个身材高大健壮，脸上长满胡须。其中，一个留着白胡须的宫女，手中拿着针线，快步走到床前，"扑通"一声跪下，说道："启禀娘娘，奴婢奉命来给您穿耳。"

话刚说完，立刻有四个宫女上前，将林之洋紧紧地按住。那白胡须宫女走上前，先在林之洋右耳准备穿针的地方轻轻碾了碾，随后"嗖"地一下，一针迅速穿过。林之洋猛地大叫一声："痛死俺了！"身体因剧痛不由自主地向后一仰，好在旁边的宫女反应及时，迅速将他按住。

白胡须宫女没有停歇，又在林之洋的左耳同样碾了碾，紧接着又是一针穿过。林之洋疼得大喊大叫，声音在屋内回荡。等两耳都穿好后，宫女们用一些铅粉仔细地涂抹在耳洞周围，然后为林之洋戴上了一副精美的八宝金环。白胡须宫女完成任务后，便退了出去。

紧接着，一个黑胡须宫女手里拿着一匹白绫，也跪在床前，说道："启禀娘娘，奴婢奉命来给您缠足。"这时，又有两个宫女走上前来，双双跪在地上，用力按住林之洋的两只脚。她们把白绫从中间撕开，将林之洋的右脚放在自己的膝盖上，先往脚缝里撒了一些白矾，接着把他的五根脚趾紧紧地靠在一起，然后使劲将脚面弯曲成弓状，随后便用白绫开始缠裹起来。

才缠了两层，就有宫女拿着针线走上前，将白绫密密地缝了好几圈，一边用力地缠，一边不停地缝。林之洋身旁有四个宫女紧紧地挨着他，还有两个宫女牢牢地扶住他的脚，让他丝毫无法动弹。等缠完脚后，林之洋只觉得脚上如同被炭火烧着一般，疼痛一阵阵地袭来。他内心一阵酸楚，忍不住放声大哭起来："坑

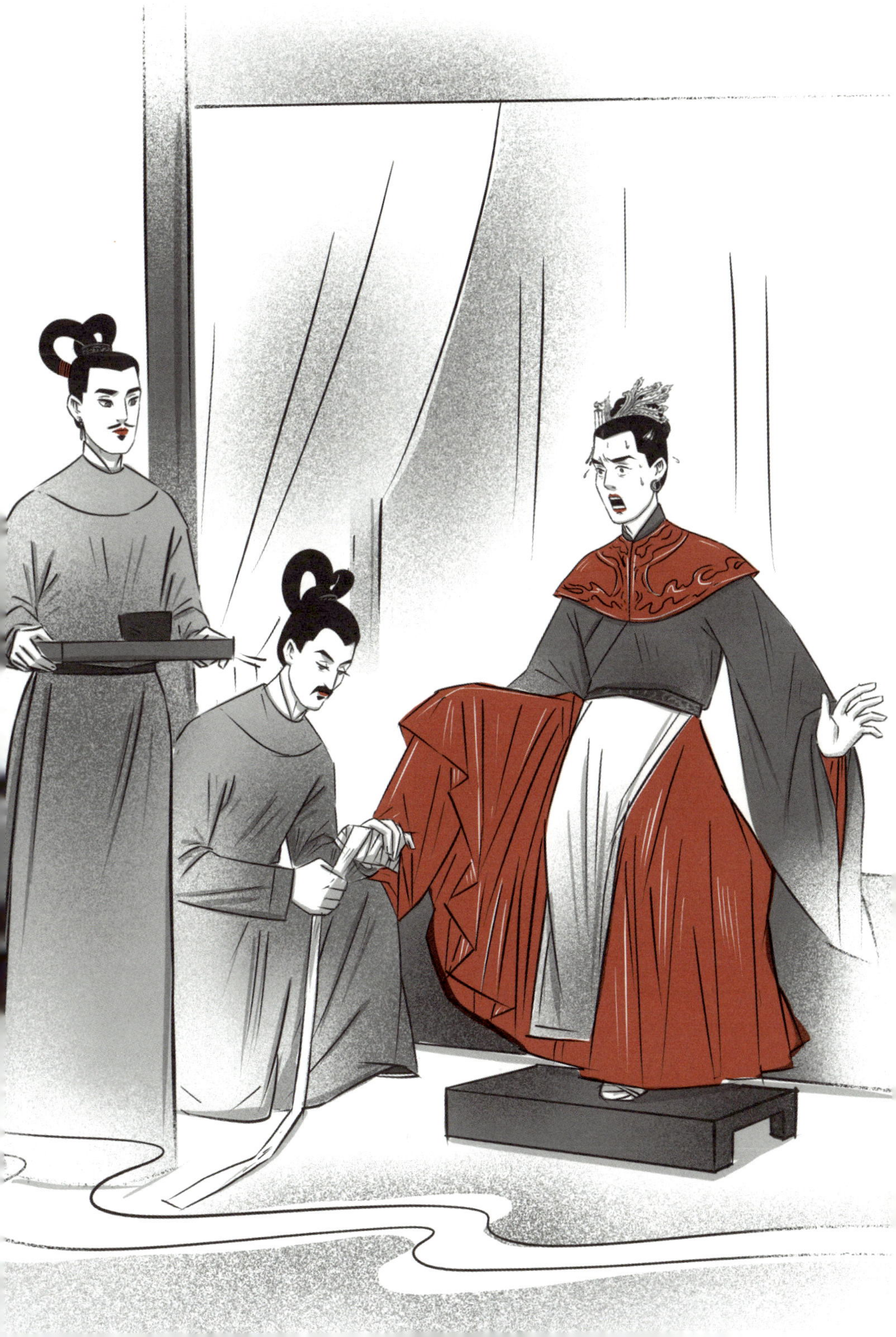

死俺了！"

宫女们将林之洋的两脚缠裹好后，又匆忙地给他做了一双软底鞋，帮他穿上。

林之洋痛哭了许久，脑海中不停地思索着应对之策，却始终无计可施。无奈之下，他只好向周围的宫女们苦苦央求道："求各位老兄行行好，帮我在国王面前美言几句。我本就是个有妻子的人，怎么能去做王妃呢？而且我的这两只大脚，就好比荒废了学业的秀才，多年没参加考试，早就自由惯了，哪里能束缚得住啊？只求能早点放我出去，到时候，不只是我，就连我的妻子也会对你们感恩不尽的。"

众宫女听了，纷纷摇头说道："刚才国王已经吩咐下来了，等把您的脚缠好，就请娘娘您进宫。在这个时候，我们哪敢胡乱说话呀。"

没过多久，天色渐暗，宫女们点上了灯，还送来了丰盛的晚餐。只见桌上摆满了各种美食，肉类堆积如山，美酒琳琅满目，简直是肉山酒海。可林之洋哪里有心思吃这些，他心情沉重，根本难以下咽，便让宫女们把这些食物都吃了。

林之洋坐在床上，只觉得自己的双脚疼痛难忍，实在支撑不住了，只好躺倒在床上，和衣而卧。宫女见状，说道："娘娘既然觉得身体疲倦，那就洗漱一下，安心休息吧。"

话音刚落，又有许多宫女围了上来，有的拿着烛台照亮，有的捧着面盆，有的拿着梳妆用品，还有的托着油盒、粉盒等物，大家乱纷纷地围在床前。林之洋没办法，只好依着众人，稍微应付了一下。

洗完脸后，有个宫女拿着粉就要过来给他搽。林之洋却坚决不肯，态度十分强硬。那个白胡须宫女便劝说道："王妃您的脸虽然很白，但还缺少些香气，所以这粉是不能少的。搽上粉之后，不仅脸会像白玉一样好看，而且还能从白皙的肌肤中透出一股香气，真是越白越香，越香越白，特别招人喜欢。"

然而，不管宫女们怎么劝说，林之洋就是不听。众人无奈地说道："娘娘既然这么任性，那我们明天只好如实向国王启奏，把保姆请过来，再想办法吧。"

到了夜里，林之洋被缠裹的双脚弄得时不时就疼醒，实在忍受不了了，他费了好大的力气，才把脚上的白绫扯了下来，将十个脚趾尽情地舒展了一番。这一舒展，感觉畅快极了，就好像秀才免去了考试一样轻松自在。心中一阵畅快之后，他才渐渐沉沉地睡去。

第二天清晨，林之洋洗漱完毕后，那黑胡须宫女正准备上前为他缠足，却赫然发现林之洋双脚上的白绫早已脱得干干净净。黑胡须宫女见状，心中一惊，连忙跑去启奏国王。

国王得知此事后，当即下令让保姆过来，要重重责打林之洋二十大板。保姆领命后，带着几个手下，手捧着竹板来到楼下。保姆跪在地上，说道："王妃不遵守规矩约束，如今奉国王之命打肉。"

林之洋抬眼一看，只见面前站着一个长胡子的妇人，手中拿着竹板。他心里顿时感到一阵惊恐，忙问道："什么叫作打肉？"

还没等他得到回答，保姆手下那几个略微长着胡子的妇人便径直走上前来，她们一个个膀大腰圆、身强力壮，不由分说地就把林之洋拖翻在地。紧接着，保姆高高举起手中的竹板，一起一落，朝着林之洋的屁股和大腿狠狠打去。

林之洋顿时疼得难以忍受，嘴里哇哇乱叫。才打了五板，他的身上就已经皮开肉绽，鲜血不停地往外流。保姆见状，停下了手中的动作，转头对负责缠足的宫女说道："王妃的身体太过虚弱，才打了五板，就已经承受不住了。要是真打到二十板，恐怕会让他身受重伤，到时候耽误了进宫的吉期可就不好了。烦请姐姐替我向国王转奏一下，看看国主有什么旨意，然后我们再做打算。"

过了一会儿，负责缠足的宫女匆匆回来，说道："国主问王妃从此以后是否愿意遵守约束？如果能痛改前非，就可以立即免去责罚。"

林之洋心中害怕再次遭受毒打，赶忙说道："俺都改，俺都改了。"众人这才停了手。宫女随即拿来手帕，小心翼翼地将林之洋身上的血迹擦拭干净。

国王得知林之洋愿意改过，便命人赐了一包棒疮药，还送来了一碗止痛的人参汤。林之洋敷上了药，又喝下了人参汤，随后便倒在了床上。

休息了一会儿，林之洋果然感觉疼痛减轻了一些。这时，负责缠足的宫女又把林之洋的双脚重新缠好，然后让他下床走动走动。虽然有宫女在一旁搀扶着，而且疼痛也稍有缓解，但林之洋的双脚依然疼痛难忍，每走一步都十分艰难，只想坐下来好好休息。

可是，负责缠足的宫女担心耽误了规定的期限，丝毫也不肯放松对林之洋的要求。林之洋刚想要坐下，宫女就威胁说要启奏国主。林之洋无奈之下，只得勉强支撑着，在房间里走来走去，那模样真像是拼了老命一般。

到了夜晚，林之洋还是会被双脚的疼痛时不时地疼醒，常常一整夜都无法合眼。从那以后，无论白天黑夜，林之洋身边都有宫女轮流守护着，时刻不离人，他竟然连一丝可以放松的机会都没有。

在宫女们日复一日地折腾下，林之洋的双脚始终被紧紧缠着。还不到半个月的时间，他的脚面已然严重弯曲，十根脚趾也都开始腐烂，每天都鲜血淋漓，惨不忍睹。

一天，林之洋的脚正疼得钻心，那些宫女却又要搀着他起身行走。林之洋心中一股怒火陡然升起，又气又恼。他暗自心想："我一直强忍着脾气，受尽了这般屈辱，全是盼着妹夫和九公能来救我出去。可如今他们一点消息都没有，我与其这样一天天地受这零碎的折磨，还不如一死了之，倒也落得个干净。"

心中主意已定，林之洋便在宫女的搀扶下勉强走了几步。可脚上传来的剧痛让他难以忍受，他猛地挣脱宫女，跑到床上，大声喊道："我情愿现在就被处死，要是再让我缠足，就是死我也绝不答应！"说着，他便伸手用力将脚上的白绫扯了下来。

众宫女见状，纷纷上前阻拦，一时间，房间里乱成一团。保姆一看这情形不妙，赶紧跑去启奏了国主。随后，保姆匆匆来到楼上，一脸严肃地说道："国主有令，王妃不遵守约束，不肯缠足，立刻将她的双脚倒挂在房梁上，不得有误！"

林之洋此时已然将生死全然抛诸脑后，他毫无惧色地对着宫女们大声说道："你们赶紧动手，让我早点死了算了，越快越好！"

哪承想，众人刚把林之洋的双脚用绳子紧紧缠好，那钻心的疼痛便立刻加剧，让他难以忍受。等到众人将他的身子缓缓吊

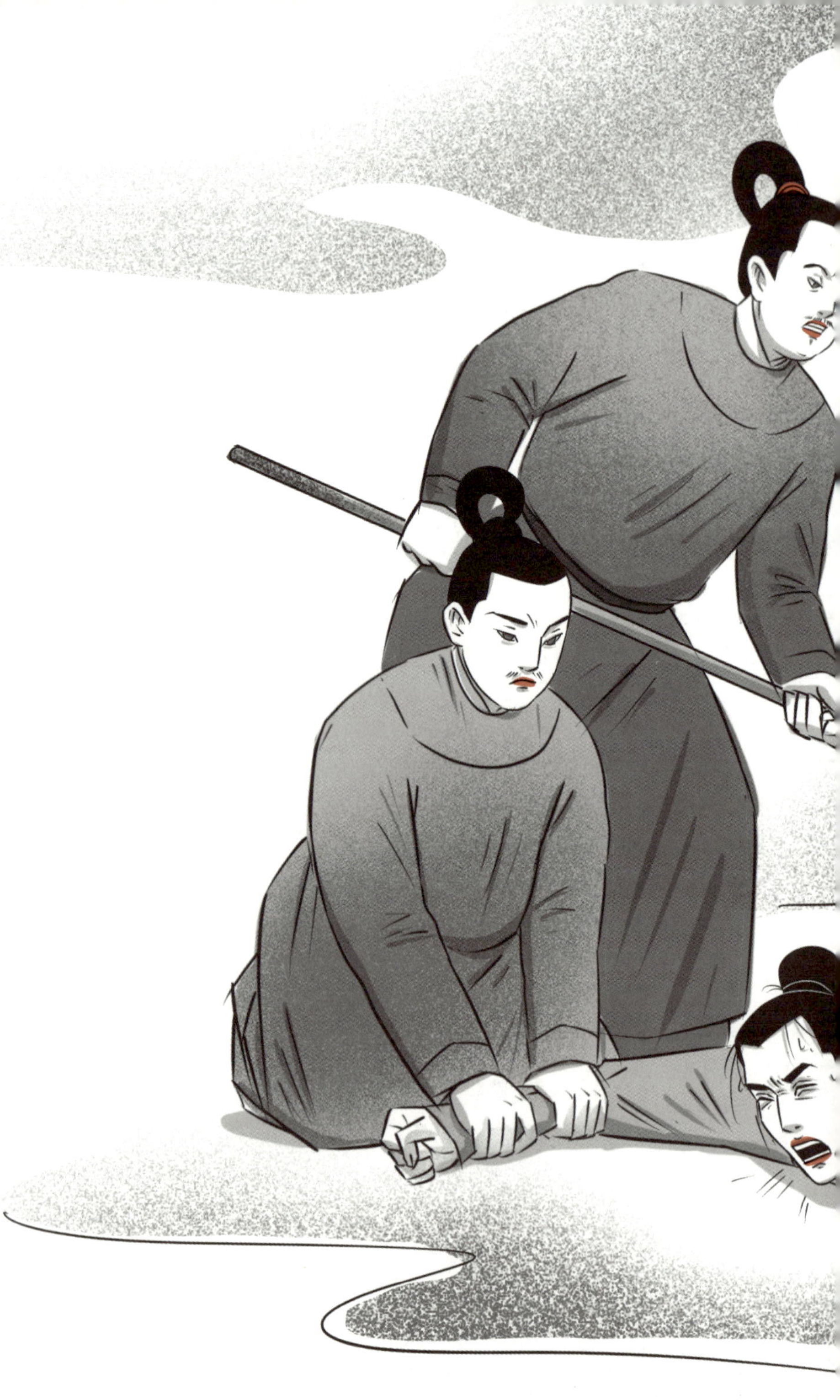

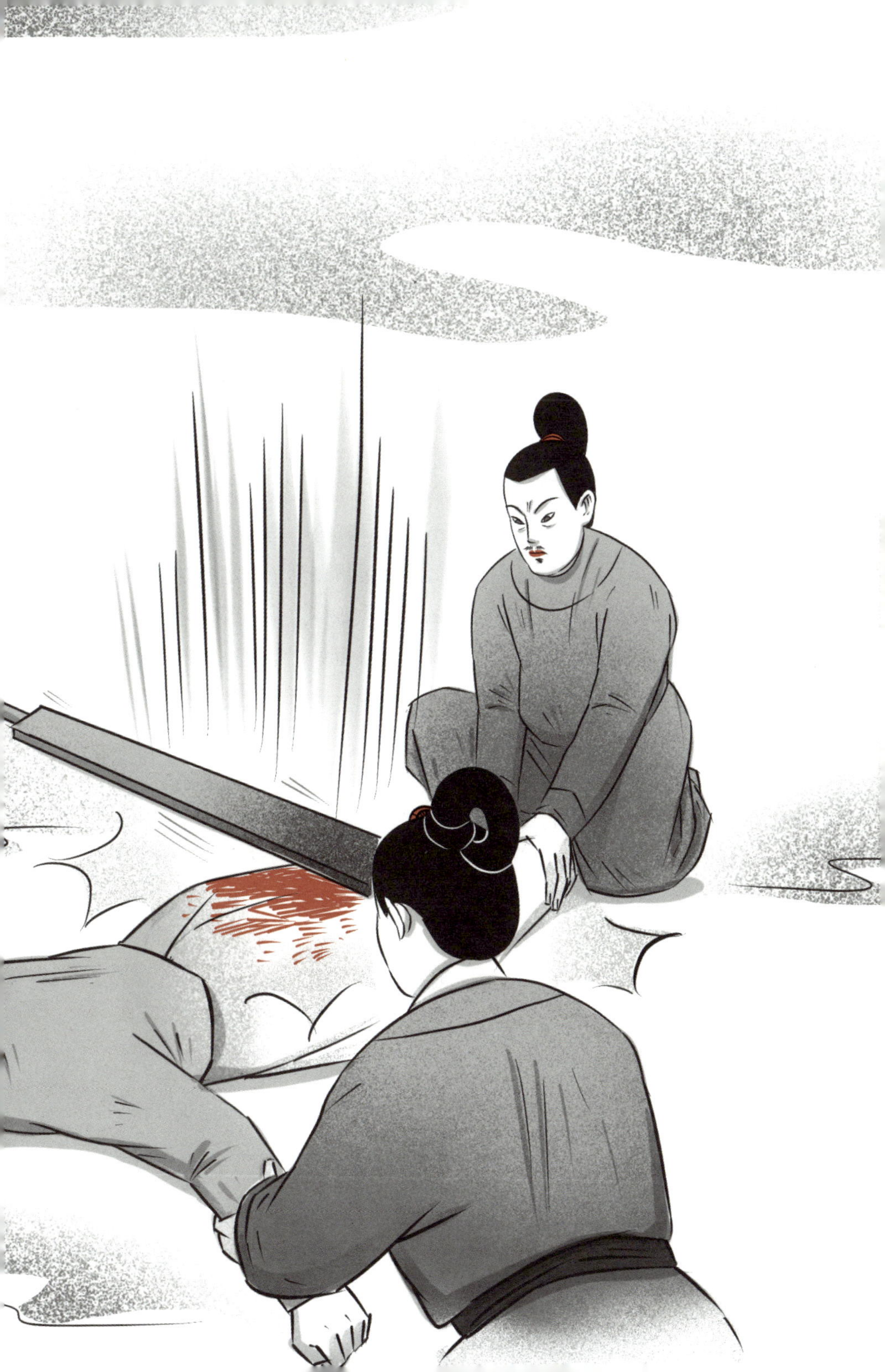

起，林之洋只觉得疼得冷汗不停地从额头冒出，两条腿又酸又麻，仿佛不是自己的一般。他只能咬紧牙关，双眼紧闭，满心盼着能快点气绝身亡，结束这无尽的痛苦。

然而，等了许久，他不但没有死去，意识反而越来越清醒。那倒挂着的双脚，疼得如同刀割针刺一般，钻心的剧痛让他再也忍不住，像杀猪一样大声喊叫起来："求求国主饶我一命啊！"

保姆听到喊声，立刻跑去启奏。随后，林之洋被放了下来。从那以后，林之洋再也没了反抗的勇气，只能强忍着身体的剧痛，一切都听任众人摆布，再也不敢有丝毫的违抗。

那些宫女心里清楚林之洋已经心生畏惧，到了缠足的时候，为了能早点看到效果，好讨国王的欢心，她们更是不顾林之洋的死活，使劲地用力缠。林之洋多次想要寻短见，结束这生不如死的日子，可无奈众人日夜提防着他，他根本找不到机会，真正是陷入了求生不能、求死不得的绝望境地。

不知不觉，林之洋的双足只剩下几根枯骨，比之前瘦小了许多。保姆见状，启奏道："足已缠好。"国王亲自上楼查看，只见林之洋面似桃花，腰如弱柳，越看越欢喜，暗自思量："如此佳人，当日竟误作男儿装，若不是寡人看出来，岂非埋没人才？"于是从身边取出一副珍珠手串，替林之洋戴上。

国王回宫后，越想越高兴，随即选定吉期，决定明日接林之洋进宫，还命刑部衙门释放罪囚。林之洋一心盼着唐敖、多九公前来相救，可盼来盼去，明日就要进宫了，仍不见二人踪影。

他一时想起妻儿，心如刀割，眼泪止不住地流。而且双脚缠得酥麻，行走不便，总是要宫女扶着。回想起当年四处卖货的情景，再看如今这副模样，真是判若两人。林之洋心中万分凄凉，肝肠寸断，当晚整整哭了一夜。

到了第二天的吉时，众宫女早早便起了身，伺候林之洋洗脸梳妆，比往日更加用心殷勤。这一日，林之洋脚蹬一双大红凤头鞋，身着华丽蟒衫，头戴精致凤冠，浑身上下玉佩叮当作响，满面脂粉香气扑鼻。虽称不上国色天香之姿，但也身姿袅袅，仪态万千。

用过早餐后，各位王妃纷纷前来贺喜，人来人往，络绎不绝。

到了下午，众宫女忙忙碌碌、慌慌张张地替林之洋穿戴整齐，准备伺候他进宫。没过多久，几个宫女手捧珠灯，走上前来跪下禀报道："吉时已至，请娘娘先登上正殿，等国主退朝后，便可行礼进宫。"

林之洋听闻此言，只觉仿佛头顶炸响一个霹雳，耳朵"嗡"的一声，瞬间吓得魂飞魄散。众宫女不容他有片刻反应，一拥而上，搀扶着林之洋下楼，登上凤辇。

无数宫女前呼后拥，簇拥着凤辇来到正殿。此时国王已经退朝，殿内灯烛辉煌，亮如白昼。众宫女扶着林之洋，他颤颤巍巍，如同风中摇曳的鲜花一般，走到国王面前，无奈之下，只得弯腰行礼。各王妃也一同上前，叩头祝贺。

就在众人正要进宫之时，突然听到外面吵吵嚷嚷，喊叫声此起彼伏。国王大惊失色，惊疑不定。殊不知，这阵阵喊声正是唐敖设下的计谋所致。欲知后事如何，且听下回分解。

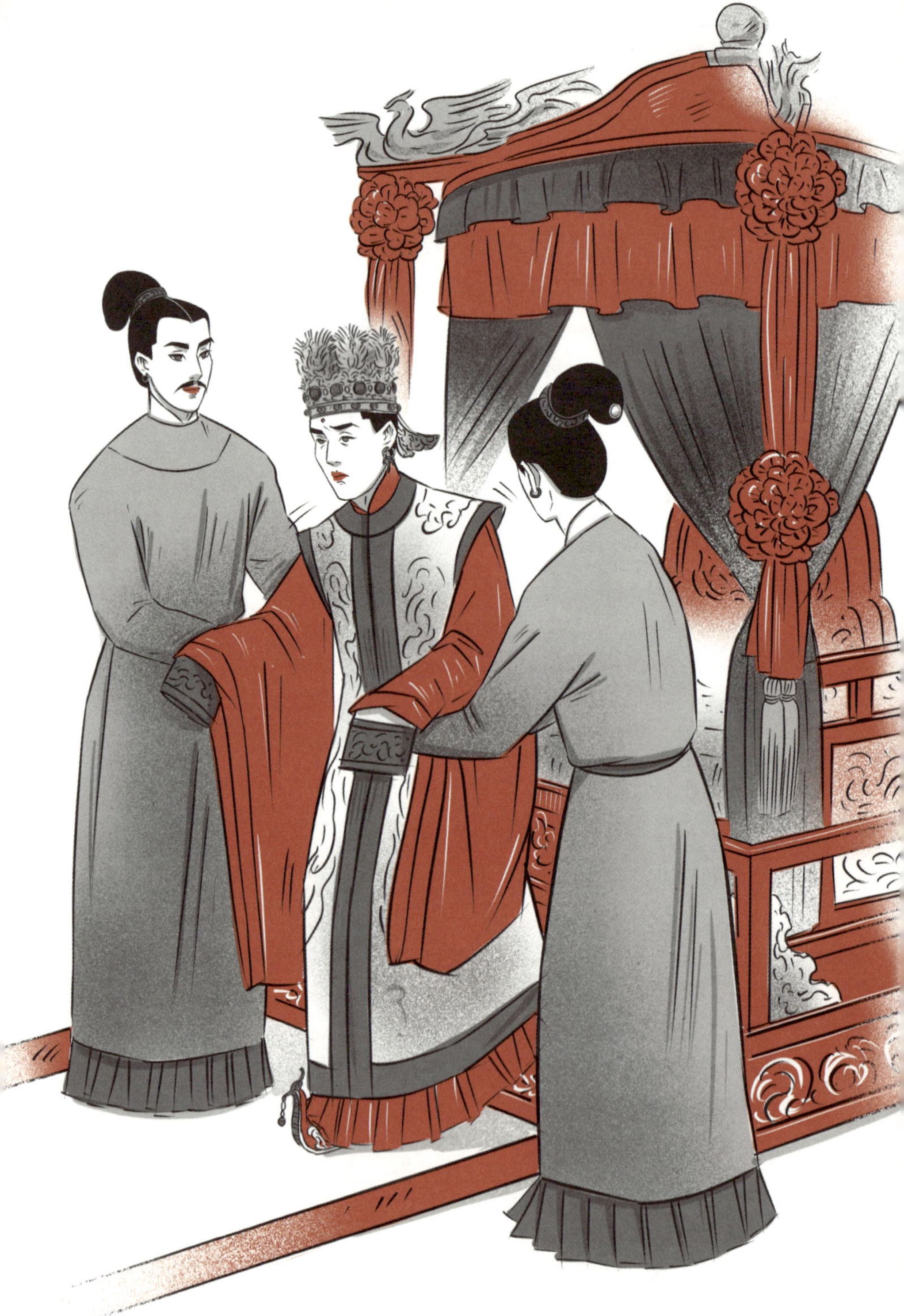

唐义士揭榜治河道

话说唐敖自那日与多九公一同寻访林之洋的下落起,东奔西走,四处打听,却始终毫无头绪。

这一日,两人又分头行动。巧的是,多九公在路上碰到了国舅府的使者。一番询问后,才得知林之洋在卖货的时候,被女儿国国王看中,强行留在了宫内,还被封为贵妃。只因林之洋脚大,众人便奉命为他缠足,如今,脚终于缠好了,国王也已选好了吉日,即将举行成亲大典。

多九公赶忙回来转述消息,话还没说完,吕氏一听,顿时悲痛欲绝,哭得昏死过去,嘴里还喃喃说道:"只求姑爷、九公救救俺丈夫的性命啊。"

唐敖和多九公安慰了吕氏几句后,便出门去,绞尽脑汁地想办法救林之洋。然而,他们尝试了各种办法,却都无济于事。一时之间,两人也不好意思回到船上面对吕氏的期盼。

天色渐渐暗了下来,两人垂头丧气地走在路上,不知不觉又来到了之前张贴榜文的地方。唐敖看着那榜文,感慨道:"我们刚到这儿的时候,林兄去卖货,我和九公上岸后就看到了这榜文。可如今,已经耽搁了这么多日子,也不知道舅兄受了多少罪,怎能不让人揪心啊!"说着说着,唐敖不禁流下了眼泪。

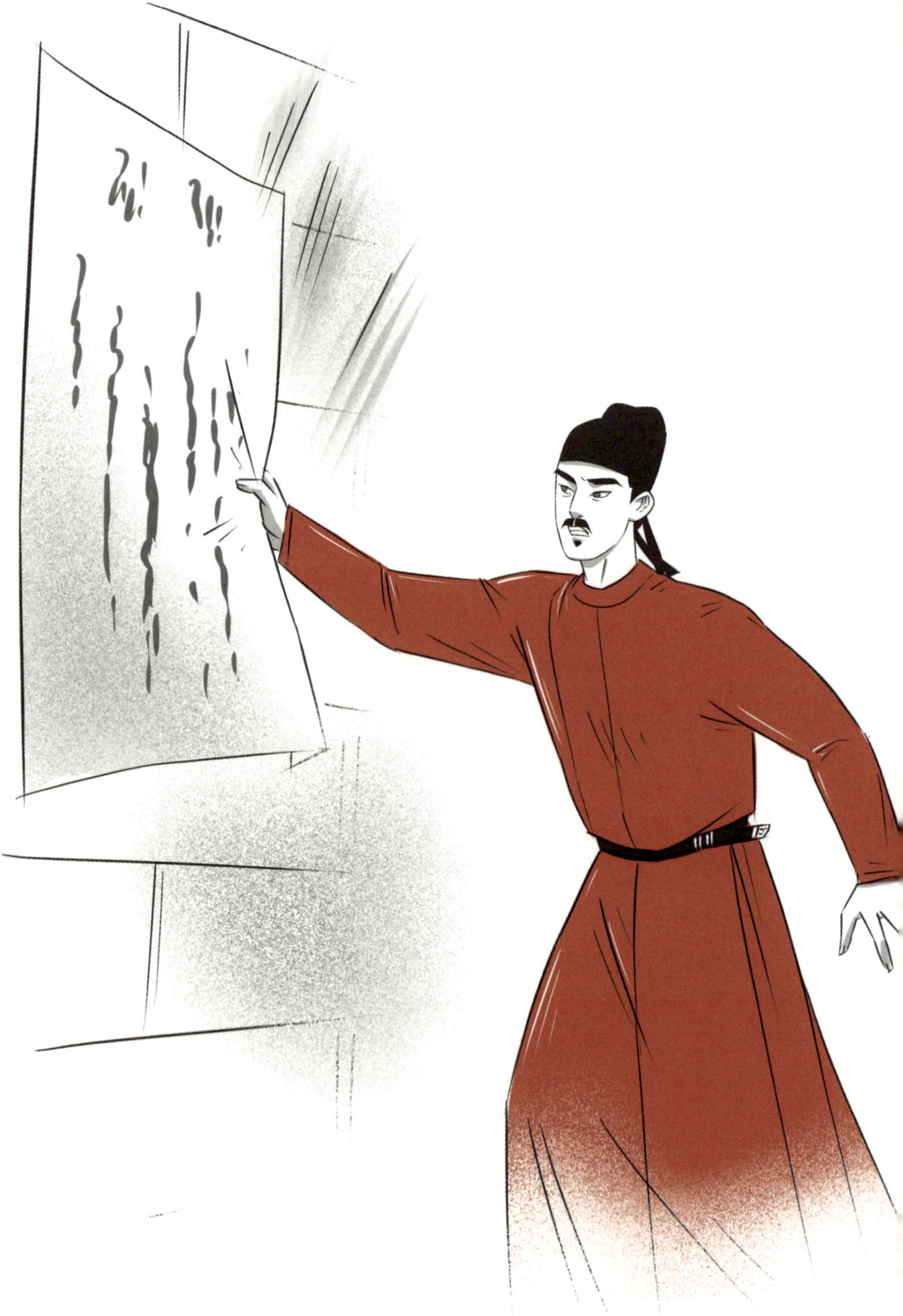

突然，唐敖心中一紧，低头沉思了一会儿，像是想到了什么办法。他毅然走上前去，伸手把那榜文揭了下来。

多九公见唐敖揭了榜，一时之间也摸不透他心里到底有什么主意，可当着这么多人的面，也不好直接阻拦。

这时，那些看守榜文的士兵走上前来，一脸严肃地问道："你是从哪儿来的妇人，竟敢擅自揭榜？那榜上写的话，你可看清楚明白了吗？"

唐敖揭榜这事很快就传开了，众多百姓听闻有人揭了榜，顿时四方轰动。老老少少，无数的人都围拢过来，好奇地观看着。

唐敖扫视了一圈众人，然后开口大声说道："我姓唐，是天朝人士，从海路辗转来到这里。要说这治河的学问，我们中原人可以说是无人不知，无人不晓。如今路过贵国，看到国王的榜文上写着，贵国连年遭受水患，百姓深受其害。还说如果有邻国的君王能把河道治理好，让百姓免受水患之苦，就情愿纳贡称臣；要是有邻邦的臣民能治好河道，不管是金钱还是官位，都可以任由选择。既然这话说得如此诚恳，我也就不怕辛苦，特地来治河，为你们消除水患。"

唐敖的话还没说完，就有一些百姓挤到跟前，"扑通"一声跪在地上，嘴里不停地说着，只求天朝的贵人发发慈悲，尽快治理河道。

唐敖见状，连忙说道："诸位请起。虽然我有能力治理河道，可你们要知道，贵国的财宝、官位，我们天朝哪一样没有呢？这些我都不稀罕。我只有一个要求，只要你们答应我这件事，我马上就动工。"

众百姓纷纷起身，急切地问道："不知贵人您说的是哪件事呢？"

唐敖神色认真，郑重说道："我有个妻舅，此前进宫卖货，不想被国王看中，硬立为王妃，听闻成亲吉期就定在今日。你们若真想让我治河，那就烦请大家一同到朝廷门前哭诉，求国王放了我妻舅，只要他平安归来，我即刻动工。要是国王不顾百姓死活，执意不放人，哪怕给我堆积如山的财宝，我也绝不动手，只能回天朝去了。"

说话间，围观的百姓如潮水般越聚越多，密密麻麻，好似人山人海。众人听了唐敖这番话，人群中猛地有人大喊一声，紧接着，众多百姓心领神会，不约而同，呼啦啦一齐朝着朝廷的大门涌去。

多九公见众人涌向朝廷大门，场面稍缓，才有空走到唐敖身旁，小声问："唐兄，你真知道治河之法？"唐敖无奈道："我又没土木方面的朋友，哪懂治河。"

多九公焦急道："你既然不懂，为何揭榜？治不好，咱们岂不是也被牵连，事情更没完没了了。"

唐敖叹口气说："我这次揭榜是有些鲁莽。但舅兄处境危险，为救他，实在没办法才出此下策，真的是无可奈何。"

那些百姓听了唐敖的话，瞬间聚集起上万人，来到朝廷门口，众人七嘴八舌，喊声震耳欲聋。此时国王正在接受嫔妃们的朝贺，突然听到这阵喧闹声，心中惊疑不定。这时，宫人上前禀报道："国舅有事要面奏陛下。"国王便让众人回避，传国舅进殿。

国舅进殿行礼后，将天朝妇人揭榜、要求释放贵妃一事如实说了一遍。国王听到外面如此吵闹，心中着实害怕。他本想释放贵妃，可又难以割舍。正犹豫间，忽然听到外面的人闹得愈发厉害，甚至渐渐往宫里涌来。他越想越气，不觉发狠道："索性一不做，二不休！"随即命令将军点兵十万，前去征剿。

谁知众百姓毫不畏惧，坚决不退让，纷纷表示与其日后被洪水淹死、葬身鱼鳖之腹，还不如现在被国王杀掉。众人哭哭啼啼，喊声震天。国舅见形势危急，担心人多会引发动乱，只好命令官兵不许动手，接着好言劝说道："大家先暂且散去，老夫定会替你们转奏，保证留下揭榜之人治河。明日你们在国舅府等我消息。"众百姓听了，这才慢慢散去。

第二天一大早，国王起床后心情颇为不佳，随即将国舅宣召进宫，开口问道："那个揭榜的妇人可还在？"国舅赶忙回道："陛下，此人目前还在宾馆。由于陛下尚未作出明确表态，估计今日她就要回国了。"

国王听后说道："若她真有本事治理河道，我自然会以百姓的利益为重，放了贵妃。只是现在不清楚她治理河道的成效到底如何，倒不如等她把河道治理好了，我再放贵妃回去。要是她治不好，白白耗费了国家的钱财，那便将贵妃留在此处，日后让他们按花费的数目拿钱来赎人。国舅，你意下如何？"

国舅听了国王这番话，心中十分高兴，连忙说道："陛下若如此安排，既不会让国家白白浪费开支，又能安抚民心。倘若河道真能治理成功，还能消除国家的一大隐患，这可真是一举两得的好办法啊。"

国王满意地点点头，说道："那你就照我说的去办吧。"

国舅来到宾馆，向唐敖说明国王的意思，还说："您的亲戚卖货时偶然患病，现在正在调养，等病好就送回船上。至于被立为王妃，那是百姓误传，千万别信。只是治河一事，不知贵人有何见解？"

唐敖说："贵国河道的问题我还没亲眼看过，不好妄言。大致来讲，大禹治水最为擅长。我听闻'禹疏九河'，这'疏'字就是治河关键。疏通众多水流，让水有来源和去路，不滞于一处，就不会有水患。这是我的浅见，看过河道后，还请国舅指教。"国舅听了，连连点头。

唐敖送走国舅后，多九公忧心忡忡地说："治河可不是小事，稍有差池，不仅林兄回不了家，咱们也不知道会落得什么下场，我实在放心不下。明日看过河道，唐兄你有什么打算？"

唐敖神色镇定，说道："这河道看不看都行，我心里已经有主意了。河水泛滥，根源是河路堵塞。明天看过后，先让他们把河道挖深挖宽，疏通水源和去路，河道容量大了，水有了去处，估计就能治好。"

多九公满脸疑惑，问道："治河这么容易，他们国家的人怎么就没想到？"

唐敖解释道："我昨天仔细打听了，这儿铜铁稀缺，还禁用利器。他们大多用竹刀，富贵人家偶尔用银刀，也极为少见，挑河工具更是一概不知。幸好咱们船上有不少生铁，明天我画出治河器具的样式，让他们依样制造。这么看，事情应该不难成功。"

第二天，国舅陪同唐敖出城察看河道，两人一连看了两天。

返回之后，唐敖分析道："连日来仔细观察这河道，弊病正如我之前所说，关键就在'疏'字。从河道形势来看，两边堤岸

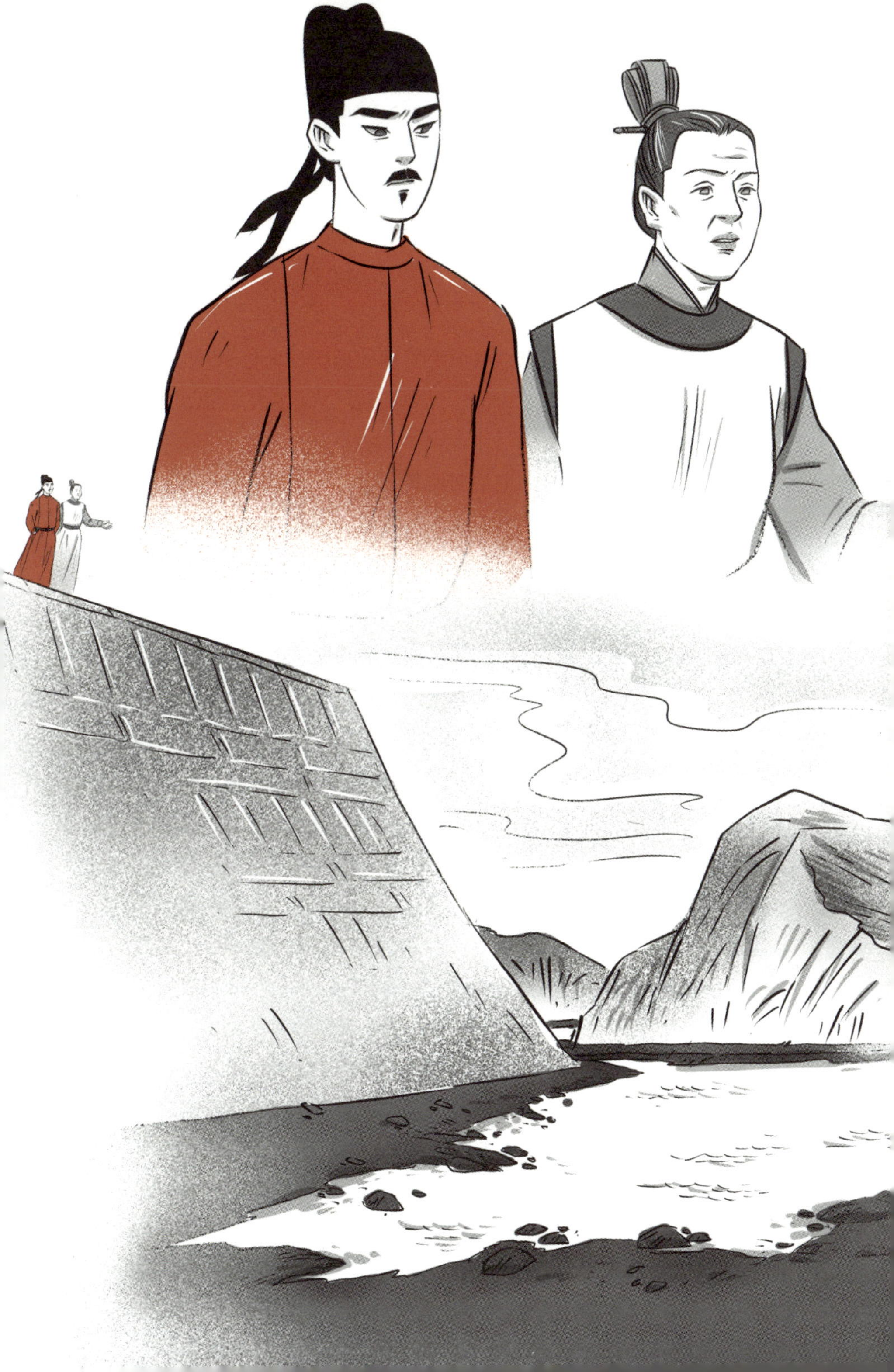

高耸如山，河道却浅得像盘子，储水量十分有限。洪水来临时，不提前谋划、疏通河道，只图眼前，一味加固、增高堤岸，长此以往，河堤越来越高。要想根治水患，必须深挖河道，降低河床高度。"

国舅点头赞同："贵人对河道弊病的见解，真是一针见血，可见天朝对民生时务极为关注，见解高妙。只是挑挖河道，不知天朝向来使用什么器具？"

唐敖回应："我们那里治河器具众多，可贵国铜铁匮乏，难以照搬。所谓'工欲善其事，必先利其器'，如今没有合适的工具，即便大禹在世，也无计可施。好在我们船上储备了大量生铁，可以用来打造治河器具。"

于是唐敖画出器具模样，让工人依样制造。很快，器具打造完成，选定吉日，准备开工。开工当天，国舅亲临河边。唐敖命人在河道中间筑起堤坝，先把第一段的河水抽到第二段里，接着将第一段河坝的淤泥装进竹筐，用辘轳绞到岸上，随后继续深挖。第一段挖好后，推倒第二段水坝，把河水引入第一段，如此循环操作。唐敖在现场指挥、监督，众百姓见他每天早起晚睡，日夜操劳，深受感动。大家齐心协力，持续劳作了十天，河道清理完毕。几位年长的百姓凑了些银钱，照着唐敖的模样立了一座生祠，还竖起一块匾，上面写着"泽共水长"四个大字。

且说林之洋正在宫中思念家乡，暗自垂泪时，一位年轻的王子前来拜贺，说道："儿臣听闻有位唐贵人前来治理河道，等河道治理好，父王就会送阿母回去。儿臣特来传信，让阿母宽心。"林之洋这才知晓唐敖揭榜之事。

自从宫女们得知林之洋还要回天朝后，便不再悉心照料他了。好在有王子前前后后照应着，林之洋对此感激不已。

日子不知不觉过了将近半个月，林之洋的双脚虽然有所恢复，但穿上男鞋后，仍显得十分消瘦。这天，王子匆匆跑来，说道："启禀阿母，唐贵人已经完成治河工程，今日父王前去查看河道，十分满意，听说明天就会送阿母回船，儿臣打听得千真万确，特来报信。"

林之洋欣喜地笑道："近来多亏小国主百般照料，明日回去，不知何时才能再相见，俺林之洋日后定当报答这份大恩。"

王子见四周无人，突然跪地，流下泪来说道："儿臣如今身陷大难，还望阿母出手搭救。"林之洋赶忙问道："小国主，你遭遇了什么大难？"

王子哭诉道："儿臣八岁时被父王立为储君，至今已有六年。不幸前年嫡母去世，父王听信西宫阿母的谗言，对儿臣心生痛恨。如今儿臣若不尽快远走，将来必定性命不保。阿母若肯怜悯，明日回船时，能否将儿臣一同带走？若能离开这龙潭虎穴，就算拼了性命，儿臣也要报答阿母的大恩。"

林之洋犹豫道："俺们家乡的风俗与女儿国大不相同。到了天朝，你就得换上女装。小国主一直以男子身份生活，不知能否适应这一改变。况且梳头、裹脚之类的事，做起来也不容易。"

王子坚定地说："儿臣甘愿改变，只要能保住性命，哪怕跟着阿母粗茶淡饭，儿臣也心甘情愿。"

林之洋说道："既然这样，明天你找个没人注意的时候，藏到我的轿子里，就能一起出去了。"

哪想到第二天，来送行的人特别多，王子心里焦急万分，却怎么也没办法钻进轿子，只能默默流泪。他走到轿边，对林之洋

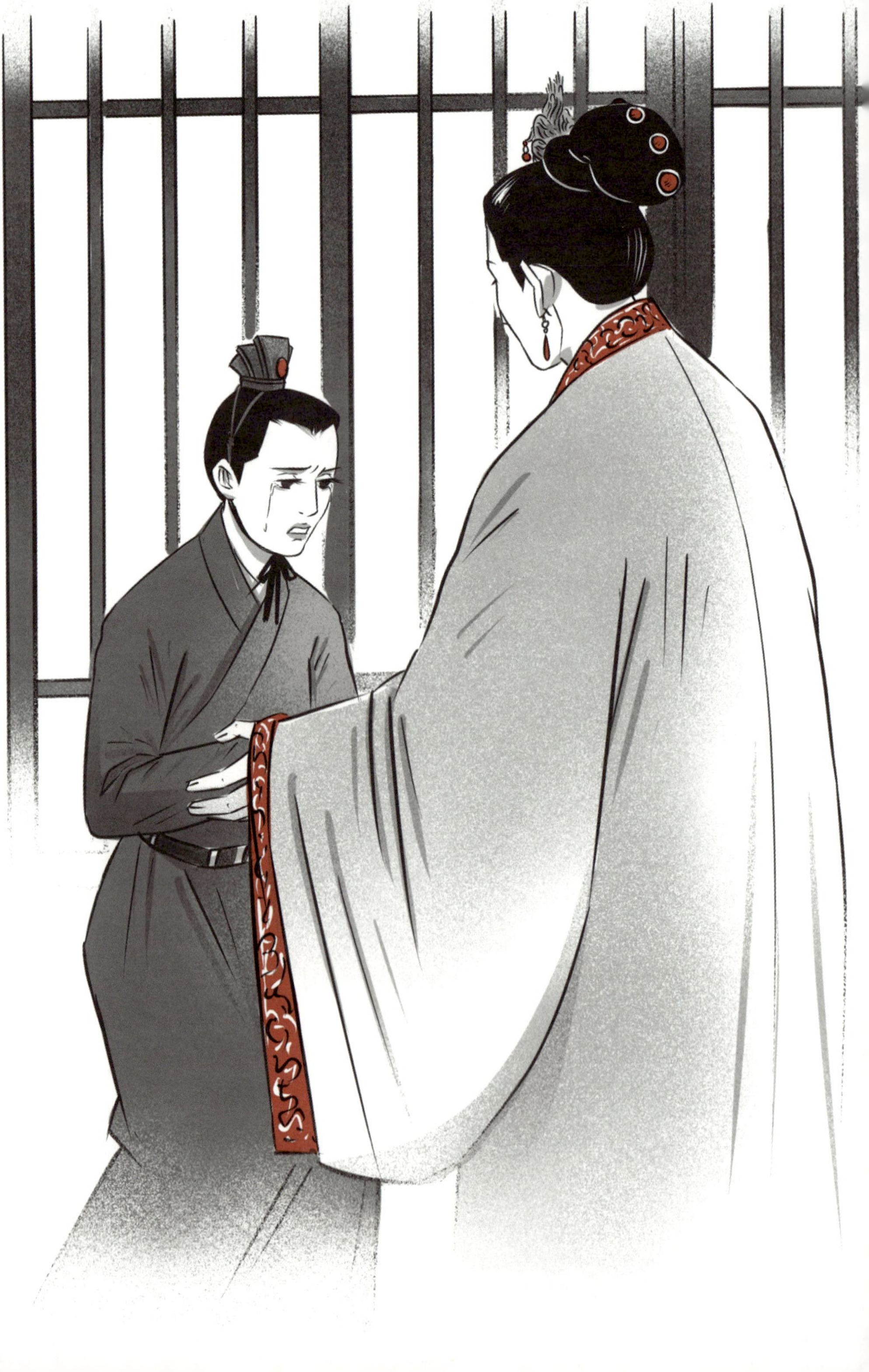

急切地说:"儿臣的性命全仰仗阿母搭救了。要是过了十天,儿臣恐怕就再也见不到阿母了。儿臣住在牡丹楼,阿母一定要牢牢记住啊!"

林之洋回到船上,就看到唐敖和多九公已经被国王派人护送回来了。此时见到二人,林之洋心中满是感激,再三拜谢。吕氏和婉如也过来与他相见,大家重逢,真是既悲伤过往的艰辛,又为如今的团聚而喜悦,心情复杂。

唐敖见林之洋走路迟缓,便问道:"舅兄,你怎么走得这么慢,莫不是国王真让你缠足了?"

林之洋便把自己在宫里的遭遇,从被强留为妃、遭受缠足之苦,到王子如何前后悉心照料,还有王子求助想一同离开的事情,详细地说了一遍。

唐敖道:"王子既然身处困境,我们自然要想办法搭救。况且她对舅兄如此尽心尽力,我们更该以德报德。再说,王子若不是情势危急,怎会舍弃现成的王位,改扮女装去投奔别的国家呢?我们务必等救出她之后再启程离开。"

于是,到了三更时分,夜色深沉,唐敖背起林之洋,身子猛地一跃,借着夜色的掩护潜入了王宫。二人在王宫中几经周折,终于找到了牡丹楼。唐敖急切地说:"时间紧迫,不能再耽搁了,咱们快走!"说着,他将林之洋驮在背上,又把王子抱在怀中,用力纵身一跃,便跳出了宫墙之外。

好在这时,一弯淡淡的月亮升了起来,夜色不算太黑。三人急忙朝着船只的方向奔去,顺利登上船后,立刻下令开船。

上船之后,王子赶忙换上女装,随后拜林之洋为父亲,拜吕氏为母亲。与婉如等人见面后,彼此性情相投,相处融洽。

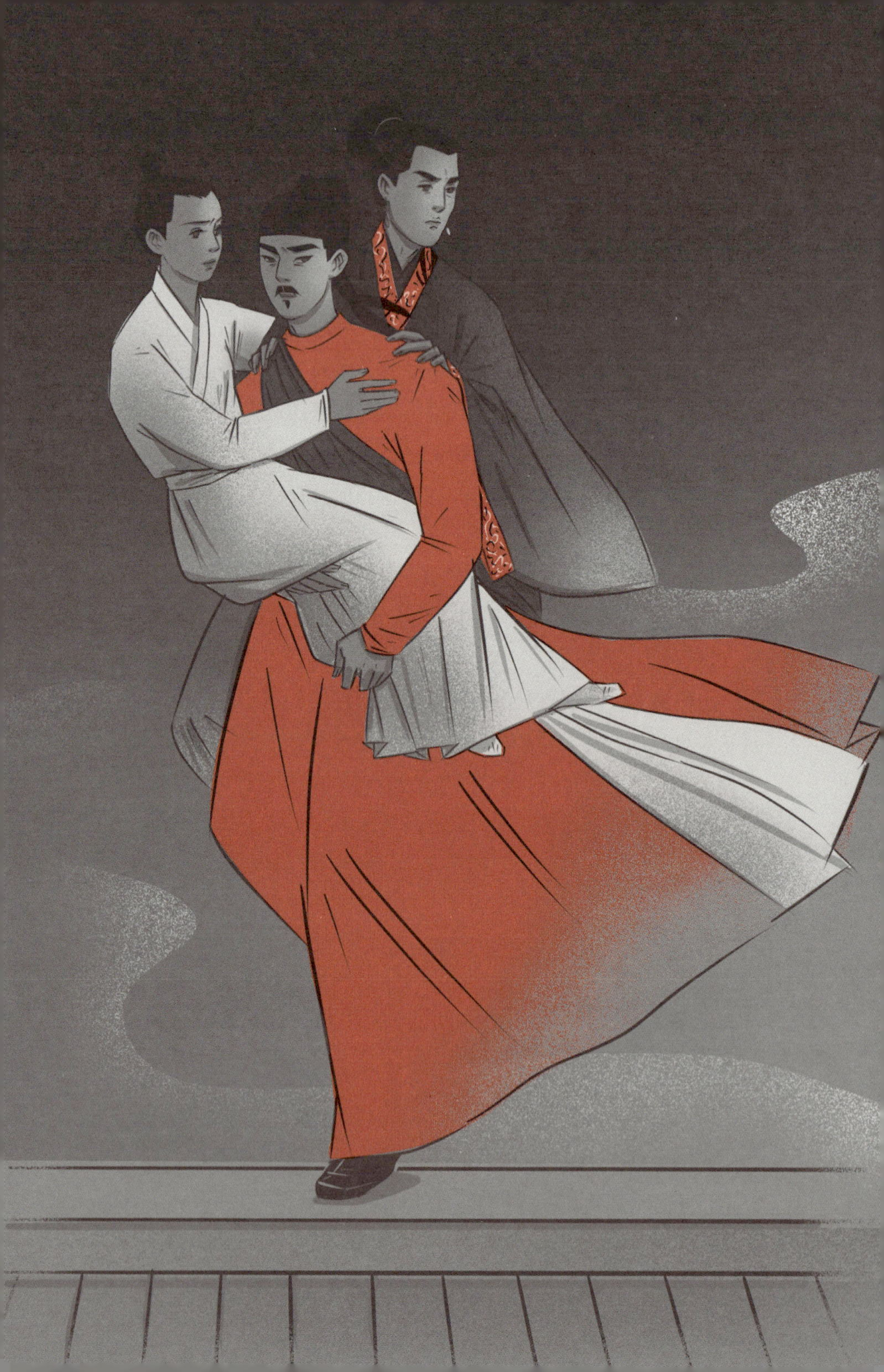

多九公询问王子的姓名,这才得知王子姓阴,名若花。唐敖听到"花"字,猛地想起当日自己所做的梦,心中暗自思忖:"梦神说有十二种花漂泊在海外,所以我一直处处留意。今日忽然听到'若花'二字,难道应在了这里?看来日后真的要更加留心才是。"之后又会发生什么呢?咱们下回接着说。

入仙境探花摒纷争

话说众人开船之后,一路航行,来到了轩辕国。正巧碰上各国国主都来为轩辕国国主祝寿,热闹非凡。只听见那边的长臂国王对长股国王说道:"小弟我和王兄你凑在一起,那可真是绝妙的渔翁组合啊。"

长股国王听了,疑惑地问道:"王兄你这话是什么意思?"

长臂国王解释道:"王兄你的大腿足有两丈长,而小弟我的手臂也有两丈长。要是咱们到海中去捕鱼,王兄你把我驮在肩上,凭借你这长长的腿,不用担心海水会漫过;而我呢,手臂长,可以伸到深水中去抓鱼,这样的搭配,难道不是个绝佳的渔翁吗?"

众人正说着笑着,女儿国国王也在这群人当中。不经意间,女儿国国王看到了林之洋,顿时眼前一亮。在众多人里,林之洋显得格外出众,皮肤白皙,容貌俊美,更添几分可爱。女儿国国王一下子就看呆了,直直地盯着林之洋。

其他国王见女儿国国王这般出神,也都好奇地一同朝外细看。只见深目国王举起手中那只大大的眼睛,目不转睛地盯着林之洋;聂耳国王则不停地摇晃着自己的两只大耳朵;劳民国王更是身子扭来摆去,样子十分滑稽。

林之洋被众人这样盯着,浑身不自在,实在站不住了,只好拉着唐敖和多九公二人，快步走到了宫殿外面。

多九公见状，笑着说道："瞧这情形，不只是女儿国国王难以放下对林兄的旧情，就连其他这些国王，似乎也对林兄有不少眷恋之意呢。"

这话一说，林之洋的脸一下子涨得通红，而唐敖则在一旁忍不住发笑。

众人在海上一连游历了几日，林之洋所带的货物也差不多卖掉了十之八九。

这一日，唐敖、林之洋和多九公三人正在船上闲聊。突然，多九公神色一紧，赶忙叮嘱众多水手："那边有块乌云正慢慢升上来，过不了多久就会有大风暴。大家务必把帆布降下一半，再把船绳拴得牢牢的，不然这大船很可能被大风给吹跑了。"

唐敖听了，朝外面望去，只见一片风和日丽，丝毫没有要刮大风的迹象。只有一片乌云微微升起，长度也不过一丈左右。看完后，唐敖不禁笑道："要说在这样晴朗的好天气里会有风暴，小弟实在难以相信。"

林之洋在一旁说道："那明明就是一块预示着风暴的乌云，妹夫你哪里懂这些呢！"

林之洋的话还没说完，就听见四周呼呼作响，转眼间狂风大作，海面上波浪滔天，形势十分危急。唐敖赶忙躲进船中，这时他才对多九公的先见之明佩服不已。

然而，这大风一直不停，沿途也没有可以让船停泊躲避的地方。更糟糕的是，船篷被大风高高吹起，水手们费了好大的力气，怎么也扯不下来。就这样，狂风肆虐了整整三天，才渐渐平息下来。众人齐心协力，费了九牛二虎之力，才把船停靠在了一

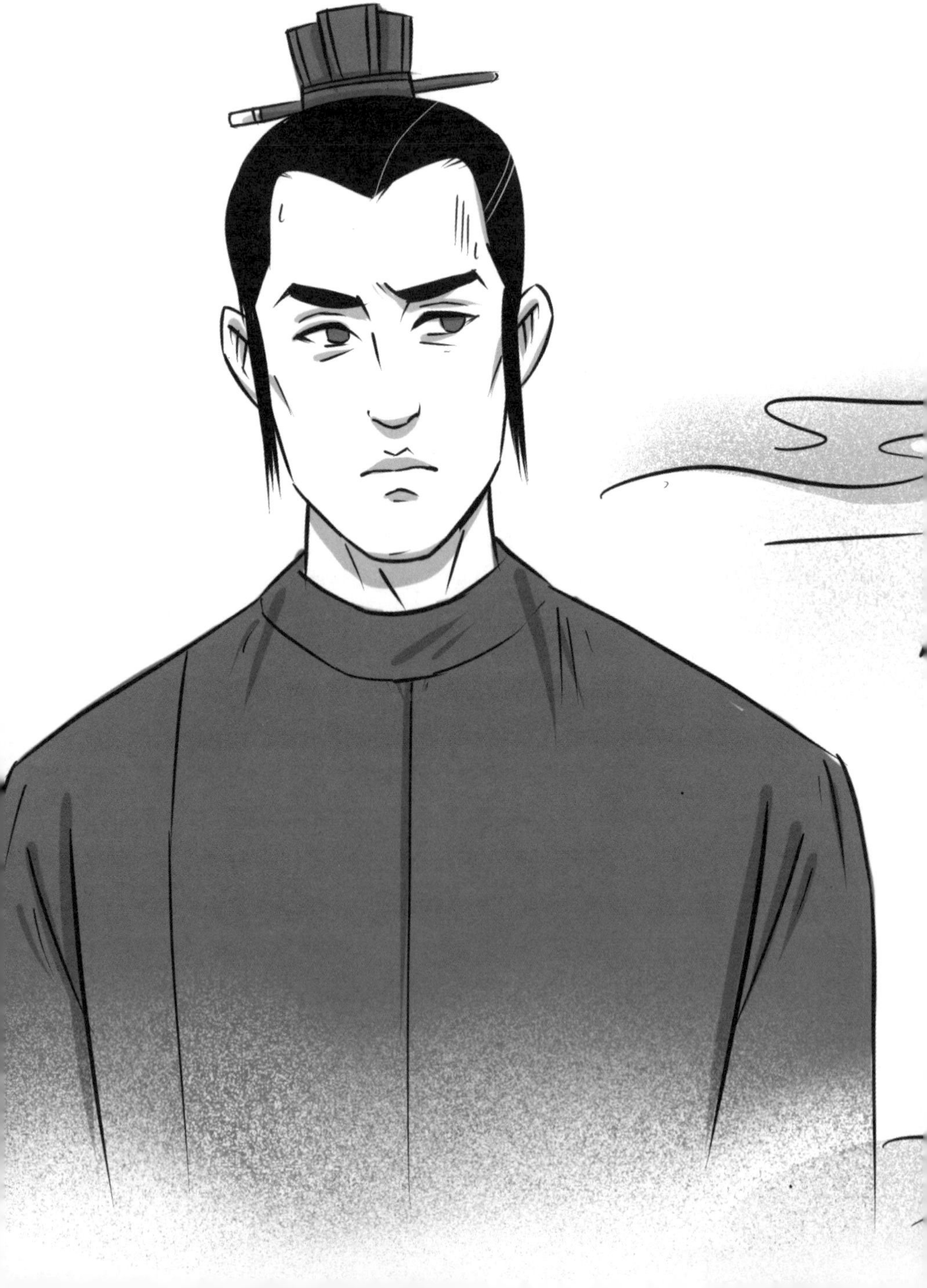

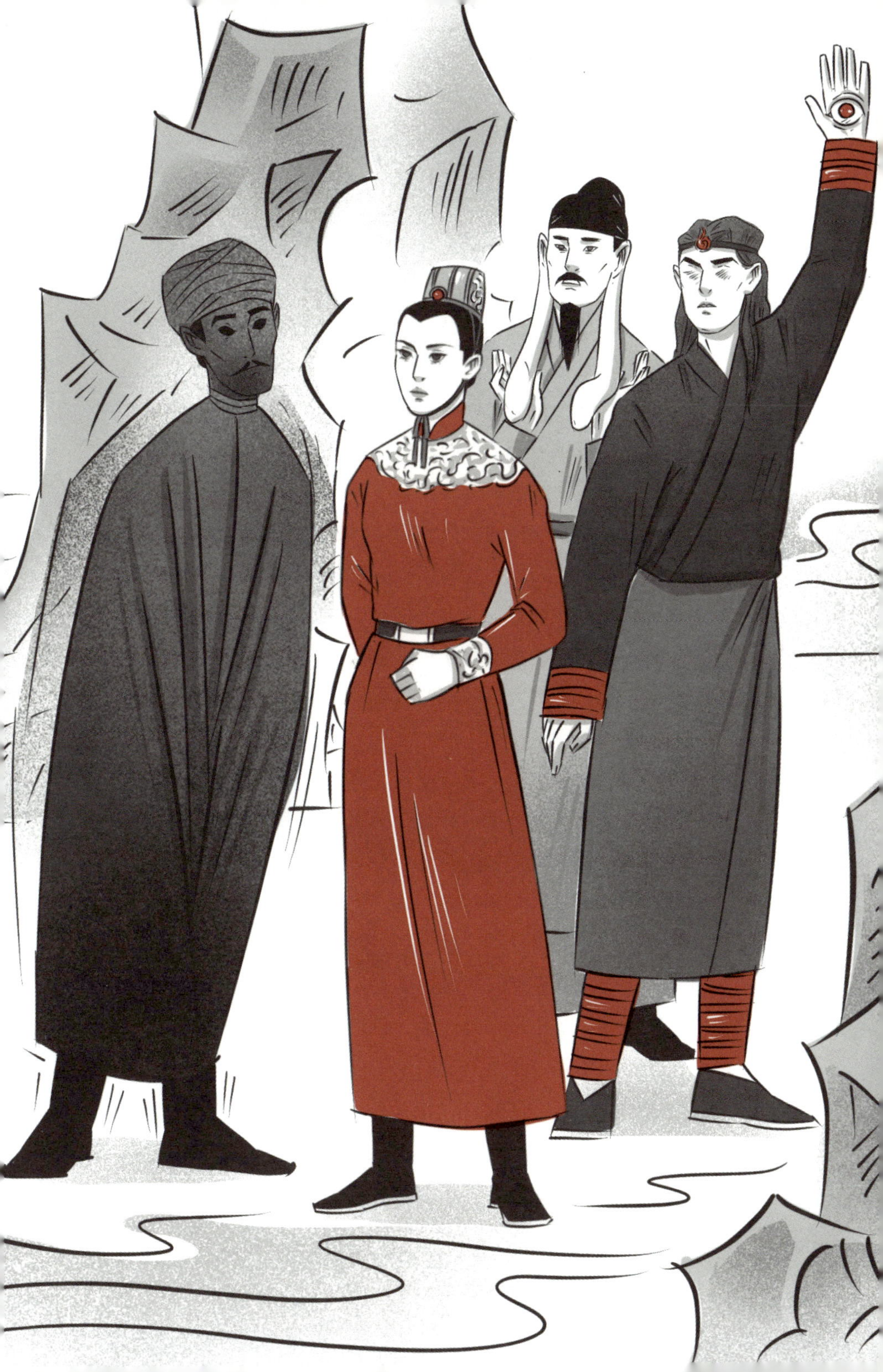

座山脚下。

唐敖移步到船的后艄，只见众水手正忙着收拾被大风吹得凌乱的船篷。

林之洋感慨道："俺自小就在这大洋上闯荡，见过的风暴也不在少数，可像这般不分昼夜，连着刮三天都不停歇的大风，还真是头一回见。如今被这风吹得头昏脑涨，也不知道究竟到了什么地方。要是这风顺着咱们来时的方向刮，再刮上两天，说不定都能把咱们直接吹回家去了。"

唐敖应和道："这样的大风确实罕见。咱们一路顺着风漂过来，又走了这么远的路程，真不知道这地方叫什么名字。"

多九公接过话茬说："老夫记得这地方叫普渡湾。岸上有座山岭，十分高大险峻，我以前从来没上去过。要说路程，按照这大风的速度估算，每天大概能行三五千里，这刮了三天，算下来得有一万多里路了。"

此时，海风渐渐变小，唐敖站在舵楼上，极目四望，只见船旁的那座山岭又高又宽。远远看去，满眼都是清新明亮的景致，他顿时心生向往，想着要上去游玩一番。

林之洋因为受了风寒，身体不适，无法一同前往。于是，唐敖便和多九公一起上岸。

多九公边走边说："若不是这场突如其来的风暴，咱们哪能到得了这里？我以前也没来过此地，只是听人说这里有个海岛，名叫小蓬莱，也不知道是不是这里。咱们且到前面去瞧瞧，要是有人家，还能顺便打听打听。"

二人走了许久，见前方出现一块石碑，上面赫然刻着"小蓬莱"三个大字。唐敖说道："九公果然说得没错。"

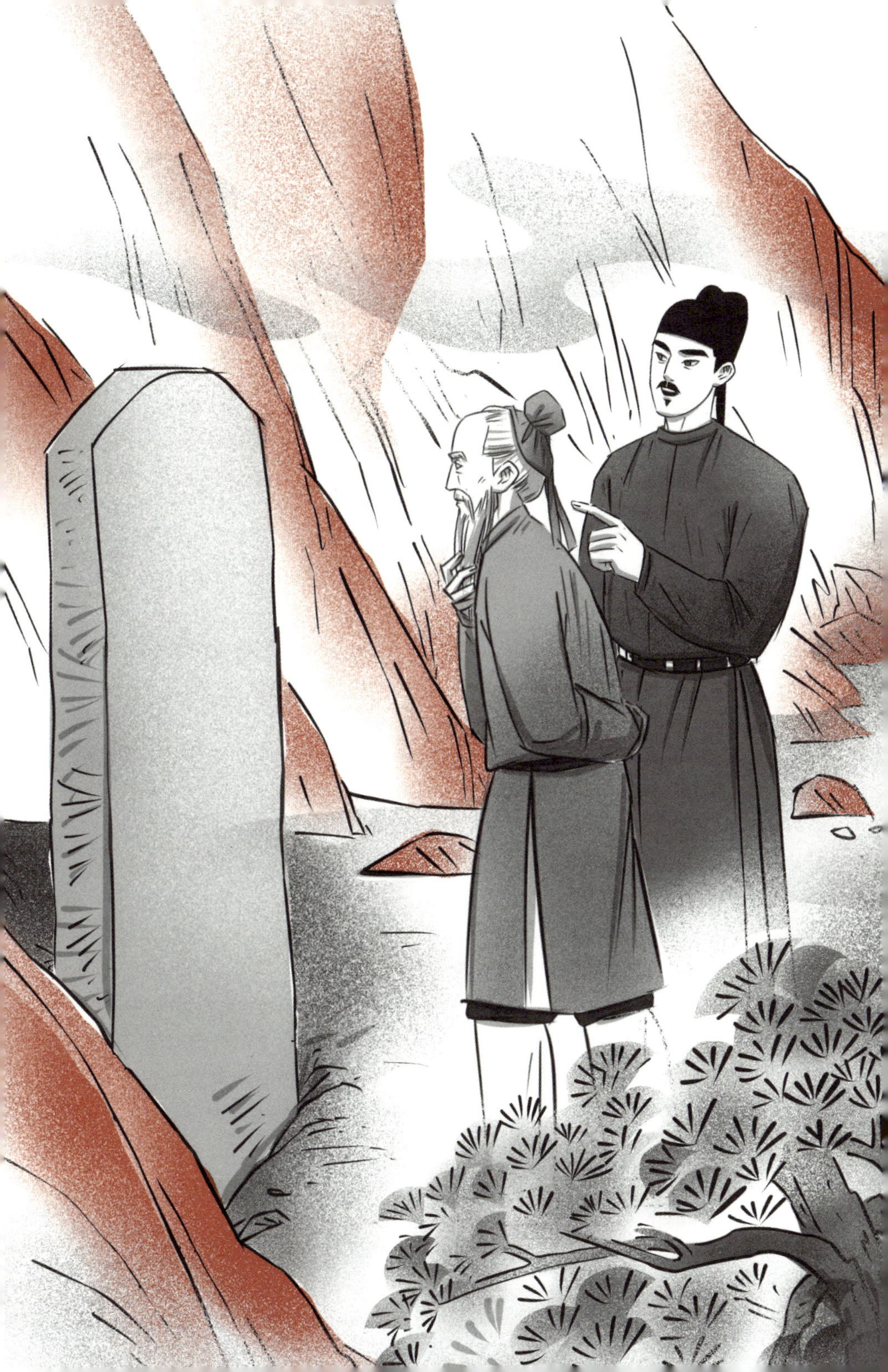

随后，二人绕过陡峭的石壁，穿过茂密的树林，再向四周看去，眼前果然是山清水秀，美景无穷，令人心旷神怡。

话说唐敖和多九公在这小蓬莱游玩了好长一段时间。唐敖不禁感慨道："先前我们在东山口游玩时，我还以为天下的名山之中，那东山口便是最美的了。可没想到这小蓬莱山，处处皆如仙境一般。你看那些仙鹤、麋鹿之类的动物，任凭人们去抚摸它们，也不会惊慌逃走。若不是这地方有些仙气，又怎么会如此呢？而且这里到处都是松实、柏子，吃了之后，满口生香，这些可都是仙人常吃的东西啊。如此美妙的地方，怎会没有真正的仙人呢？想来这场风暴，多半是专门为我而刮的，指引我来到此地。"

多九公听了，说道："这山的风景确实是好，只是眼看着天色就要黑了，山路又崎岖难行，我们还是先回去吧。要是明天风大，船开不了，我们再来也不迟。林兄现在身体抱恙，我们也该早点儿回去照应他。"

此时的唐敖正游得兴致勃勃，虽说已经转身准备往回走，但仍是一步三回头，恋恋不舍地四处张望。

多九公见状，催促道："唐兄，照你这样走，什么时候才能回到船上啊？要是等天黑了，这山路可就更难走了，我们还怎么下山呢？"

唐敖叹了口气，说道："不瞒九公说，小弟自从登上这座山，不仅对功名利禄之心早已消散，甚至觉得世间万事皆空。我之所以走得慢，是因为实在不想再回到那尘世之中了。"

多九公听了，笑着打趣道："老夫平日里就听人说，读书人有时候书读得多了，就会陷入魔境，变成书呆子。唐兄你虽然还没变成书呆子，可如今这样游山玩水，流连忘返的，也快变成游呆子了。唐兄，咱们还是快些走吧，别在这儿打趣了。"

唐敖听了多九公的话，依旧四处张望。突然，一只白猿迎面走来，它手中握着一根灵芝，色泽鲜艳，模样极其好看。

多九公眼睛一亮，说道："唐兄，你瞧那白猿手中的灵芝，肯定是难得的仙草。咱们把那白猿捉住，分食了这灵芝，岂不是美事一桩？"

唐敖点点头，二人便朝着白猿追了过去。可刚靠近，那白猿便连蹦带跳，迅速跑远了。他们追了好几次，都没能抓住。不过好在白猿逃窜的方向正是下山的原路。

唐敖紧追不舍，白猿跑到了一个山洞里。这个山洞并不深，唐敖和多九公没费什么力气就抓住了白猿，夺过了灵芝，唐敖便将灵芝给多九公吃了。

多九公满心欢喜，接过白猿抱在怀里，匆匆下了山。回到船上时，林之洋因为身体不适，已经躺下休息了。婉如听说捉到了一只白猿，便向多九公讨要过来，和若花等人一起逗弄玩耍。

第二天，风向变了，众人准备开船出发。可唐敖一大早就上山去了，众人一直等到晚上，也不见他回来。林之洋卧病在床，听闻此事，心里十分焦急。而他的妻子吕氏此时怀有身孕，行动不便，无法上山寻找。

又过了一天，林之洋只好拜托多九公带着水手们上山寻找。他们找了好几天，却始终没有唐敖的一点儿消息。

多九公神情严肃地对林之洋说道："依我看，唐兄这次到海外来，虽说表面上是来游玩的，可他的真实想法并非如此，大概唐兄早就有了修仙的念头。前几日林兄你生病，老夫和他一起上

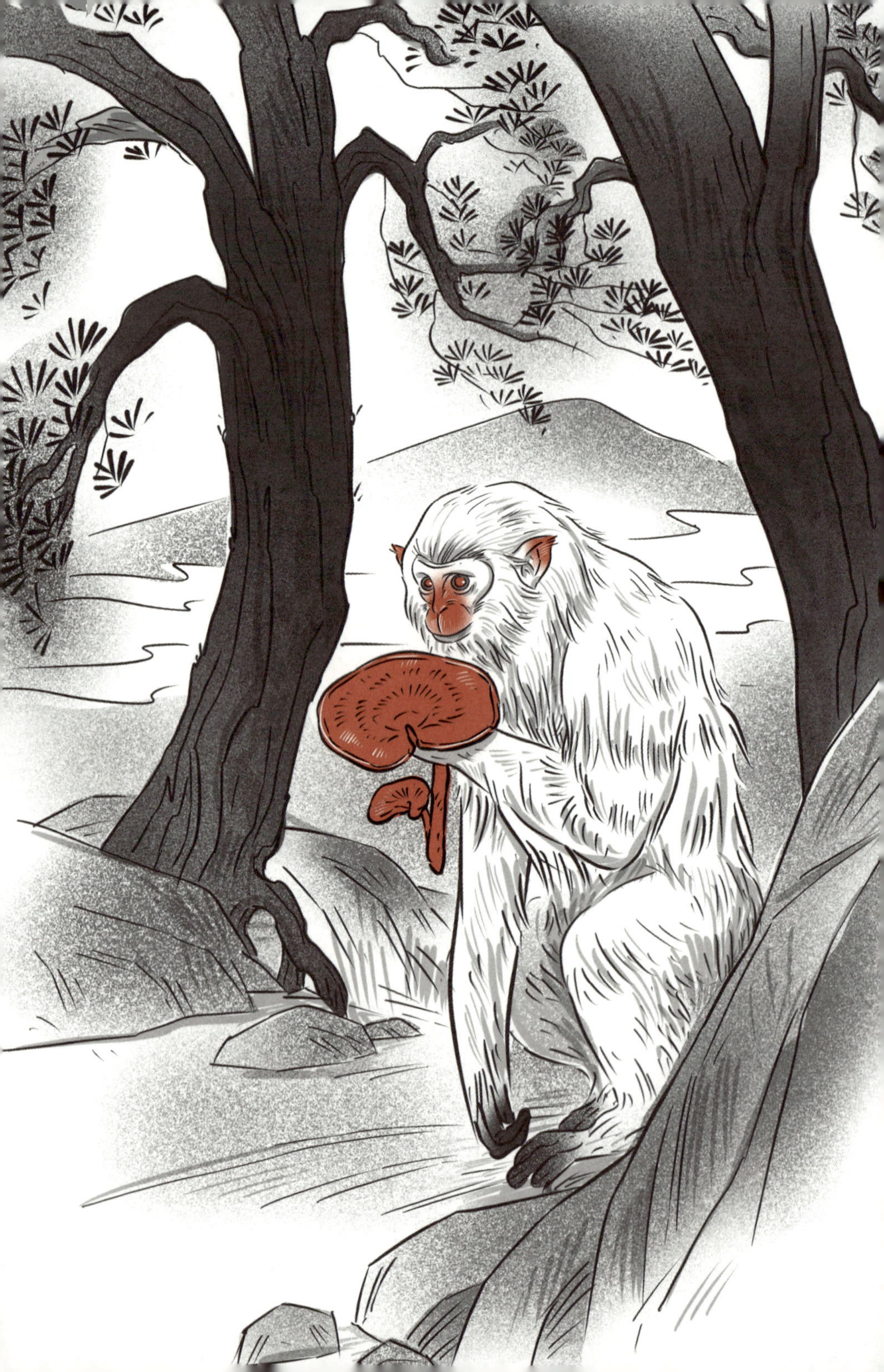

山，玩了很长时间，他都懒得下山，要不是我再三催促，他根本就不肯跟我回船。第二天，他也不叫上我，而是自己一个人跑上山去，这不是看破了红尘、想要摆脱功名利禄的束缚吗？而且之前咱们一起游玩的时候，只有他找到了肉芝、朱草，这说明他在修仙这件事上还是有些根基的。他这次肯定是去修仙了，如今都过去好几天了，哪里还会再回来呢？"

林之洋听了多九公这番话，虽然觉得有几分道理，可唐敖毕竟是自己的至亲之人，又怎么能轻易放弃寻找呢？于是，他依旧每天坚持去寻找唐敖。

又过了几天，众多水手也开始着急起来，纷纷说道："现在都过去这么多天了，唐相公就算没遇到猛兽，光饿着也得饿死了。咱们再不开船，趁着顺风回去，等遇上逆风，没了米和水，就为了等他一个人，到时候大家的性命恐怕都得丢在这儿了。"

林之洋无奈地说道："俺们和唐相公是骨肉至亲，现在还没有他的下落，怎么能说走就走呢？要是唐相公回来后找不到船，那不是等于白白要了他的命吗？你们既然想回去，俺也不能再耽搁大家。这样吧，从今天起，再等半个月，如果还是没有消息，就随你们开船回去。"

众水手听了林之洋的话，虽然心里不满，但也无可奈何，只能每天抱怨个不停。而林之洋就当没听见一样，仍然坚持每天上山去寻找唐敖。

转眼间半月的期限已到，众水手准备开船。林之洋还是不死心，约了多九公一同上山再看看。多九公只得同林氏上山，在每个地方跑了多时，出了几身的大汗，走得腿脚无力，这才沿旧路下山。走了几里之后，再次路过小蓬莱石碑前，只见上面写着一

首诗,写得龙飞凤舞,墨迹淋漓,原来是一首七绝:

逐浪随波几度秋,此身幸未付东流。
今朝才到源头处,岂肯操舟复出游?

诗后写道:"某年月日,因返小蓬莱旧馆,谢绝世人,特题二十八字。唐敖偶识。"多九公说道:"林兄,你瞧见了吧?老夫早就说过,唐兄必定是已经成仙离去了,可林兄你总是不肯相信。他这诗句里的意思不必细究,你单单看那最后落款的'谢绝世人'四个字,便什么都能明白了。咱们走吧,何必还在这里痴心妄想地寻找呢?"

二人随后回到了船上,把那诗句写给吕氏看。林之洋满心无奈,眼中含泪,最终也只能任由众人开船返航。

船只扬起风帆,朝着岭南的方向驶去,一路上众人都默默无言,各怀心事。

众人在海上漂泊了半年之久,直到第二年六月,才抵达岭南。林之洋带着妻子吕氏、女儿婉如,还有阴若花,一同回到家中,拜见了岳母江氏。

众水手各自查点行李,打开唐敖的包裹时,发现所有的衣服都还在行囊中,唯独笔砚不见了踪影。林之洋夫妇看着唐敖的衣物,不禁睹物思人,心中悲痛万分。

林之洋满脸愁容地对吕氏说道:"此番回来,没见到唐兄,叫俺如何向妹子交代?她埋怨倒还是小事,可要是她悲伤过度,生了病,甚至再搭上一条性命,那可如何是好?"

吕氏皱着眉头,思索片刻后说:"依我看,不如先将这事瞒

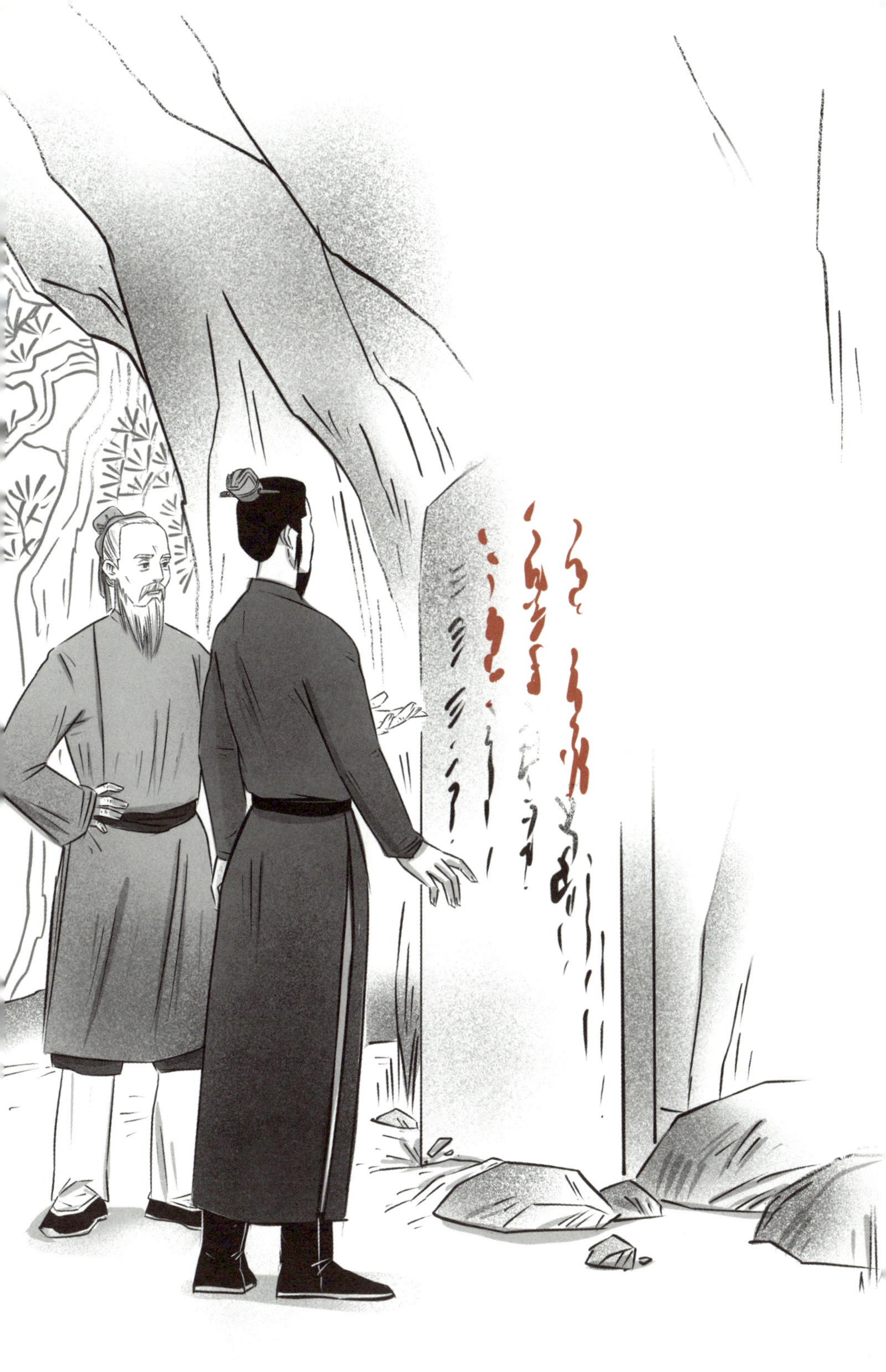

着她,就说姑爷去长安了,要等参加完考试才能回来。先稳住眼前的局面,过些日子再从长计议。"

林之洋点点头,叹了口气道:"明日俺去见妹子,也只能先撒这个谎了。只是妹夫的包裹,你务必藏好了,要是妹子回来瞧见,可就瞒不住了。"

唐敖的妻子林氏,自听闻唐敖被降为秀才后,便日日盼着丈夫归来。后来收到一封家书,才得知丈夫到了岭南后,因羞愧而不愿回故乡,已同哥嫂登上了海船。林氏收到书信后,心中满是埋怨。

不知不觉一年过去了,唐小山因思念父亲,偶然写了一首思亲的诗。小山刚写完,叔父唐敏便笑着走了过来。唐敏看过诗作后,不禁点头称赞道:"没想到侄女的诗学水平,近来进步如此之大。从你这诗句的意思来看,你父亲大概不久后就会和你舅舅一同回来了。"

小山在一旁疑惑地问道:"叔父今日为何这般高兴,笑容满面的,莫不是收到了父亲要回来的书信?"

唐敏说道:"刚才我看到了一份诏书,太后登基已十多年,见天下太平,年年丰收,明年又恰好是她七旬寿辰,因此特降恩旨十二条,全是对天下妇女的关照与爱护。这十二条恩诏,实在是从古至今都未曾有过的事。谁能想到,恩诏刚颁布不久,太后又看到了苏蕙的织锦回文《璇玑图》,甚是喜爱,时常翻阅,竟从这八百字中,解读出了二百多首诗。太后欢喜得很,还亲自写了一篇序文来褒奖闺中才女。"

小山追问道:"太后见了《璇玑图》后,不过是写了一篇序,怎么就传出了一段新闻呢?"

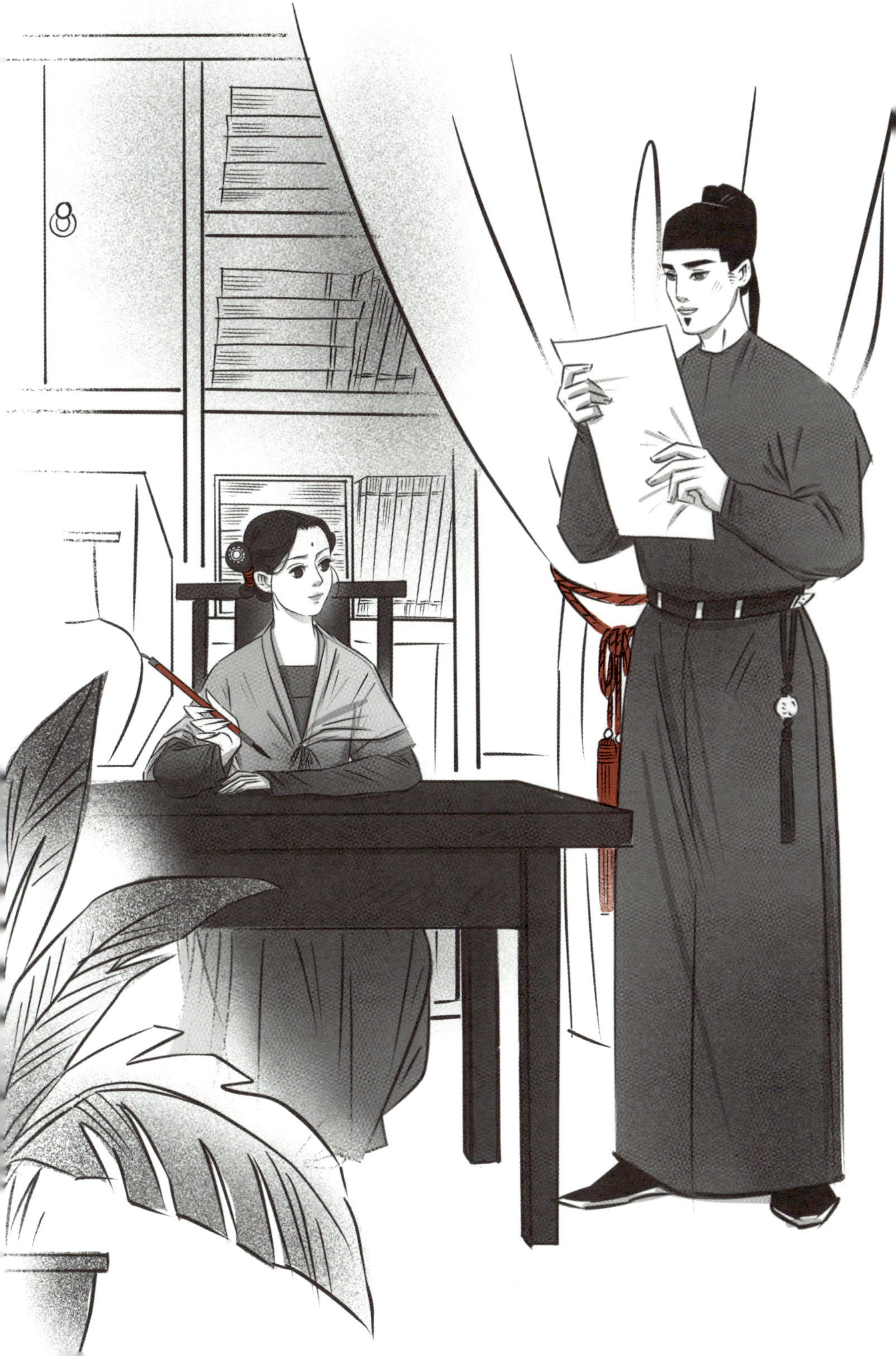

唐敏接着说："这篇序文颁发没多久，外面有个才女叫史幽探，她将五色的《璇玑图》标识出来，分成了六个部分，从中读出了许多首诗。之后又有个才女叫哀萃芳，从六幅图之外，又分出一图，同样读出了几百首诗。这些事情传到宫中后，太后便下了一道御旨，这道御旨所带来的恩典，也是自古以来从未有过的。"

原来，太后看过《璇玑图》后，便想到天下如此广大，人物众多，才女虽不能都像苏蕙那般卓绝，但像史幽探、哀萃芳这类多才多艺的，恐怕也不在少数。若她们都被埋没，实在可惜。于是太后便与朝廷大臣商议，决定让天下才女参加科举考试，依据才华高低评定等级，还赐给才女匾额，好让她们光耀门楣。

唐敏说道："虽说考试日期还没确定，但这消息千真万确。侄女你得赶紧用功，早早准备，凭你的学问，要竖起才女匾额，简直易如反掌。去年你还问我女科的事，没想到今年就有了这等好事。"

唐小山说道："天下竟有这般奇事！往后侄女定当努力学习，还望叔父时常教导。要是考期还远，我兴许还有点希望；可要是明年就开考，侄女怕是只能断了这念头。"

唐敏不禁诧异，问道："侄女这话是什么意思？"之后又会发生什么呢？咱们下回接着说。

游瀚海孝女弃科场

话说唐敏问小山:"为何说明年考试,侄女你就想打消参加的念头呢?"小山回答道:"要是考试日期晚些,我还能抓紧时间用功学习;可要是马上就考试,侄女我学问浅薄,而且年纪又小,哪里能去参加考试呢?"唐敏说道:"学问固然是极为要紧的,不过说到年纪,依我看,反倒是越小越好。将来恩诏正式颁布下来,只怕年纪大的,还不准参加考试呢。你只管用心学习,就算明年就开考,以你现在的文笔水平,已经足够应对,没什么妨碍的。"

小山听后连连点头,从那以后,便每日在家刻苦读书。

到了第二年,唐敏时常外出,四处打听女科考试的消息。这天,他忽然在学堂里看到了太后颁发的十二条恩诏,赶忙抄录下来。恩诏上写道:女科考试,需先由州县进行选拔,通过者将名册送至郡里。郡考中榜者,赐予"文学淑女"匾额,同时获得参加部试的资格。部试若再次考中,赐予"文学才女"匾额,进而可参加殿试。并且明确规定,考生年龄在十六岁以上者,不准参加此次考试。

唐小山看完恩诏,不禁喜上眉梢,说道:"我一直担心考试日期太早,现在看来,真是天遂人愿。今年我十四岁,到考试的时候,正好十六岁,时间充裕,可以慢慢学习准备。"

从这以后，小山和弟弟小峰每日勤奋学习，但父亲始终没有音信，她不免心里牵挂。林氏同样挂念着丈夫，隔三岔五就派人回娘家询问消息。

这一天，唐敏恰好领着林之洋进门。林氏瞧见，还以为丈夫回来了，十分高兴，连忙招呼他们坐下。林氏说道："哥哥，你就这么把妹夫带到海船上去了，这两年，家里老老小小，谁能放心得下？"

小山没等母亲把话说完，就急忙问道："如今舅舅回来了，父亲怎么没一起回来呢？"

林之洋无奈，只能用之前和吕氏商量好的谎言来应付。虽然唐敏招呼着林之洋，但妹子和外甥女一口一个埋怨，林之洋也不由得想起妹夫，心里烦躁，坐立不安，没一会儿，就借口有事，匆匆回家去了。

话说吕氏回到岭南不久，便生下一个儿子。唐敖的妻子林氏听闻这个消息，十分欣慰，心想林家总算有了后人。于是，她便带着小山、小峰回娘家，向哥嫂道贺。

这天，小山正和江氏闲聊，突然看见那只从海外带回来的白猿，从江氏的床下叼出一个枕头玩耍。小山见状，笑着对江氏说："婆婆，这白猿可真调皮！刚才还把婉如妹妹的字帖翻出来看，这会儿又把舅舅的枕头叼出来乱扔，怪不得古人说心猿意马，它果然一刻都安静不下来。只是这么好的一个枕头，怎么会放在床底下呢？"说着，小山便从白猿手中拿过枕头，看了看，却觉得这枕头像是自己家里的。

小山随即掀开床帏，往床下一瞧，只见地板上放着一个包裹。小山正要动手打开，江氏连忙阻拦，说道："那些都是我的

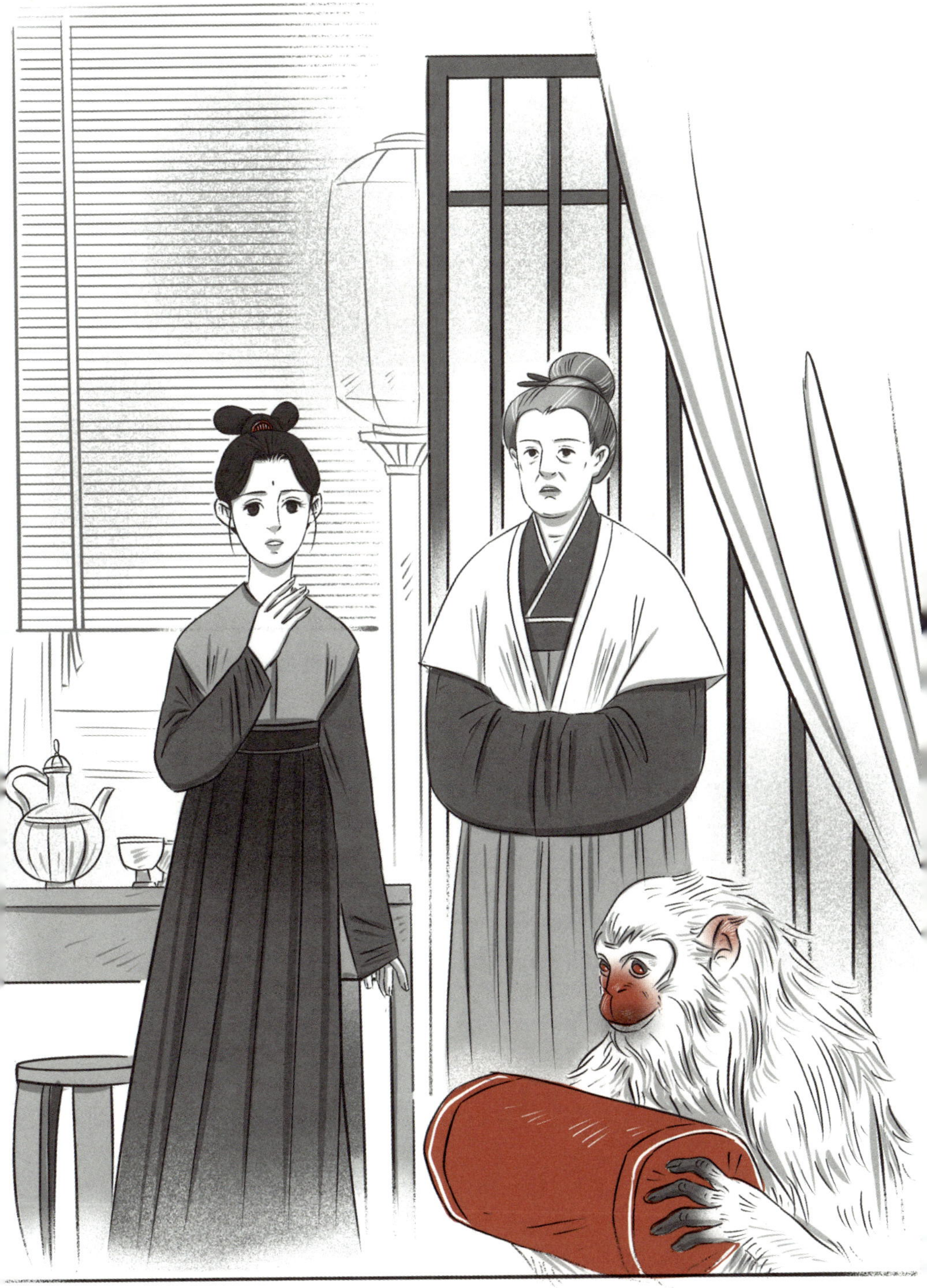

旧衣服，脏得很，姑娘别碰。"小山见江氏神色慌张、举止失措，心中愈发疑惑，硬是把包裹拉了出来。打开一看，里面竟是父亲唐敖用过的物品。

小山正准备向江氏追问，恰巧母亲林氏走了进来。林氏听到她们的对话，又看到丈夫的包裹，心里已然明白，丈夫怕是凶多吉少，不禁放声大哭起来。

小山强忍着眼泪，快步走到舅母吕氏的房间，随后又把舅舅林之洋请了过来。她指着那个包裹，一边抽泣，一边急切地追问父亲唐敖的下落。

林之洋见状，暗暗在心里跺脚，心中暗自思忖："唐敖的包裹本来是放在厨房里的，自己担心妹妹回娘家的时候会看到，才特意藏到了岳母的床下。可如今被识破了，这可如何是好？"他思索了好一会儿，明白这件事已经无法再隐瞒下去了，只得开口说道："妹夫既没有遭遇灾祸，也没有生病，如今只是在山中隐居修行罢了，你们何必这般痛哭流涕呢？先别哭了，让我把事情的前因后果细细讲给你们听。"

于是，林之洋便将他们出海时遭遇风暴，海船被吹到了小蓬莱，妹夫唐敖上山游玩后便一去不复返，众人苦苦寻觅了一个月，直到船上的水和米都快消耗殆尽，无奈之下才返回的事情，原原本本地说了一遍。

小山和母亲林氏听完后，心中悲痛更甚，不禁痛哭起来，久久不能停歇。

小山哭着埋怨道："舅舅和我父亲是至亲，当时既然没找到，回来就该马上告诉我们，好让我们再去寻找，怎么能一直瞒着？要不是今天瞧见这包裹，我们还被蒙在鼓里呢。"

林之洋赶忙解释:"我们本来就打算再去寻的,只是得等你舅母身体养好了才能动身。"接着,林之洋把唐敖在小蓬莱石碑上题的诗拿给小山,说道:"这是你父亲在小蓬莱留下的诗句,你瞅瞅,舅舅可曾骗你?"

小山接过诗,看到"今朝才到源头处,岂肯操舟复出游"这句时,便对母亲说:"从这诗来看,父亲应该就在小蓬莱。眼下只能暂且忍耐,等舅母出了满月,女儿就跟着舅舅去海外找父亲。"

林氏连忙劝阻:"你从小没坐过海船,也没出过远门,怎么能去呢?你就和弟弟在家安心读书,我跟他们一道去。哪怕在外面待个三年五载,也不耽误你们读书和参加科考。将来你若能考中才女,不光你自己风光,咱们做父母的也脸上有光。要是因为出门找父亲,误了这场考试,多可惜呀。"

小山言辞恳切地说道:"如今父亲远在万里之外,生死未卜,女儿满心满眼只有寻亲这一件事,哪里还有心思去想考试的事?还是母亲同弟弟留在家里,由女儿前去最为妥当。不然的话,就算母亲找到了父亲,可父亲已然看破红尘,未必愿意回来,到时候母亲又能有什么办法呢?但要是女儿去寻找,父亲若不肯回来,女儿可以哭诉哀求,还能假称母亲因过度担忧而患病。父亲听了这些话,说不定会怜惜女儿的一片孝心,同意回来也未可知。况且女儿年纪尚小,即便在外面抛头露面,旁人也还能理解,可母亲又怎能像我这般四处奔波寻访呢?"

小山这一番话说完,林氏沉默了许久,一时竟不知如何反驳,思量再三,也只好点头同意。林之洋见小山心意已决,实在拗不过,便说道:"甥女既然执意如此,俺们也不好再阻拦,那

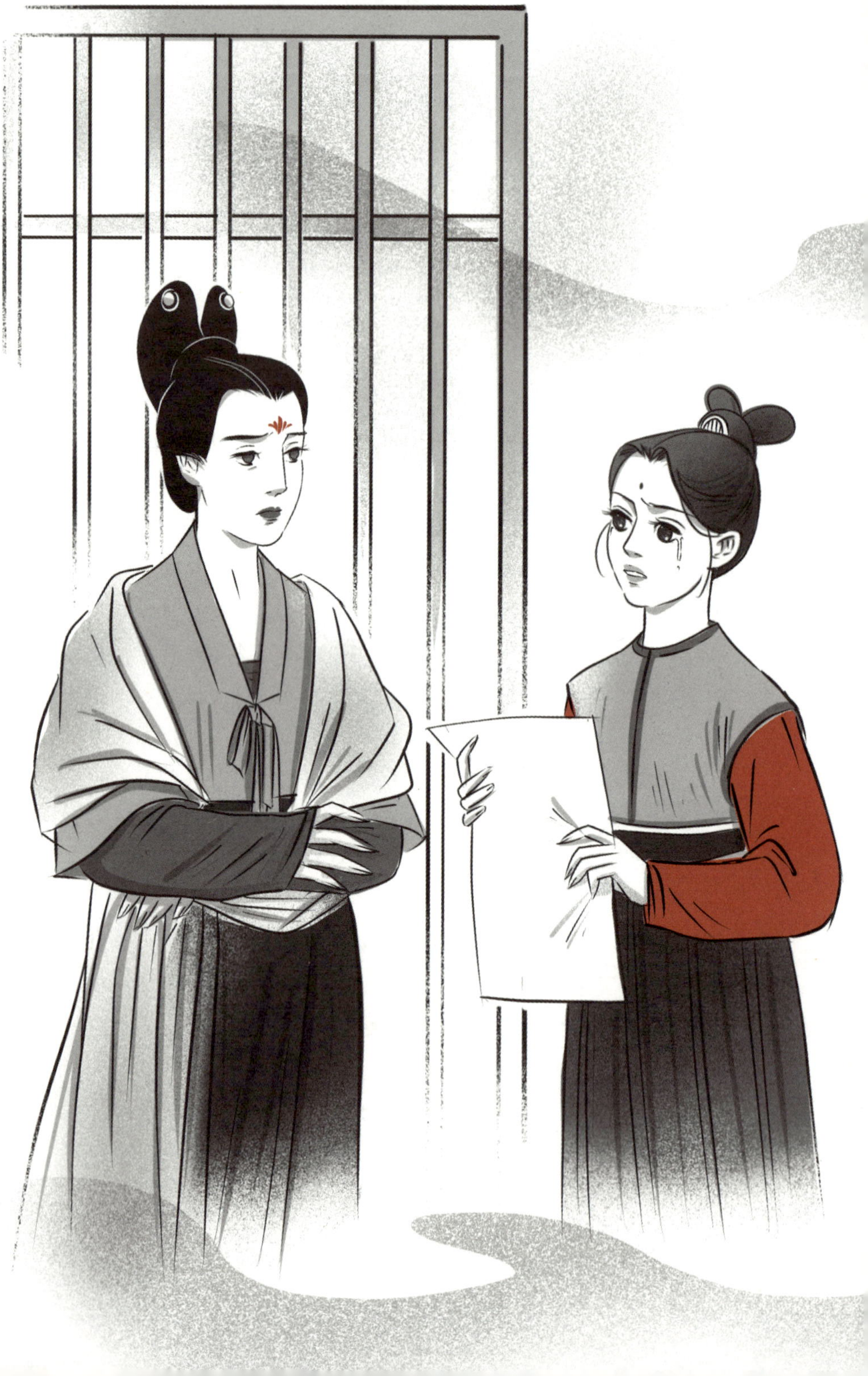

就等你舅母出了满月，俺们置办些货物，一道前去便是了。"

当下，大家经过一番商议，决定八月初一正式动身。

林氏带着女儿小山回到家后，便立刻着手置办出海所需的行装，为即将到来的寻亲之旅做准备。唐敏得知哥哥唐敖的消息后，念及手足情深，心中也是悲痛不已。

小山自从回到家中，每日都会让乳母把庭院里的桌椅摆放得高高低低，她时不时地就跳到上面，在桌椅间盘旋行走。

这天，林氏看到女儿的举动，忍不住问道："我的儿，你这两天莫不是着了魔，怎么老是跳上跳下的？"

小山解释道："我听说外面的山路十分难走，等日后到了小蓬莱，要是不会走山路可怎么上山呢？所以我先在家里练习练习，也好提前适应适应。"

林氏听了，点头说道："原来是这样，亏得你想得如此周全。"

时光飞逝，不知不觉就到了七月三十日。这一天，小山带着乳母，向母亲和叔婶一一拜别。唐敏将小山送到林家后，把准备好的一千两路费仔细交代清楚，随后便告别了林之洋，返回学馆继续教学。

后来，因为新开设了女科，郡里的太守早就倾慕唐敏的才名，便特意将他请去，教授自己的女儿学问。

小山来到舅舅林之洋家中后，林之洋语重心长地说道："去年俺和你父亲是正月的时候开船出海的，一直到今年六月才回来，前前后后差不多走了五百四十多天。如今要和甥女你一起去，就算一路上顺风顺水，在各个国家都不耽搁时间，可光是绕过那个门户山，就得花上好几个月的时间，明年六月又怎么能赶得回来呢？甥女你何不停一年再去，要是你和你婉如妹妹都能考中女科，那可是光宗耀祖的大好事，这样不好吗？"

小山神情坚定地回答道："甥女就算去参加考试，也不一定能考中；就算真的考中了，得了个功名，可父亲还在海外漂泊，这得来的荣耀又有什么意义呢？这顶乌纱帽又能戴给谁看呢？"说着说着，小山不禁又潸然泪下。

林之洋见小山心意已决，无可奈何，只好将一切事宜都收拾妥当，然后便扬帆出海了。这一路行程艰辛，足足走了三个月的时间，才终于绕出了门户山。

一路上，林之洋不敢有丝毫懈怠，只是匆匆将货物卖掉，不敢长时间停留。

这天，众人路过轩辕国、三苗国后，多九公和林之洋在船后闲聊起来。多九公说道："林兄，去年起大风的时候，不就是在这一带吗？今年咱们一心要去小蓬莱，可偏偏碰不上风暴。而且这里的人都不愿意给咱们当向导，只说前面有座亥木山，最近有好多妖怪出没伤人，所以他们都不敢往那边去。"

众人没有别的办法，只能硬着头皮继续往前走。

有一天，正在航行时，海船前方出现了一座大山。只见山上层层叠叠地长满了果树，什么桃李橘枣之类的，应有尽有。那浓郁的果香一阵阵地飘过来，馋得众人直咽口水。

那些水手们再也按捺不住，连忙将船靠到岸边，一窝蜂地冲了上去。看到新鲜的果子，也不管好不好，摘下来就往嘴里塞，还不停地称赞果子的美味。多九公和林之洋也跟着饱餐了一顿。

林之洋摘了许多果子送上船，吕氏便把果子分给小山、婉如等人一起吃。没想到，众人吃了果子之后，顿时觉得天旋地转，浑身酥软无力,连站都站不稳,一个个全都倒在了地上。

大家心里正慌张的时候,只见树林中突然走出许多妇女。她们来到船上,将吕氏、小山、婉如、若花等人一一搀扶上岸,接着又把多九公和林之洋也搀下了船。众人虽然心里明白是怎么回事,可嘴巴却没法说话,浑身软绵绵的使不上劲,只能任由她们搀扶着,一路走进了山洞。

这时,一个女妖狞笑着说道:"你们就知道傻吃果子,哪里晓得果子里藏着酒母?这下不费吹灰之力就把你们抓来了。"随即转头吩咐众妇女模样的小妖:"把这些人酿成酒,咱们好好享用。"

唐小山心中悲苦,暗自垂泪:"我唐小山来海外寻亲,竟遭遇妖魔,这可如何是好?"

正伤心时,忽见一位道姑走来,对小山说道:"女菩萨莫急,小道特来救你。"道姑走到众小妖面前,只是索要酒喝。小妖们这才发现漏了一人,忙拿酒来想灌醉道姑,可道姑酒量惊人,将山洞里的酒喝得点滴不剩。

众小妖无奈,只得禀报女妖。女妖不信,亲自过来。道姑张口一吐,刚喝下的酒如泉涌般喷出,直喷向众妖怪。同时,道姑伸手一挥,空中闪过霹雳,一朵彩云显现,彩云上稳稳托着桃李橘枣四样果品,朝着四个女妖的头上砸去。

道姑喝道:"四个孽畜,你们的胞衣巢穴俱在此处,还不现原形!"四个女妖刚要逃窜,就被云中的果品击中,顿时现出原形,远远看去,小如弹丸。

此时众人已苏醒,一同向道姑致谢。道姑说:"我乃百果仙子,与女菩萨有缘,特来相救,不必言谢。你们要找的人,远在

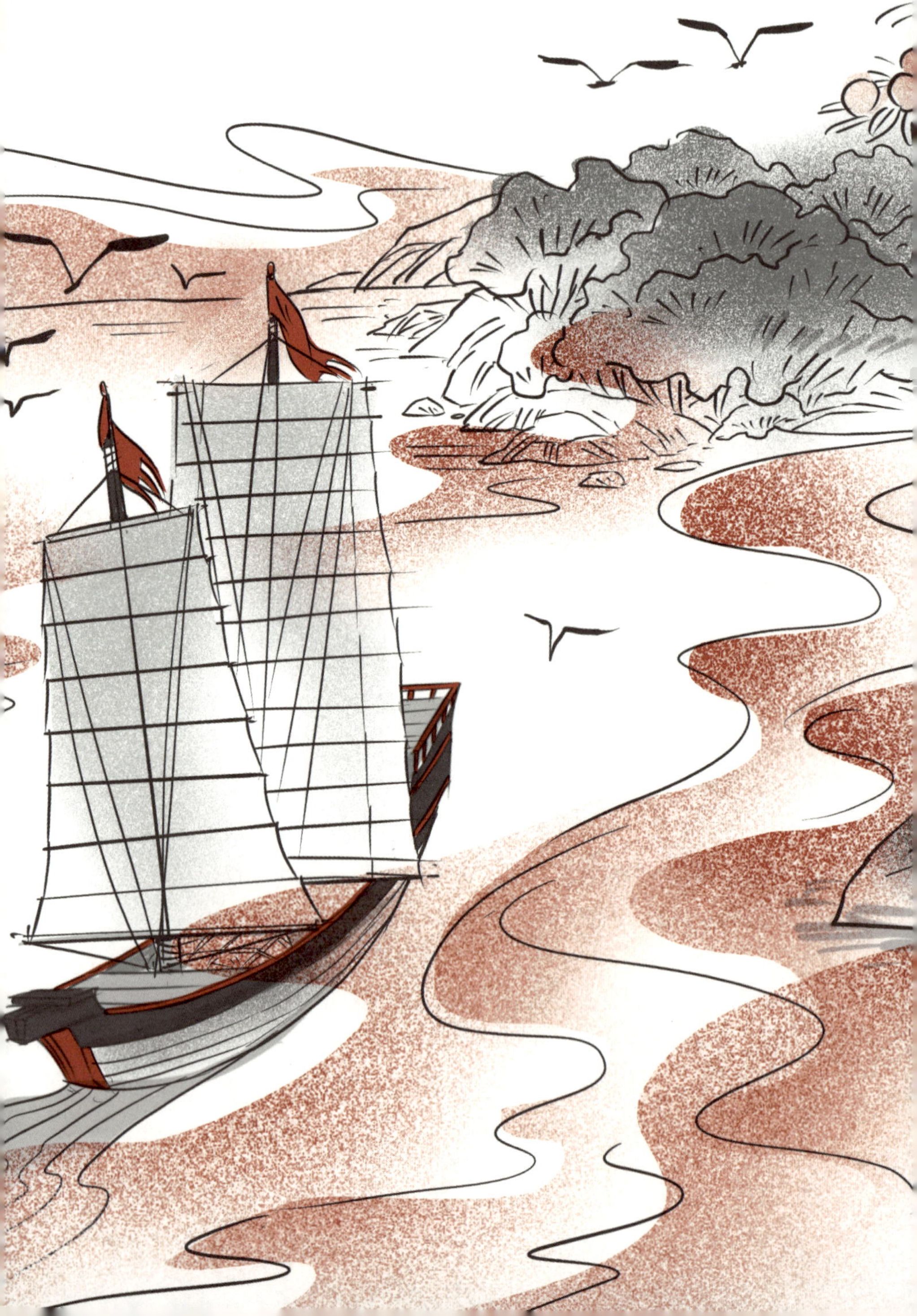

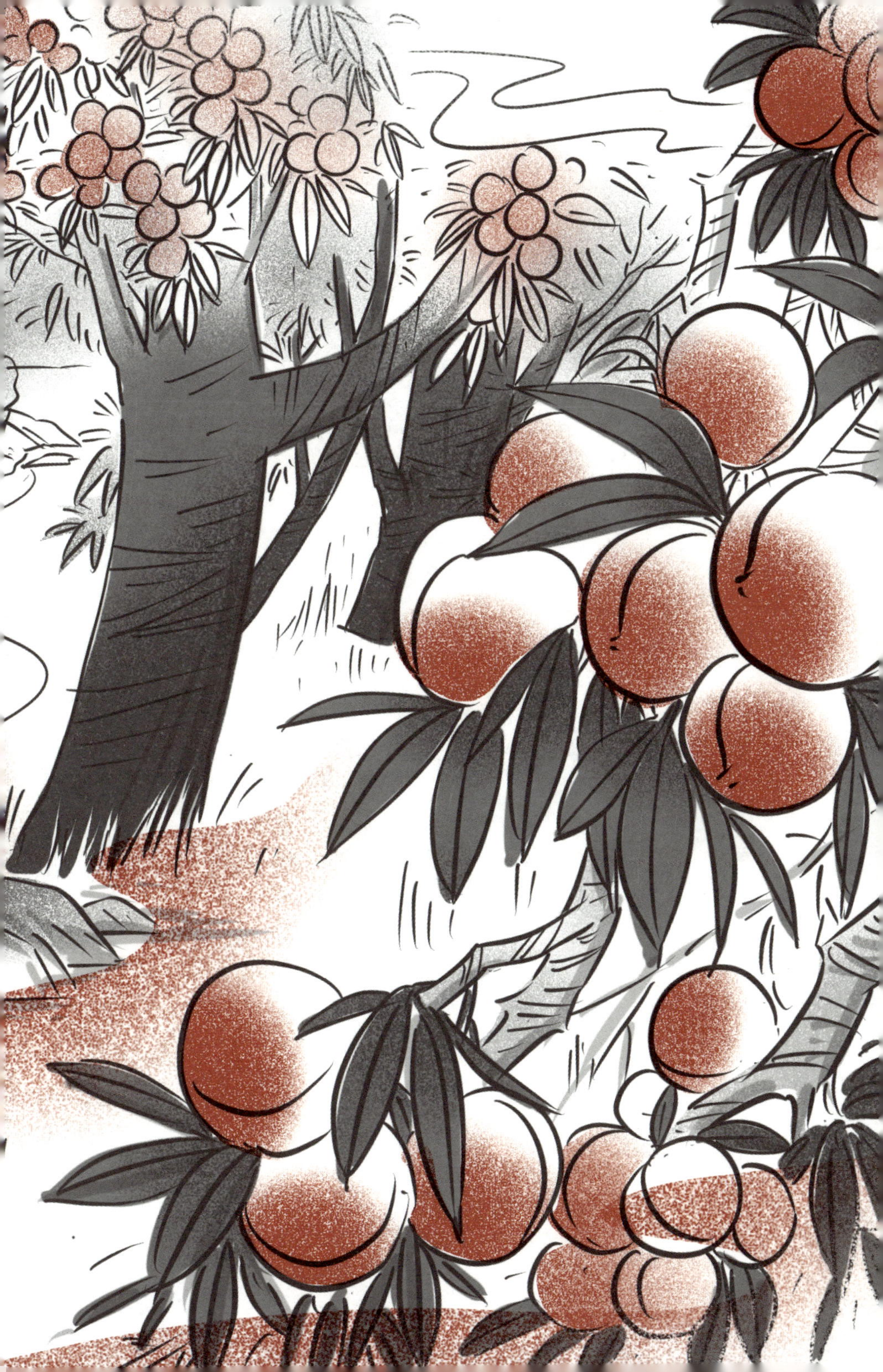

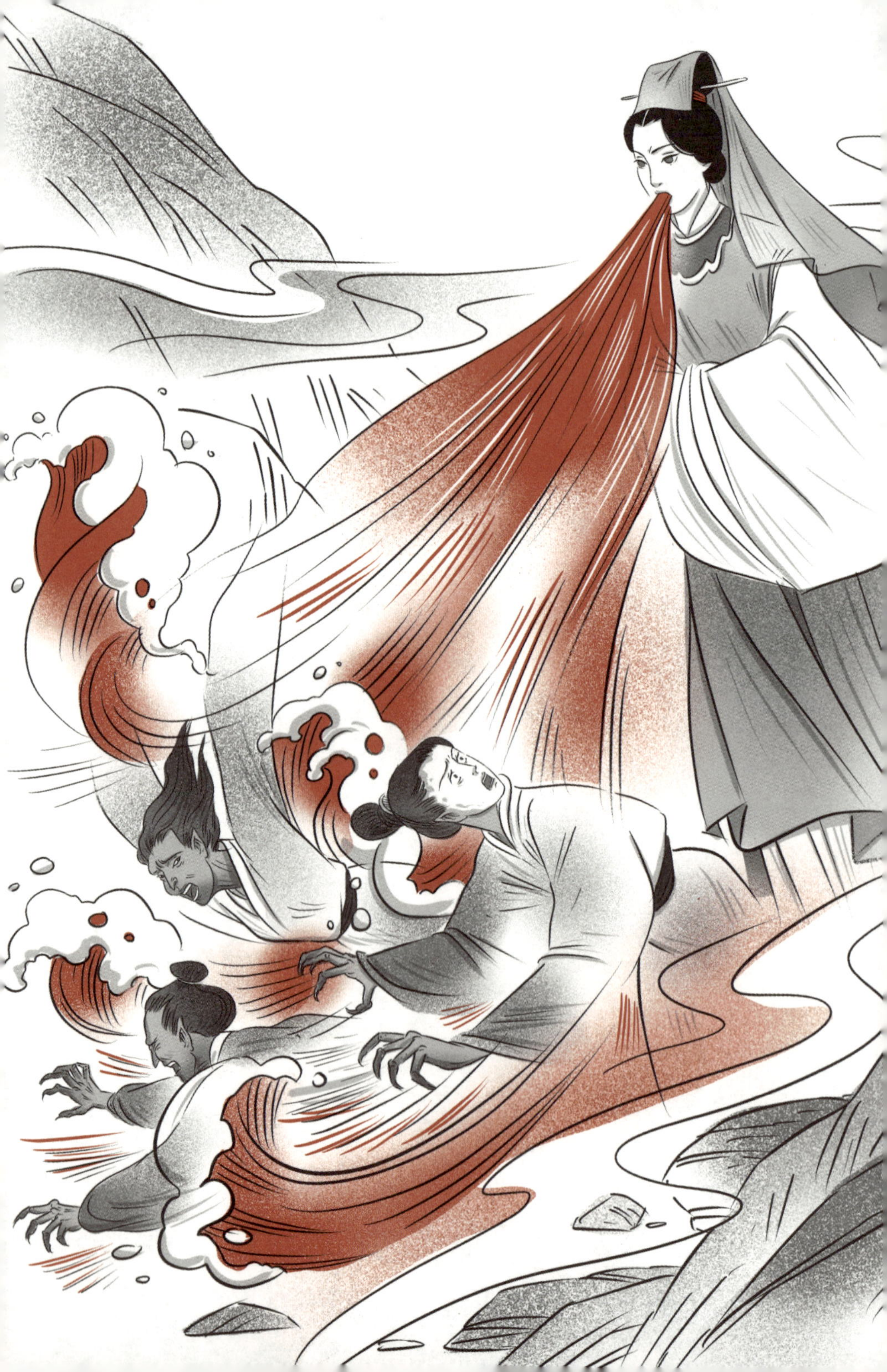

天边，近在眼前。"言罢，便消失不见了。

多九公和林之洋仔细清点了众人，确认并无遗漏后，便吩咐继续开船。一路上，大家都在谈论着刚才遭遇女妖又被道姑解救的奇事。

正说着，突然听到水手们一阵喧哗："刚才还好好地航行着，怎么这会儿又得绕路了？"众人闻声望去，只见前方又有一座大山横亘在眼前，拦住了去路。

无奈之下，多九公和林之洋决定上山去探探路。他们在山中走了许久，转过一个山坳，迎面看到一块石碑，只见那石碑上赫然刻着"小蓬莱"三个大字。

多九公心中一动，说道："看来这里就是小蓬莱了，怪不得那道姑说'远在天边，近在眼前'呢。"二人不敢多做停留，随即返回船上，将在山上看到石碑的事情一五一十地告诉了小山。之后又会发生什么呢？咱们下回接着说。

泣红亭书叶记前缘

话说小山听闻在山上发现了刻有"小蓬莱"字样的石碑，知道离找到父亲又近了一步，心中欢喜得难以言表，满怀感激之情，只能暗暗在心里念佛祈祷。

此时天色已晚，光线昏暗，众人无法上山，只能在船上暂且等待。

第二天，吃过早饭，小山便迫不及待地和婉如、若花等人准备一起上山寻找唐敖。林之洋手里紧紧握着器械，带着一众水手，也一同上了岸。

众人沿着山路前行，走了一段路后，来到一处较为平坦的地方，大家都有些疲惫，便在此处歇息了片刻。稍作休息后，他们又继续踏上了寻找之路。

当众人转过"小蓬莱"石碑时，一眼便看到了唐敖当年题写的诗句，字迹依旧清晰，墨迹仿佛还未干透，显得淋漓饱满。

小山见到父亲的笔迹，心中涌起一阵酸楚，泪水止不住地流了下来。她又朝着四周望了望，感慨地说道："看这山上的景色，如此清幽秀丽，真的能让人抛却所有的尘世杂念，仿佛置身于仙境之中。有这样如同洞天福地一般的地方，也难怪父亲舍不得回去了。"

不知不觉间，已经到了下午。林之洋担心天色渐晚山路会变得难走,便催促着小山等人往山下走去。等众人回到船上的时候,夜幕已经降临,周围一片漆黑,只有船上的灯火微微闪烁。

众人吃过晚饭后,小山说道:"今日仔细看了山路,这山范围不小,没个三五天肯定走不完。父亲既在山中修行,定是居于深山,除非父亲自己出来,否则咱们找上一年也没用。如今甥女主意已决,明日舅舅在这儿看守船只,甥女一人进深山,耽搁几天细细搜寻,或许能有机缘。"

林之洋忙道:"甥女你一人前去,俺怎能放心?俺定要同你一起去。"

小山道:"话虽如此,但船上水手都非至亲,舅舅您也上了年纪,若同去,甥女反倒会有顾虑。好在这山似仙境,虽少有人烟,却无野兽。甥女此去,多则一月,少则半月,能找到父亲最好,若找不到,也会及时送信回来,舅舅不必担心。"

若花赶忙说道:"阿父要是不放心,女儿在东宫时学过骑射,不如让女儿带着器械,陪妹妹一同前去吧。"

吕氏面露担忧,问道:"甥女上了山,那儿既没房屋,又无茶饭,晚上去哪儿住,白天吃什么呀?"

小山听了,一时愣住,思索片刻后,缓缓说道:"依甥女观察,这山层峦叠嶂,虽说没有房屋,可山洞、崖壁下能藏身,而且山间野果众多,吃饭倒也不愁。"于是,小山和若花各自带上一些干粮,又拿了一口宝剑,便向着深山出发了。

小山和若花姊妹俩背着包裹,上山后走了好几里路。小山见山路蜿蜒曲折,生怕峰回路转之后就认不得回去的路了,于是每到转弯的地方,就用宝剑在山石或者树木上画一个圆圈,要不就写上"唐小山"三个字做标记。

两人走了好些日子，依旧毫无收获。这天，她们正打算继续往前走，突然瞧见对面似乎有个人走过来。小山惊讶地说："我们走了十几天，连个人影都没见着，怎么今天就突然出现个人了呢？"若花猜测道："难道前面有居住的人家了？"

那人越走越近，二人仔细一瞧，原来是个白发苍苍的樵夫。小山见是位老人，便礼貌地站在路旁，问道："请问老人家，这座山叫什么名字呀？前面还有人家居住吗？"

老人回答道："这座山总的名字叫小蓬莱，前面有一条山岭，叫作镜花岭。岭下有个荒坟，过了那荒坟，就到水月村了。你问这些做什么呢？"

小山说道："我问路倒没别的意思，只是我们天朝大唐国有个姓唐的，前年曾来过这座山，不知道他如今还在村里不？"

老人问道："你问的人莫不是叫唐敖？"小山一听，兴奋地说："我问的正是他，老伯伯，您怎么知道的呀？"

老人说："我们常在一起，我怎么会不知道呢？前天他拿了一封信托我带到山下，说是要送到从天朝来的一只海船上，今天又刚好碰到你们。"说着，老人便把信拿出来递给了小山。

小山接过信，只见信封上写着："吾女闺臣拆。"小山一看，笔迹确实是父亲的，可上面写的名字却和自己的不一样。

这时，就听老人说道："你看了家书，再到前面去看看泣红亭的风景，就明白信里写的是什么意思了。"说完，老人转身飘然而去。

小山打开信，和若花一起看完后，满心疑惑地说："父亲既然说等我考中才女后才和我相聚，那为何不趁现在就和我一同回去，这样不是更省事吗？而且还让我改名为'闺臣'才能去参加

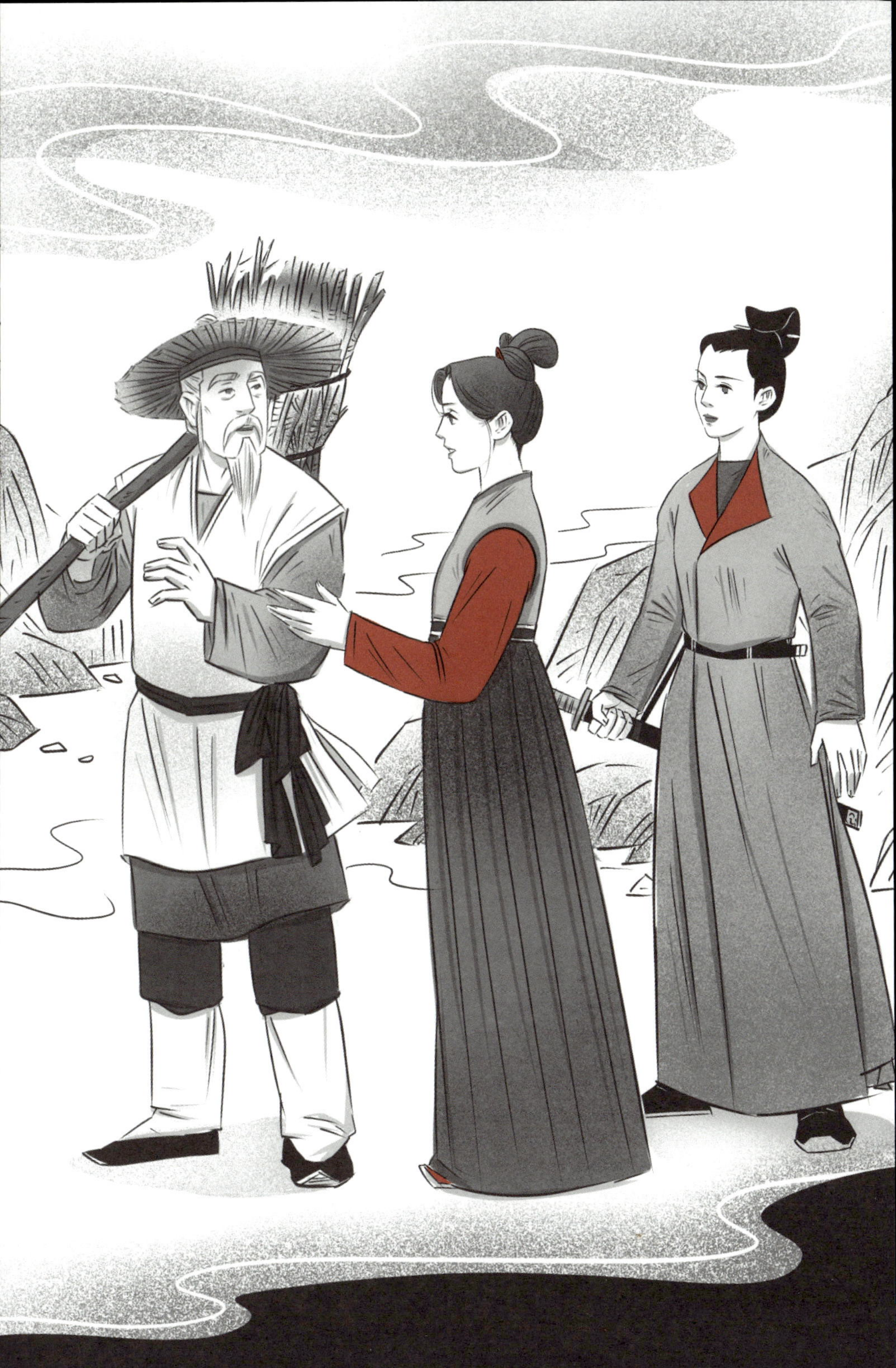

考试，这到底是为什么呢？"

若花思索片刻，分析道："依我看，这里面恐怕大有深意。武后已经把唐朝国号改成周了，就'唐闺臣'这三个字来说，大概是说即便你往后考中了武后的女科，也要表明自己依旧是唐朝的臣子，这是要让你牢记根本。既然你父亲让你回去，咱们就别再往前走了。"

唐小山却坚持道："话是这么说，可咱们大老远跑了万里之遥才到这儿，哪能不见父亲一面就走呢？况且父亲就在这山上，也不是绝对找不到，先到前面去瞧瞧再说。"

于是二人沿着老人指示的道路，一起来到了水月村，只见水清山秀，有无限的美景。二人正在观赏之时，忽然看到迎面有一阵光芒从一座红色的亭子中透了出来，只觉金光万道，灿烂辉煌。二人走近一看，只见亭子前面悬挂着一块金字匾额，上面写着"泣红亭"三个大字。旁边还有一副对联，写的是：

桃花流水杳然去，朗月清风到处游。

小山说道："刚才的那个老樵夫让我们找的泣红亭原来在这里，我们为什么不去看看其中的美景呢？"二人来到跟前，只见亭中竖着一座白玉碑，虽然高度还不到八尺，但却有几丈之宽，上面刻着很多名字：

司曼陀罗花仙子第一名才女"蠹书虫"史幽探
司虞美人花仙子第二名才女"万斛愁"哀萃芳
司洛如花仙子第三名才女"五色笔"纪沉鱼

……………

司百花仙子第十一名才女"梦中梦"唐闺臣

司牡丹花仙子第十二名才女"女中魁"阴若花

……………

司菱花仙子第九十九名才女"笔生花"花再芳

司百合花仙子第一百名才女"一卷书"毕全贞

  小山将玉碑上的人名全都细细看过，而后说道："父亲让我改名，哪承想玉碑上第十一名竟然就是'唐闺臣'，而且若花姐姐、婉如、兰音妹妹等人的名字也都在上面呢。我听闻古人有在梦中观看天榜的说法，难不成这座玉碑就是那天榜不成？"

  于是，小山转头向若花问道："姐姐，你瞧瞧这玉碑，会是天榜吗？"

  若花回道："我看这玉碑上面刻的全是篆文，我一个字都不认得，哪能看出什么天榜来？"

  小山说："妹妹我可是真心有事请教，姐姐怎么突然开起玩笑来了？"

  若花一脸疑惑："我怎么就开玩笑了？"

  小山解释道："这玉碑上刻的明明都是常见的楷书，姐姐却偏要说成是篆文，这不是开玩笑是什么？"

  若花揉了揉眼睛，凑近了仔细瞧，可看到的还是和原来一样。她便说道："这碑文我依旧不认识，既然妹妹都认得，那就把上面的内容说与我听听，就当我也看过了。"

  小山道："姐姐此时既然什么都看不出来，可见这其中天机不可泄露，还是等事情过后我再细细讲给姐姐听吧。姐姐意下

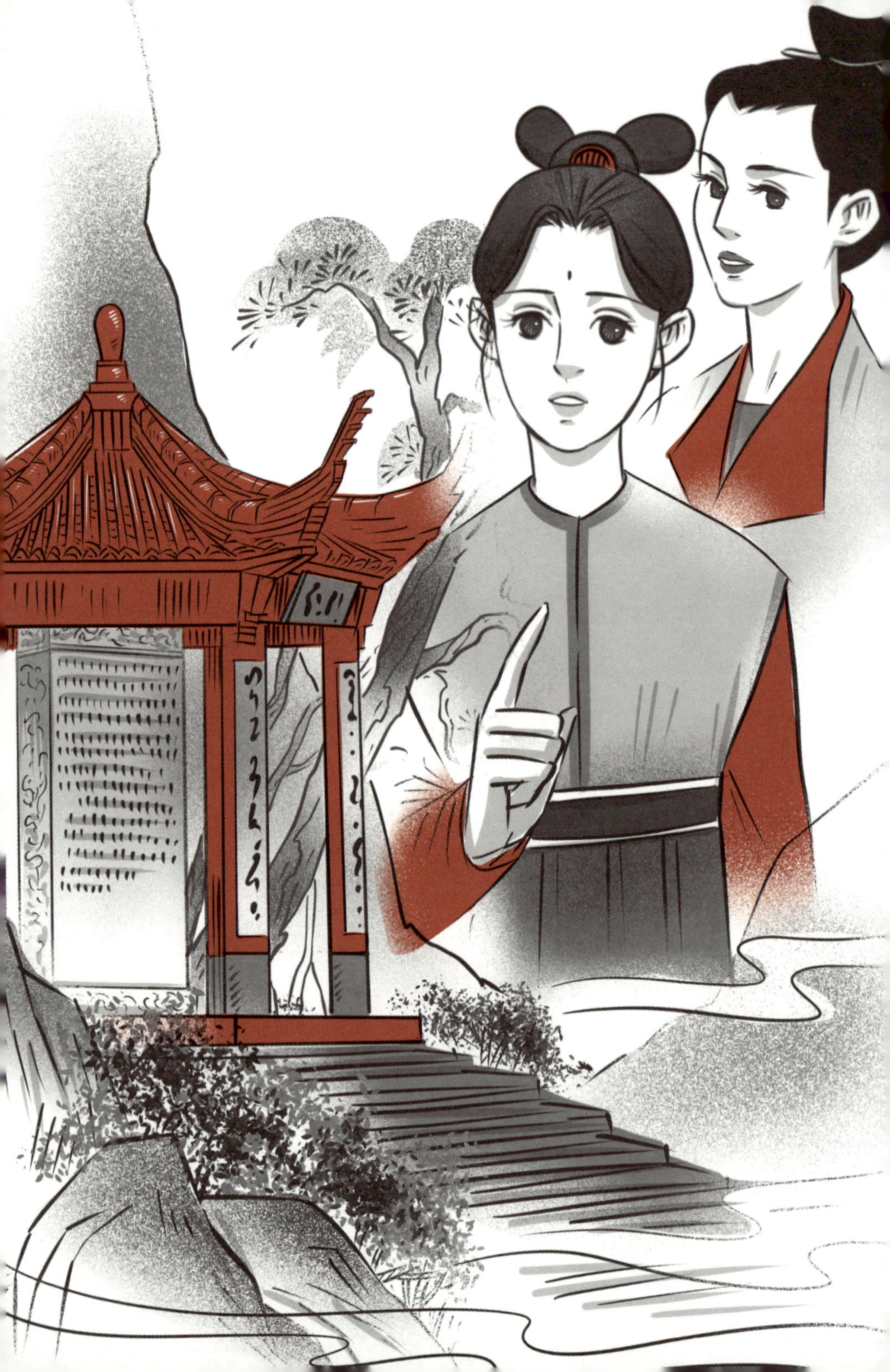

如何？"

若花点头："妹妹说得在理。我看这玉碑，只见金光直直地射过来，刺得眼睛生疼，我不如先到外面走走。"

小山又接着往下看，玉碑之后还有一段总结的议论。议论之后又附有一个图章，上面写着：

茫茫大荒，事涉荒唐。唐时遇唐，流布遐荒。

小山心里想："'唐时遇唐，流布遐荒'，大概是说如今正是唐朝，而我又姓唐，今天亲见此碑，岂非让我流传海内吗？天机虽然如此，可是碑上刻着一百个人的名字，不但头绪纷繁，就是人名也难记，偏偏此时笔砚也没带来。"

正当小山为无法抄录玉碑上的文字而发愁时，若花走了过来，提议道："这里有几片芭蕉叶，妹妹何不用它来抄录文字，等回到船上再誊写到纸上呢？"小山觉得这主意不错，便立即用宝剑削了几支竹签当作笔。她试着在芭蕉叶上抄写名字，只见写出来的笔画清晰分明，毫不费力，便打算继续抄写下去。

然而，小山刚写了几个字，心里突然一转念："这碑文内容如此之多，一时半会儿根本抄不完。不如先找到父亲，之后再从容地抄写也来得及。"想到这儿，她停下手中动作，和若花背起包裹，继续向前赶路。

没走多久，二人来到一处水潭边。小山瞧见旁边的石壁上刻着许多大字，走近一瞧，原来是一首七绝诗：

义关至性岂能忘，踏遍天涯枉断肠。

聚首还须回首忆，蓬莱顶上是家乡。

下面落款："某年月日岭南唐敖即事偶题。"

小山看完这首七绝诗，就那么呆呆地伫立在原地，满心彷徨，全然没了主意。若花在一旁开口说道："你瞧瞧诗后所标注的日期，正好就是今天呢。那句'踏遍天涯枉断肠'，可不就是在说哪怕你跑遍天涯海角，最终也只是白白伤心一场嘛。诗里劝你暂且回到岭南，等考中才女之后，姑父说不定就会带着你一起踏入修仙之道了。"

小山听若花这么一分析，觉得很有道理，于是转身返回泣红亭，打算开始抄写玉碑上的文字。小山以楷书认真抄录，可每当若花凑近去看时，那些文字又莫名其妙地变回了篆文，一来二去，若花也不再费神去看了。

第二天，小山终于把碑文全部抄完。她背起包裹，对着泣红亭虔诚地拜了两拜，而后只能满含泪水，沿着来时的旧路，一步步下山而去。之后又会发生什么呢？咱们下回接着说。

门户山乘风返岭南

话说二人沿着旧路下山,行至一处瀑布旁。但见此处水流湍急,道路湿滑,那震耳欲聋的水声如雷轰鸣。峭壁之上,赫然刻着"流翠浦"三个大字。

小山见状,开口说道:"咱们之前来的时候,虽说也碰到过几处瀑布,可从没见过这般声势浩大的。难不成咱们走错路了?还是赶紧找找之前做的标记吧。"

二人找了好一阵子,终于发现了一处标记。可仔细一瞧,原本刻在石壁上的"唐小山",如今竟都变成了"唐闺臣"。

小山见状,惊讶不已,说道:"怎会有如此离奇古怪之事?"

若花思索片刻,说道:"若不是仙人暗中施法,又怎会变成这样?依我看,这多半是姑夫的手段了。"

听了若花的话,唐闺臣心中稍安,二人便继续向前走去。此后,每当在路口迷失方向时,总能在旁边的山石或树木上看到"唐闺臣"三个字。二人也不再多做分辨,只管顺着这些标记前行。

这一天,闺臣和若花走到一片大山岭,山路崎岖难行。二人早已气喘吁吁。若花说道:"当日上山没见这座山岭,怎么现在突然冒出这么大一座?这几天走平路腿脚都疼得厉害,现在又要爬山，可怎么办？"

二人正着急时，忽听背后树叶唰唰作响，一阵旋风刮起，转眼间从半山腰蹿下一只老虎。二人吓得魂飞魄散，赶紧拔出宝剑。慌乱中，老虎将身子一抬，从她们头上跳了过去。二人举剑护住头顶，幸好老虎没伤她们，而是扑向其身后的山羊，瞬间把山羊吃掉了。

二人刚松了口气，那老虎又掉头扑来。二人暗叫"不好"，惶恐间，忽然传来一阵鼓声，地动山摇。只见从山上蹿下一匹怪马，浑身白毛，背上有个角，用四只虎爪行走，还有条黑色尾巴，鼓声正是从这野兽口中发出的。老虎见到这头野兽，转身就跑了。

若花好奇地问道："这野兽虽有角，不过是骡马一类，看着也不凶恶，为啥老虎却怕它呢？妹妹可知道它叫啥名字？"

闺臣答道："我听说驳马头上长一只角，叫声如同击鼓，还特别爱吃虎豹。这匹马的角长在背上，大概是驳马的同类。"

说话间，这头野兽走到近前，摇头晃脑，摆着尾巴，极为温驯地趴在两人面前。闺臣见这兽如此驯良，便伸手在它背上轻轻抚摸，转头对若花说："小妹我听说良马最通灵性，咱们现在爬不了山，为啥不骑上去，让它驮着翻过这座山岭呢？也不知它听不听话，先让我试试。"

说罢，闺臣把丝绦系在驳马脖子上，将它牵到一块石头旁，两人相互搀扶着爬到马背上。闺臣轻轻抖了抖丝绦，驳马便撒开四蹄，朝山上奔去。没一会儿，就翻过了山岭。

只见刚才那只老虎正在追赶别的野兽，驳马瞧见，立刻就要冲过去。闺臣赶忙提起丝绦，把马带到一块石头旁，用力勒住缰

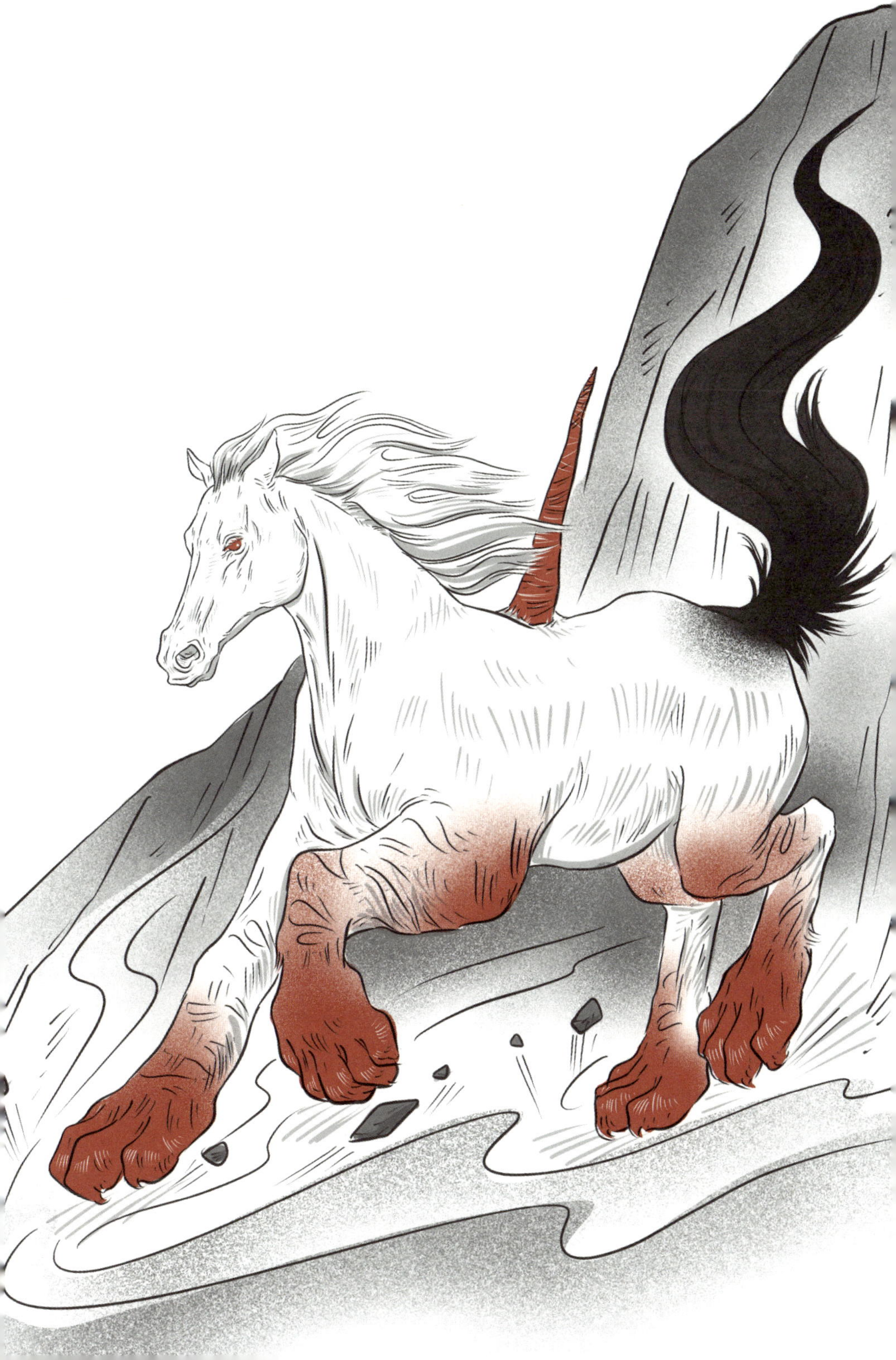

绳，两人急忙踩着石头下了马，那驳马又转身跑去追赶老虎了。

二人稍稍休息了片刻，便又背上包裹继续赶路。两天过去了，她们正边走边闲聊，突然听到树林里传来声音："好了！好了！你们可算回来了。"

二人吓了一跳，赶紧按住手中的宝剑，停在原地。只见林之洋从远处气喘吁吁地跑过来，说道："俺在那边大树下，远远瞧见两个人背着包袱走过来，就猜肯定是你们回来了。"

闺臣关切地问道："自从甥女走后，舅母身体还好吧？舅舅怎么不在山下守着船，还大老远跑过来？"

若花也急忙问道："阿父，您离开海船几天了？阿母和阿妹她们身体都还好吗？"

林之洋解释道："俺见你们去了二十多天还不回来，心里实在放心不下，就每天上山来看看。今天正盼着呢，没想到你们就回来了。"

随后，二人登上了海船，把遇到白发樵夫、收到父亲的信，以及父亲嘱咐要考中才女才能相见这些事，从头到尾详细地说了一遍。

随后，海船缓缓开动，众人在返航途中时常闲聊。

这一天，海船正平稳航行着，突然，无数小船如蜂群般快速涌来，将大海船团团包围。紧接着，枪炮声响成一片，震耳欲聋。许多强盗趁着混乱，纷纷跳上大船，大肆抢夺财物，把众人的东西洗劫一空。

强盗离去后，众水手忧心忡忡地说道："现在船上的粮食都被抢走了，咱们又不敢上岸去买米，这可如何是好？"

无奈之下，众人只能硬着头皮继续开船，心里盼望着能在海上遇到其他客船，即便多花些钱，也要从人家那里买点粮食来解燃眉之急。

然而，一连饿了两天，海面上连一艘船的影子都没见到。众人正惊慌失措时，偏偏又遇上了大风，情况变得更加糟糕，真是雪上加霜。

众水手只好将船靠在岸边，停泊下来。此时，大家都饿得两眼发黑，整艘船上弥漫着绝望的气息，只听见一阵阵无奈的叹息声。

唐闺臣和若花、婉如等人无可奈何，只能推开船窗向外闲望。忽然看到岸上走过来一个道姑，手中提着一个花篮，脸面又瘦又黄，前来化缘。水手们说："船上已经两天没见米了，我们还想到外面化缘呢，你倒是先来了。"那道姑听后，口中唱了几句歌词：

我是蓬莱百谷仙，与卿相聚不知年。
因怜谪贬来沧海，愿献清肠续旧缘。

闺臣听闻动静后，急忙带着若花等人赶到船头，礼貌地说道："仙姑，您好呀！您何不上船来，喝杯茶，稍作歇息，咱们好好聊一聊，这样不好吗？"

道姑回应道："小道我忙着去观光呢，哪有工夫跟你们闲聊，只希望能讨一顿斋饭吃罢了。"

闺臣说道："原来是这样。请问仙姑是从哪里来的呢？"

道姑回答说："我从聚首山的回首洞来。"

闺臣听了这话，脑海中猛然浮现出"聚首还须回首忆"这句

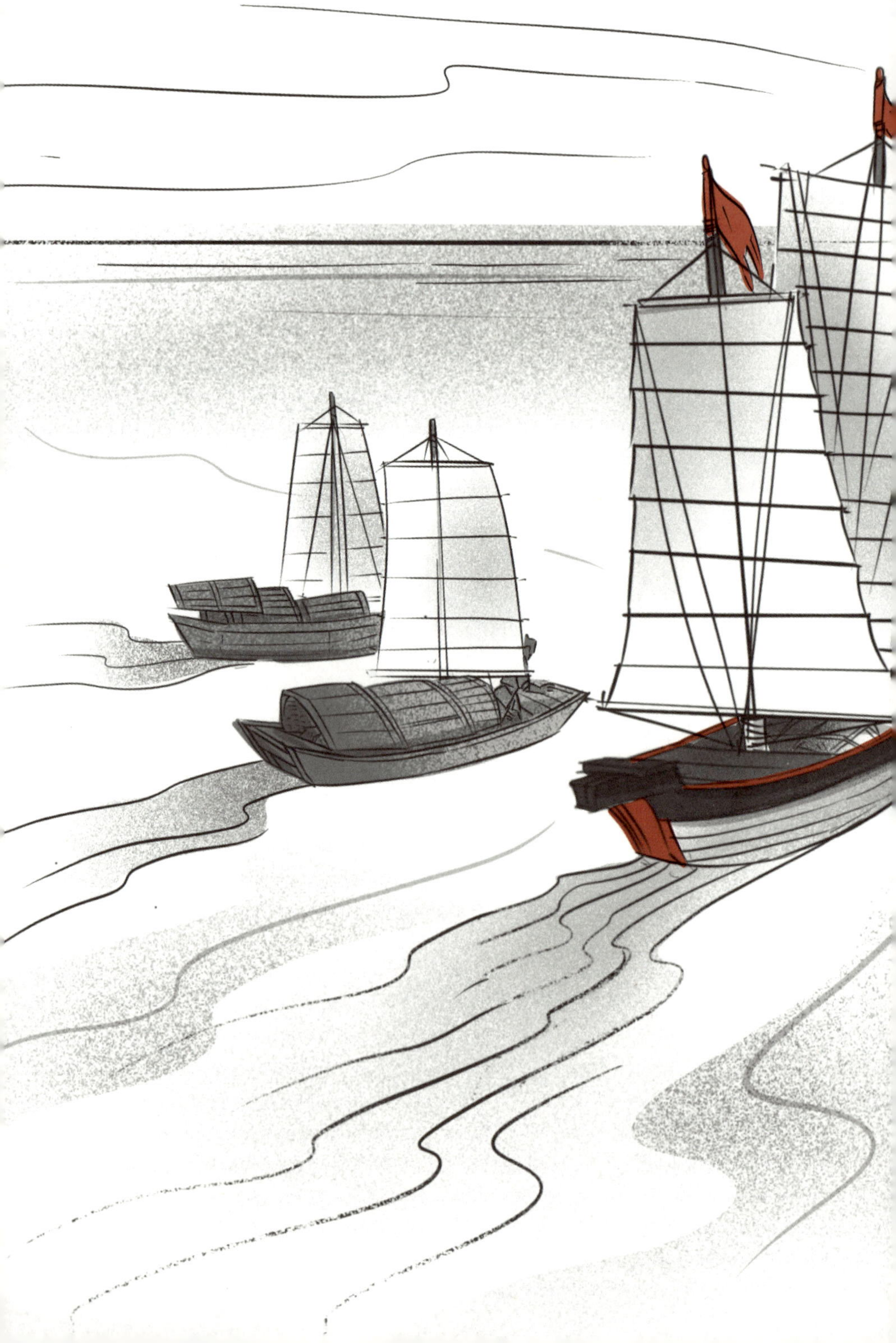

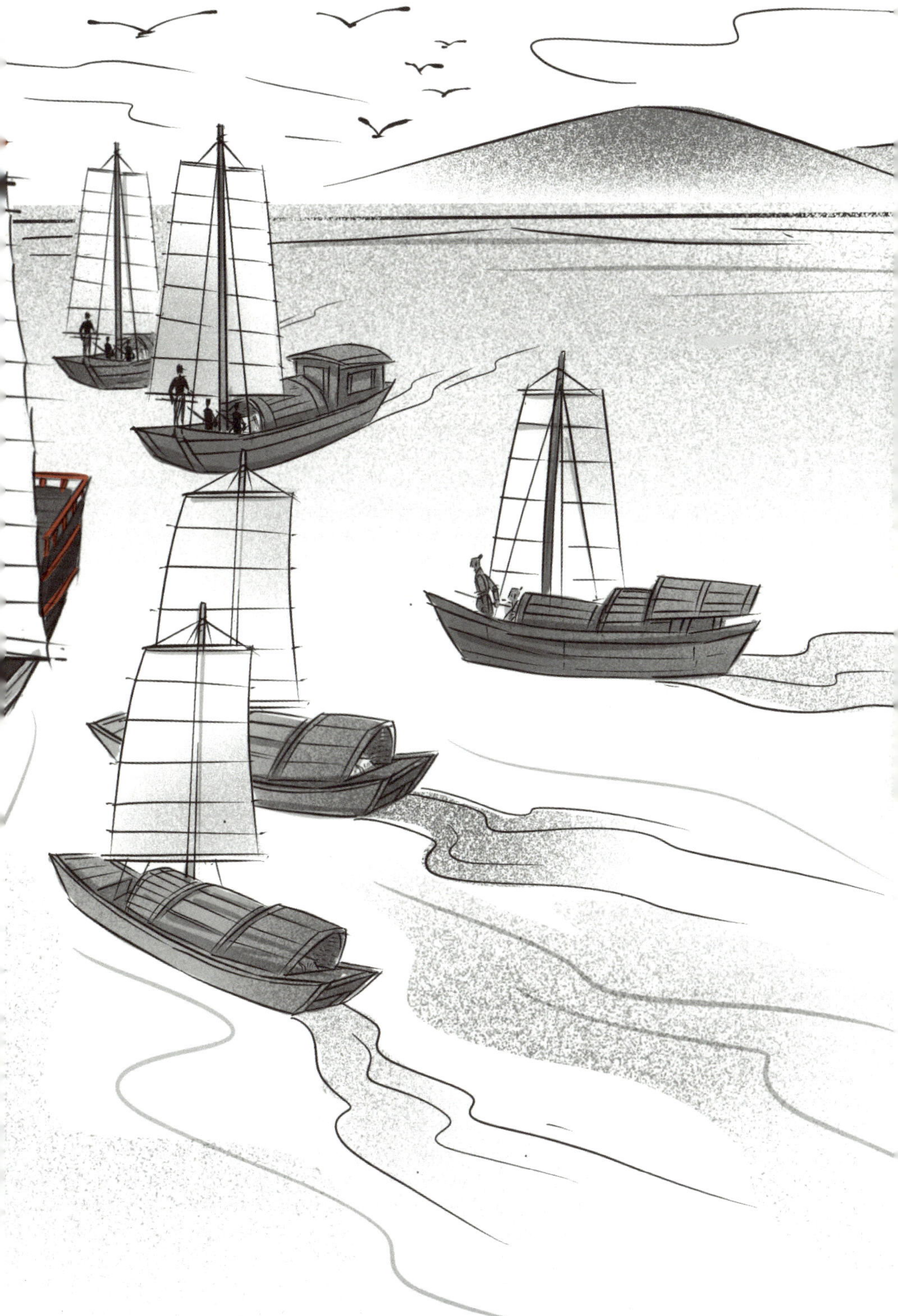

诗,心里不由得一动,说道:"仙姑您来化斋,我们本应恭敬招待,只是无奈船上已经断粮好几天了,还请仙姑多多包涵。"

仙姑说道:"小道我化缘,只看有缘还是无缘,和别人可不一样。要是无缘,哪怕对方米谷堆积如山,我也不会去化缘;要是有缘,就算对方缺米少谷,我这篮子里装的稻米,也乐意拿来助人。"

闺臣说道:"您这小小的花篮,能装多少稻米可想而知,我们船上有三十多号人,这点稻米怎么够吃呢?"

仙姑笑道:"我这花篮,在女菩萨眼里,虽看似微不足道,可它能大能小,与众不同。莫说这点稻米,就是全天下的百谷都能装得下。今日与你们相逢,怎会是无缘呢?只不过只能结个半半之缘罢了。"

说完,道姑便把花篮扔到了船上。众人从花篮里取出稻米,随后又将花篮还给仙姑。仙姑说了声"失陪",便转身离去了。

众人仔细端详,发现花篮里的稻米每颗竟有一尺来长,可总共只有八颗。大家正感到诧异时,多九公走了过来,说道:"这是清肠稻。当年老夫在海外曾吃过一颗,足足一年多都不觉得饥饿。如今我们船上一共三十二人,要是把每颗稻米分成四段,刚好够众人吃一顿,估计吃了之后几十天也不会饿。"

闺臣这才恍然大悟,想起仙姑刚才说的"半半之缘",原来是每人只能吃到一颗稻米的四分之一,可不就是一半的一半嘛。

解决了饥饿的问题后,众人便继续开船前行。

这一天,林之洋与唐闺臣等人闲聊,不经意间聊到了考试日期。若花问道:"阿父,您知道咱们还得走多少天才能到岭南吗?"

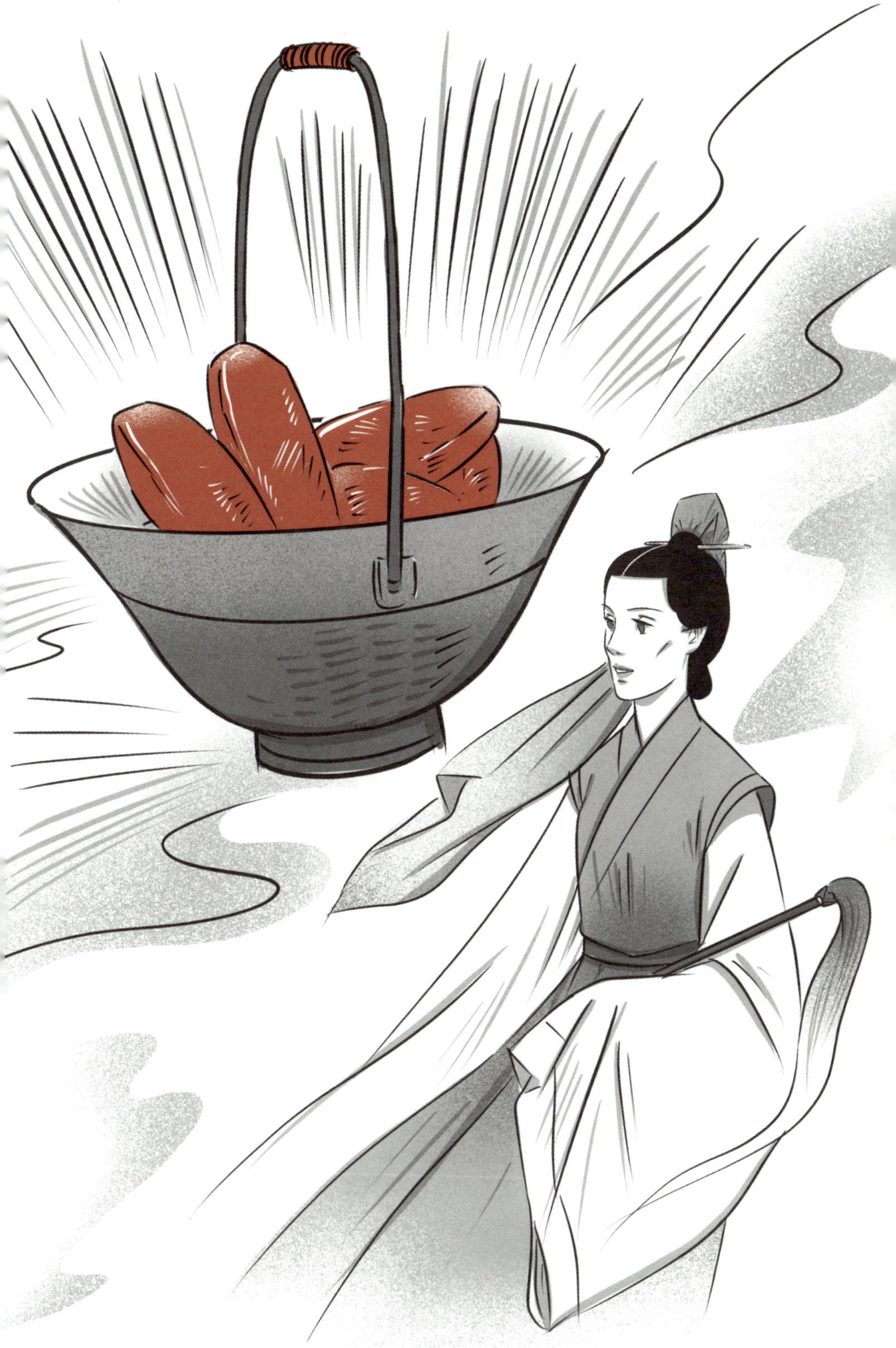

林之洋笑着说："还问再走几天？你这想法可太简单啦！就是再走上两三个月，也不见得能回去呢。"

婉如轻轻哼了一声，说道："两三个月都到不了，那照您这么说，岂不是还得花上一年半载的？"

林之洋解释道："一年可有点儿多了，不过半年时间是肯定少不了的。咱们从小蓬莱往回走，这才刚走了两天。我仔细盘算过，要是一直顺风前行，也就两三个月的路程，可偏偏前面有座门户山横在海上，不管怎么走，都得绕上一百天才能过去。去年咱们绕过门户山的时候，你们都忘了吗？"

唐闺臣说道："那时候甥女一心想着父亲，没太留意这些，今日您一提，我倒是隐隐约约有点儿印象了。要是真像您说的这样，那我们明年春天才能回去，这不就耽误考试日期了吗？"

婉如等人听了这话，心里都有些闷闷不乐。林之洋也觉得没什么意思，便走到舵楼，一个人在那儿闷闷地坐着。

此时，只见多九公笑容满面地走过来，说道："林兄，你来得可真巧，老夫正想找你聊聊天呢。你瞧瞧，对面那座山是什么山呀？"

林之洋疑惑地说："俺当年头一回出海的时候，就听九公你说那是门户山，怎么今儿反倒来问俺了？"

多九公解释道："老夫可不是故意要问你，实在是因为眼下出了件稀奇事。当年老夫刚到海外，路过这儿的时候，就问过当地的老人：'这座山既然叫门户山，为啥横在海中间，却没有个门户能让船只通行呢？'那老人告诉我说：'当年大禹开山的时候，就把这座山命名为门户山。可时间久了，山中这条水路里的淤泥，把大山从中间给堵住了，所以船只就没法通过。这种情况已经持续很久了,也不知道什么时候淤泥能被冲开。'刚才我就在想,船里的几位小姐急着要赶回岭南参加考试,可如今离岭南路途遥远,怎么能赶得及呢?除非海水把淤泥冲开,能像当年那样,咱们从这儿抄近路回去才行。我正这么胡思乱想着呢,突然听到一阵如雷的涛声,就往对面一看,嘿,那原本被淤泥堵住的地方竟然已经有通路了!"

　　林之洋还没等多九公把话说完,就兴奋得一下子站起来,赶忙往前看去。果然,只见眼前一片波涛汹涌,和往日里淤泥堆积的景象完全不同了。

　　二人正看着呢,大船已经驶进了山口,速度极快,就像快马加鞭一般冲了进去。众人一路前行,不知不觉就到了七月下旬,此时海船也顺利抵达了岭南。之后又会发生什么呢?咱们下回接着说。

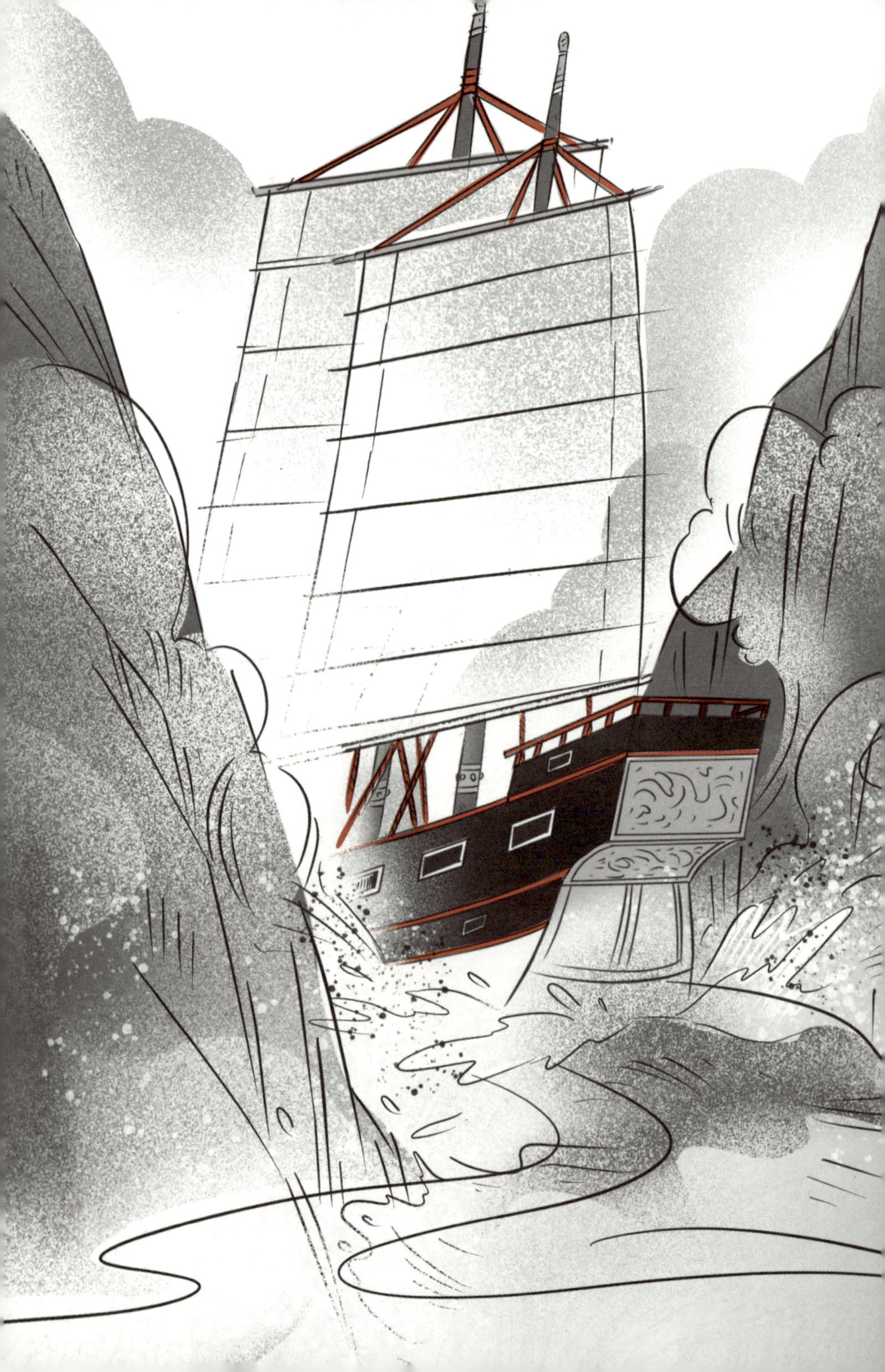

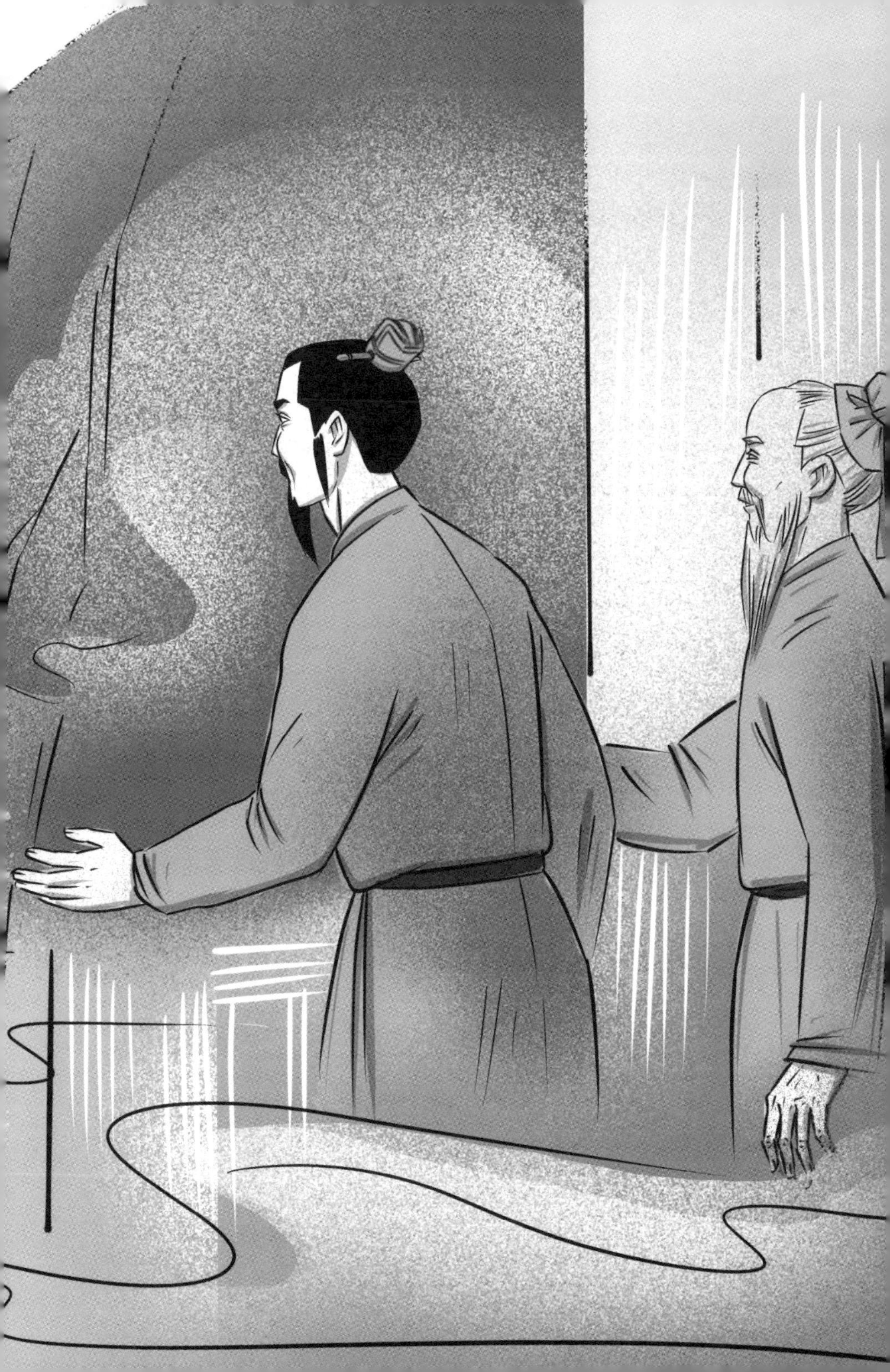

众才女赴试忙聚会

话说海船回到岭南后,多九公下船前往了别处,众人便和林之洋一同返回家中。恰巧林氏因为女儿有一年时间没有消息,心里十分担忧,便带着小峰回了娘家探望。

这一日,林氏正和江氏满心期盼着,忽然听闻女儿同哥嫂一起回来了。大家见面后,一时之间,又是悲伤又是欢喜,情绪复杂难表。

闺臣走上前去行礼,随即将父亲的亲笔家书递给母亲,接着又把此番如何去寻找父亲的经过,从头到尾详细说了一遍。林氏虽然没盼到丈夫一同归来,但看到了丈夫的亲笔书信,又听说不久之后就能相见,心里多少也感到有些宽慰,不再那么焦虑了。

此时,距离女试的日子已经很近了。闺臣、婉如、若花,还有在海外相识的红红、亭亭,以及当初反对武后的各路将领的女儿们,统共一百人,在通过郡考之后,也都纷纷踏上了前往京城参加考试的路途。

在多九公的一番商量和协调之下,这些才女一同住进了京城的红文馆,准备迎接即将到来的考试。

众才女参加完部试之后,考虑到参加殿试时能更便利些,于是依旧选择住在红文馆。然而,当各府的小姐们让下人去打听住宿情况时,才得知那些宽敞的大房间已经被阴若花以及章、文两府的小姐们住下了。剩下的房间中虽有几间空着，但院子狭小，根本容纳不下这么多人。无奈之下，大家只好各自返回家里，安安静静地等待着殿试的消息。

红文馆里的姊妹们听说阴若花高中部元，都满心欢喜。这一天，众人正聚在一起吃庆贺筵席，只见多九公走了进来。大家急忙站起身来，纷纷给他让座。

多九公开口说道："刚才在外面，有个人说要面见若花侄女，仆人问他叫什么名字，他却不肯说。老夫仔细瞧了瞧，那人的模样倒很像尊府国舅。他大老远从女儿国赶来，也不知道所为何事，所以老夫特地来告诉一声。"

若花听了多九公这番话，心中又惊又疑，说道："女儿国向来没有派人朝觐的先例，阿舅突然到这里来，肯定有特别的缘由。只是让人想不明白的是，他怎么会知道我住在这儿呢？"

多九公说道："侄女如今中了第一名部元，现在有黄榜张挂在礼部门口，谁人不知呢？"

若花听了，连连点头称是，心中疑惑顿解。随即，她委托多九公将国舅请进旁边的书房。若花快步走进书房，定睛一看，来人果然是国舅。她连忙上前行礼拜见，之后恭敬地请国舅坐下，关切地问道："阿舅，自别后一切安好？阿父的身体也还康健吧？阿舅您突然远涉重洋来到天朝，可是奉了什么差使吗？"

国舅垂着眼泪说："此话说来甚长。自从贤甥离开后，国主去轩辕国祝寿，我也跟着去了。西宫趁国中无人，与奸党合谋，扶她儿子登上王位。等国主和我回来，他们关了城门，国主只好回轩辕国避难。西宫的儿子很暴虐，残害忠良，欺压百姓。不到一年，国人齐心协力铲除了西宫母子，接着迎回了国主。臣

169

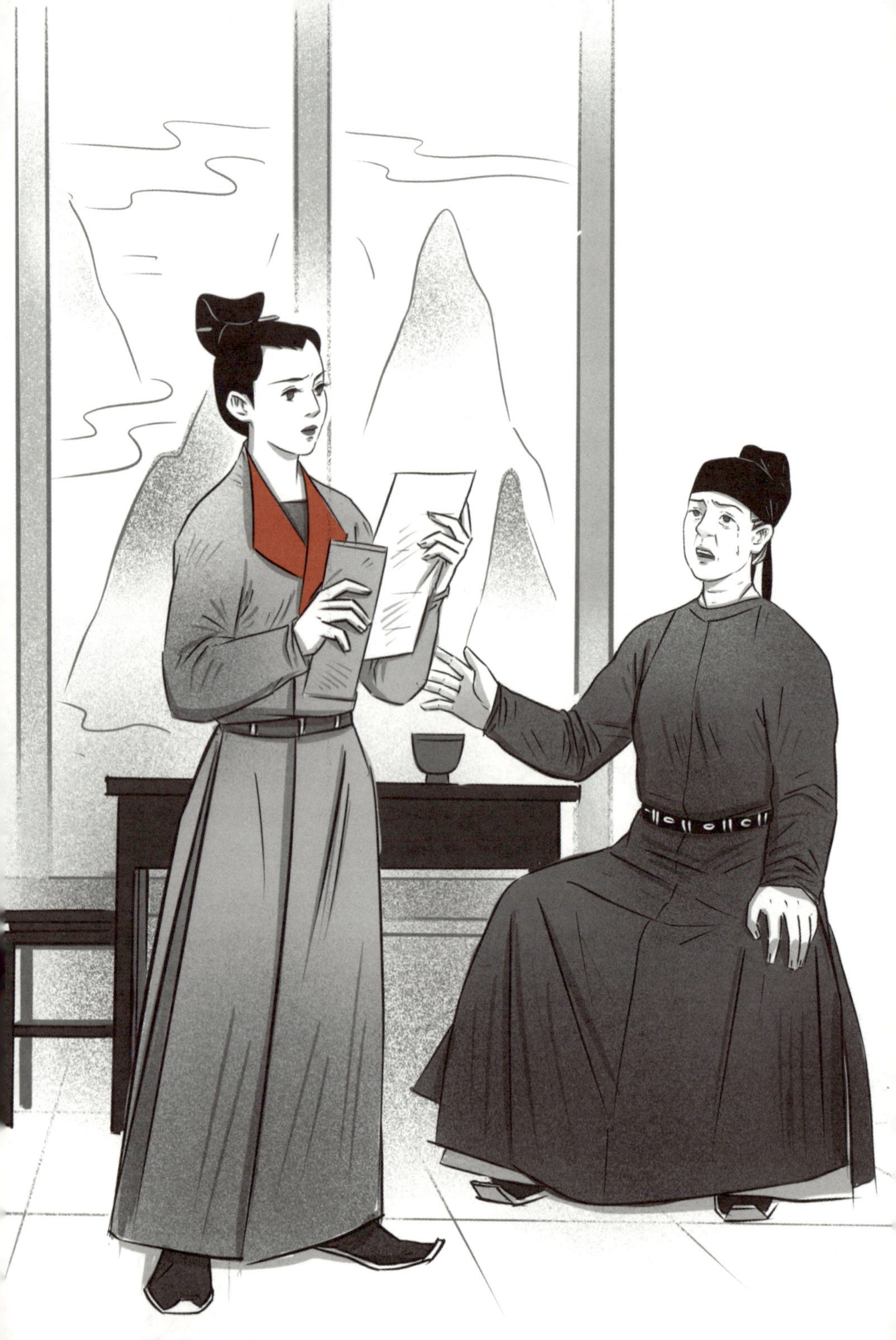

民们因贤甥名声远扬，要求一定得把你寻访回来。国主一来没有太子，二来臣民再三呼吁，所以，不惜重金从周饶国借来一辆飞车。这车能坐两人，每天能行二三千里，顺风时能日行万里。国主很高兴，命我来天朝把贤甥带回去。现有国主亲笔家书，贤甥看了就知道了。"

若花看完信后，不由得轻轻叹息一声，说道："没想到短短两年时间，国中竟变成了这般模样。当年西宫的所作所为，我早就有所预料，不然我又怎会远走他国、背井离乡呢？如今阿父虽命我速速回国，但我自知才能平庸，实在难以肩负起如此重大的责任。况且，自从我离开本国，侥幸逃脱，已然是漏网之鱼，又怎么能再回到那个如同火坑一般的地方呢？再者说了，我若回国，万一遇到有贤能的子侄，其才学、能力都远超于我，那又该如何是好？总之，我既然已经来到了这里，就决不肯再回到故乡去了。还望阿舅回去之后，能替我委婉地拒绝国主的旨意。"

国舅听了若花这番话，心中焦急，再三苦苦相劝，试图说服她改变主意。然而，若花心意已决，犹如铁石一般坚定，不为所动。

饭后，若花匆匆写了一封回信。国舅见状，知道此事已难以挽回，心中满是无奈与不舍，最终只得洒泪与若花告别。

众才女连续相聚了好几日，时光飞逝，不知不觉就到了四月初一殿试的日子。

闺臣一大早就起身，带领着众姊妹来到宫中。一众才女齐聚朝堂，整齐地跪地，高呼万岁。参拜仪式结束后，众才女分列两旁。

武后目光细细扫过，只见眼前的才女们个个貌若天仙，且举止间尽显彬彬儒雅之态,心中十分欢喜。随即,武后当场出题,众才女各自归位,开始认真作答。武后并未回宫,而是在偏殿用膳。

待众才女交卷完毕,武后便命上官婉儿一同参与阅卷。前十名的名次,则让六部大臣共同商定甲乙等级。众位大臣评定唐闺臣为第一名殿元,阴若花为第二名亚元,并选定初三那天五鼓时分放榜。

放榜当天,众才女因心中牵挂着考试结果,心里忐忑不安,心乱如麻,情绪忽悲忽喜。加之放榜的炮仗声此起彼伏,众人都担心自己落榜。就在一片喧闹之时,只见多九公满头大汗地匆匆走进来,刚说了一声"恭……",那"喜"字还没说出口,便已累得气喘吁吁。

众人急忙询问自己是否考中,多九公只是一个劲儿地点头。闺臣问道:"九公,题名录可曾买来?"多九公连连摇头。停顿片刻后,他又望着众人,用手指了指自己的胸口。

众人会意,从他怀中取出一份名单,递给闺臣。只见上面写着:"钦取一等才女五十名,二等才女四十名,三等才女十名。……"若花担心众人急切间看不见,于是高声念道:

第一名　史幽探　　第二名　哀萃芳　　第三名　纪沉鱼
第四名　言锦心　　第五名　谢文锦　　第六名　师兰言
第七名　陈淑媛　　第八名　白丽娟　　第九名　国瑞微
第十名　周庆覃　　第十一名　唐闺臣　第十二名　阴若花
第十三名　印巧文　第十四名　卞宝云　第十五名　由秀英
第十六名　林书香　第十七名　宋良箴　第十八名　章兰英

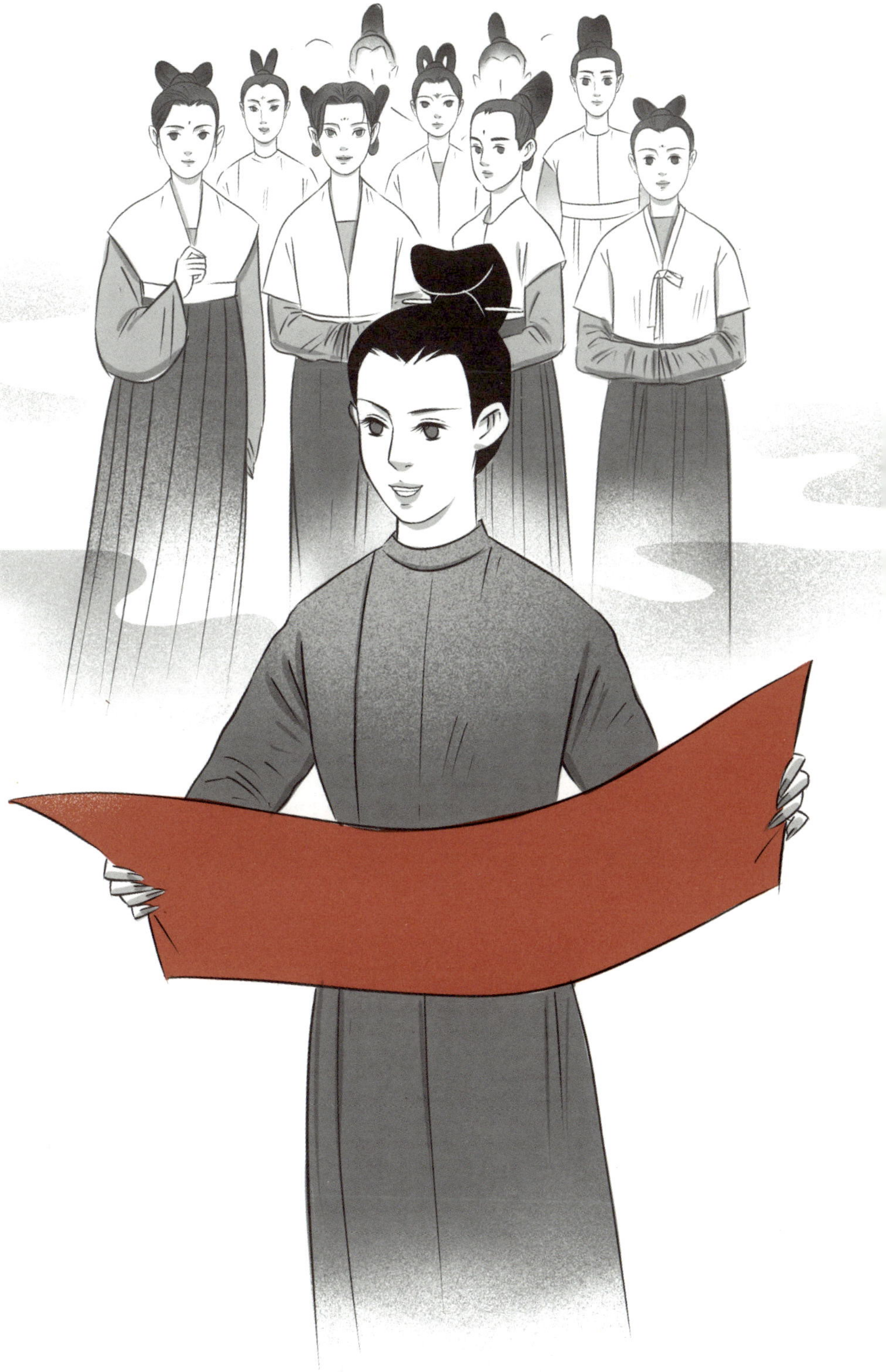

第十九名　阳墨香　第二十名　郦锦春　第二十一名　田舜英
第二十二名　卢紫萱　第二十三名　邺芳春　第二十四名　邵红英
第二十五名　祝题花　第二十六名　孟紫芝　第二十七名　秦小春
第二十八名　董青钿　第二十九名　褚月芳　第三十名　司徒妪儿
第三十一名　余丽蓉　第三十二名　廉锦枫　第三十三名　洛红蕖
第三十四名　林婉如　第三十五名　廖熙春　第三十六名　黎红薇
第三十七名　燕紫琼　第三十八名　蒋春辉　第三十九名　尹红萸
第四十名　魏紫樱　第四十一名　宰玉蟾　第四十二名　孟兰芝
第四十三名　薛蘅香　第四十四名　颜紫绡　第四十五名　枝兰音
第四十六名　姚芷馨　第四十七名　易紫菱　第四十八名　田凤翾
第四十九名　掌红珠　第五十名　叶琼芳　第五十一名　卞彩云
第五十二名　吕尧蓂　第五十三名　左融春　第五十四名　孟芸芝
第五十五名　卞绿云　第五十六名　董宝钿　第五十七名　施艳春
第五十八名　窦耕烟　第五十九名　蒋丽辉　第六十名　蔡兰芳
第六十一名　孟华芝　第六十二名　卞锦云　第六十三名　邹婉春
第六十四名　钱玉英　第六十五名　董花钿　第六十六名　柳瑞春
第六十七名　卞紫云　第六十八名　孟玉芝　第六十九名　蒋月辉
第七十名　吕祥蓂　第七十一名　陶秀春　第七十二名　掌骊珠
第七十三名　蒋星辉　第七十四名　戴琼英　第七十五名　董珠钿
第七十六名　卞香云　第七十七名　孟瑶芝　第七十八名　掌乘珠
第七十九名　蒋秋辉　第八十名　缁瑶钗　第八十一名　卞素云
第八十二名　姜丽楼　第八十三名　米兰芬　第八十四名　宰银蟾
第八十五名　潘丽春　第八十六名　孟芳芝　第八十七名　钟绣田
第八十八名　谭蕙芳　第八十九名　孟琼芝　第九十名　蒋素辉
第九十一名　吕瑞蓂　第九十二名　董翠钿　第九十三名　掌浦珠

第九十四名　井尧春　第九十五名　崔小莺　第九十六名　苏亚兰　第九十七名　张凤雏　第九十八名　闵兰荪　第九十九名　花再芳　第一百名　毕全贞

若花将榜文念完，众才女方转悲为喜。

不久，丫鬟前来传话："刚才家人来报，圣上有旨，宣众位才女进朝领取御赐笔砚，还召若花小姐问话。"众才女赶忙一同前往朝堂。若花跪在台阶下，恭敬说道："臣阴若花见驾。"

武后开口道："朕刚看过你家国主的上表，又仔细询问了来使，才知晓你因避难来到此地。想不到你竟在我天朝中了才女，当真是千秋佳话。你先看看这上表，朕随后恩赐你封号，你便可随来使乘坐飞车一同回国。"

阴若花看完女儿国国主的上表，心中一阵酸楚，落下泪来。武后接着说："海外才女枝兰音、黎红薇、卢紫萱，各赐蟒衣一件、玉带一条，限十日内，随来使护送阴若花回国。"

唐闺臣和众人回到红文馆，只见婉如眼泪汪汪，哭诉道："俺们自和若花、兰音、红红、亭亭相聚后，就没分开过一刻。如今女儿国国王把若花姐姐要了去，这简直像快刀割了俺的心肝。现在太后又让兰音、红红、亭亭三位姐姐一道远行，这不等于把俺的肝脏心肺全割走了吗？"

这时，亭亭开口说道："天下无不散之筵席。眼下还有十天时间，咱们何不畅饮畅谈呢？要是一直这么哭哭啼啼，这十天可就全在痛苦中度过了。依我看，不如每天大家轮流做东，尽情欢聚。到分别的时候，再痛痛快快哭一场，来个了断，这样也不至于悲喜交加，乱了心绪。"

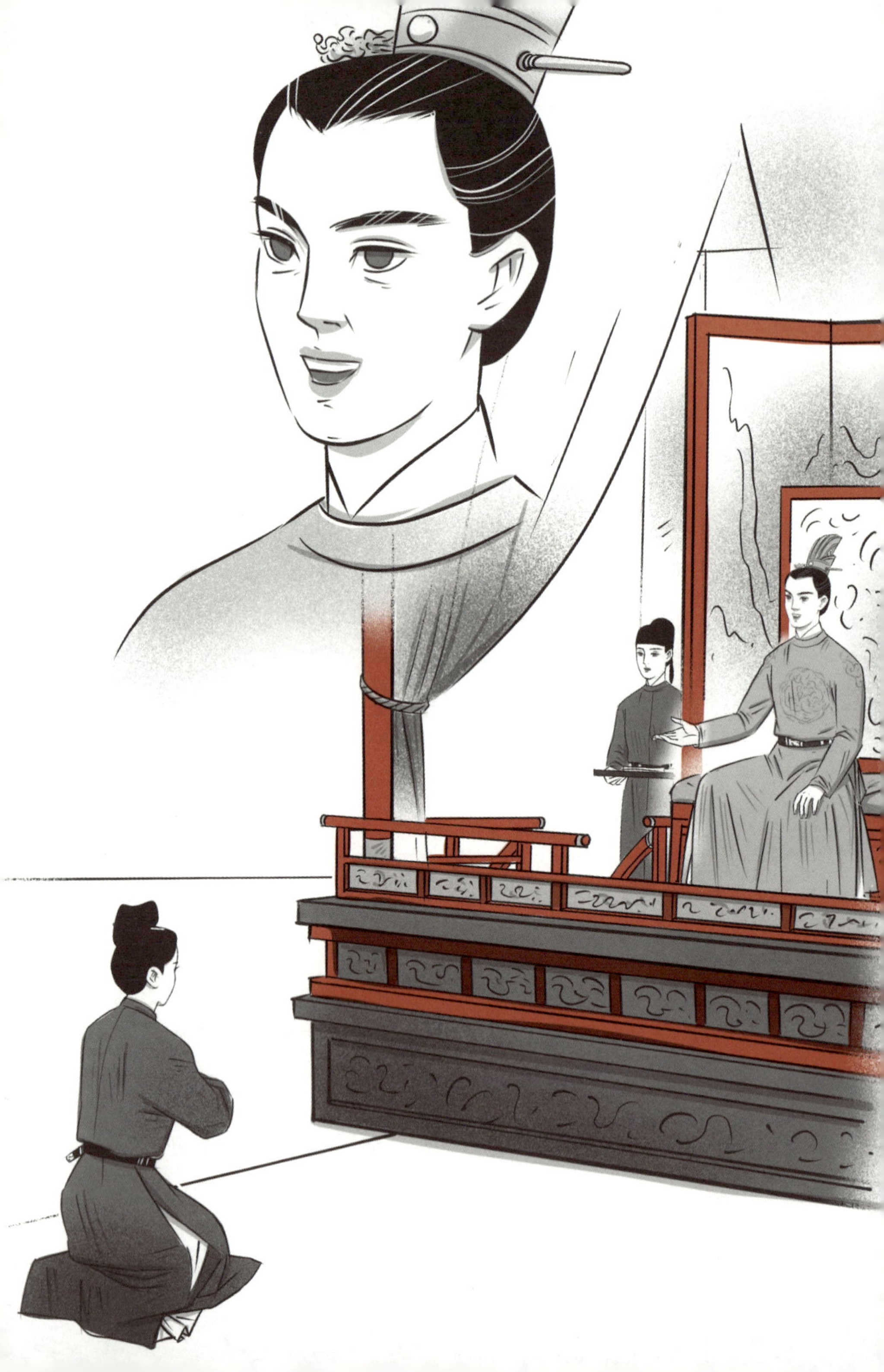

亭亭这几句话，说得众人眼中的泪水都没了，大家纷纷点头称赞。

这一天，众才女齐聚百药圃，兴致勃勃地玩起了斗草游戏。丫鬟们立刻摆上笔砚，才女孟紫芝率先开口："其实呀，咱们玩这斗草游戏，也不一定非得用这笔砚。"董宝钿接过话茬："要是碰到些新奇少见的花草名字，记下来也好。妹妹你就先出一个吧。"

紫芝眼睛往四周一扫，瞧见墙角的长春花正肆意绽放，便伸手一指，说道："第一个得来个吉利的，我出'长春'。"窦耕烟点评道："'长春'这个名字，天生就是双声词，还挺有意思。"掌浦珠附和说："这俩字看着简单，实际上可不好对。"众人纷纷低头，绞尽脑汁细想。这时，陈淑媛开口："我对'半夏'。大伙儿觉得行不？"蒋春辉夸赞道："'长春'对'半夏'，每个字都工整妥帖，绝对算得上绝妙好对。妹子我就用长春的别名，出个'金盏草'。"

郏芳春手指北边墙角，说道："我对'玉簪花'。"窦耕烟又指向园子外头，说："那边有棵高高的树，满树红花，叶子像碧萝，想来应该是'观音柳'。"郏芳春转而指着一盆盆景，应道："我对'罗汉松'。"蒋春辉连声称赞："用'罗汉'对'观音'，'松'对'柳'，又是一对佳对！"

且看那园子里，弹琴的由秀英等七人，下围棋的燕紫琼等四人，写扇子的林书香等八人，画扇子的祝题花等六人，打马吊的师兰言等七人，打双陆的洛红蕖等六人，都因久坐感到不适，便由下府的宝云陪着四处散步。她们见这边众人议论得热火朝天，也纷纷加入了进来。

众人正欢欢喜喜地聚在一起时，只见一个丫鬟走上前来，对宝云说道："刚刚府里有人来报，说外面有两个女子，自称是殿试四等才女。虽说只是四等，但她们也是饱读诗书、学识渊博之人。她们得知众才女在此聚会，便执意要进来与大家交谈一番。她们说，如果这里的才女们个个学问非凡，能与大家见上一面，便是死了也心甘情愿；可若并非真有才华，她们也不敢贸然前来相见，自然也不会强求。该如何回复她们，还请小姐您拿个主意。"

闺臣听后，说道："你就回复她们，说我们不过是侥幸得了个名次，并非真有什么了不起的才华，这样回复，也能省去不少麻烦和口舌之争。"

这时，亭亭、题花等人却说道："这可不行。姐姐你为何如此轻易就示弱了呢？这不是先灭了咱们自己的威风吗？"之后又会发生什么呢？咱们下回接着说。

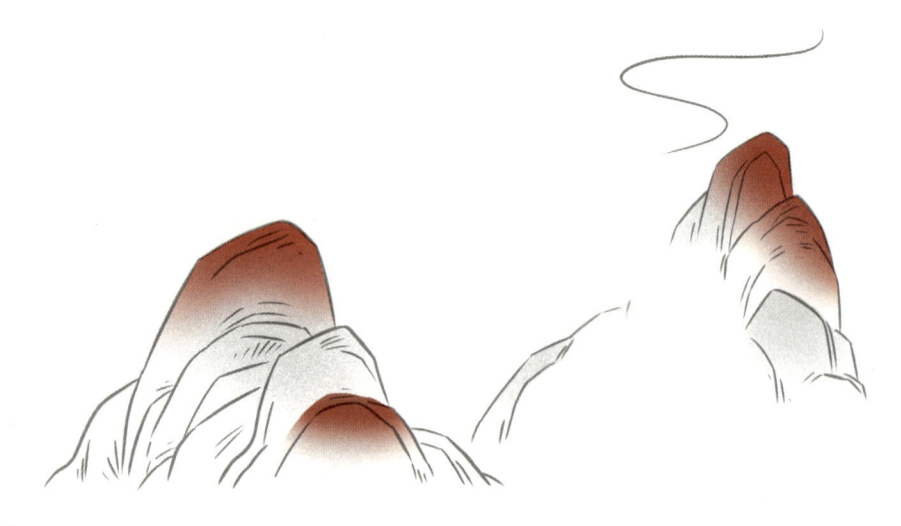

百花仙吟诗解禅机

话说亭亭等人执意将两名女子请入,不一会儿,两名女子携手而来。年长的身着青衫,年幼的身着白衫,皆是娇艳动人、风姿绰约。众人见二人气宇不凡,也不敢轻视,相互见礼后便让了座,并询问她们的姓氏。青衣女子姓封,白衣女子姓越,宝云命人在众人中另设一席。

二人归座后,一一询问众人姓名。问到唐闺臣时,白衣女子说道:"听说先前殿试时,才女有一篇《天女散花赋》名冠诸篇,可惜文章留在皇宫中,无缘得见,实在遗憾。昨天虽见了几联警句,却很是平常,恐怕是传写有误,或者有人冒名顶替,都说不定。今日有幸相遇,能否就以本题为韵,再请您作一篇呢?"

闺臣说道:"当日只为求取功名,不顾羞耻,随便乱写,今日怎能再来出丑?"闺臣再三推辞时,众人已把笔砚摆好,闺臣只好另作一篇。

白衣女子看着这篇赋,只见上面处处对风月进行嘲讽,顿时怒容满面。原来,此女正是月姊嫦娥。当年她受到百花仙子的讥讽,本以为百花仙子被贬下凡间,这心头之恨便能消解。可没想到,百花仙子在凡间声名鹊起,喜讯不断,这让嫦娥心中很是不平。于是,她特意邀请风姨一同前来,二人分别扮作白衣、青衣

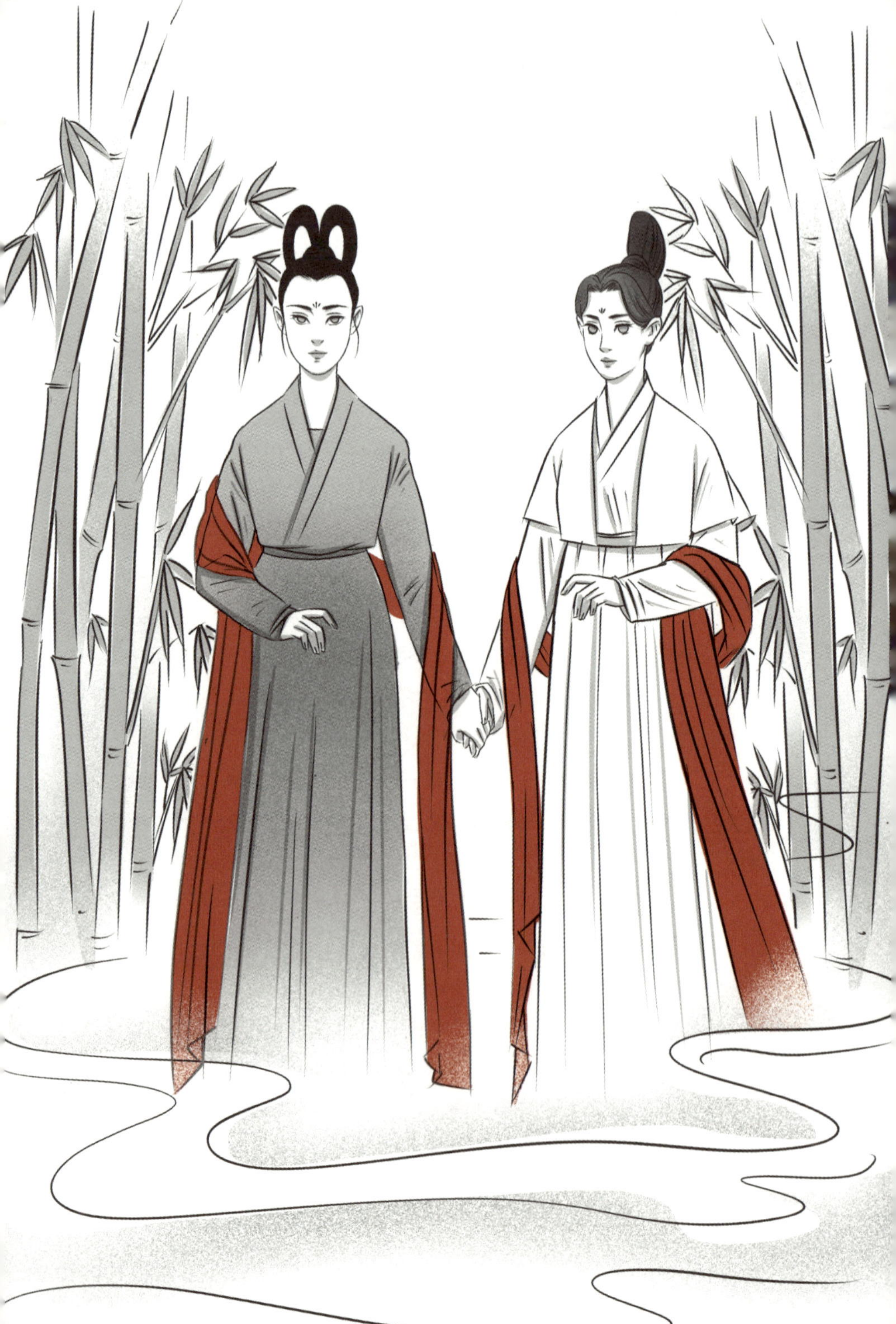

女子,想在此搅局。本打算挑些毛病,可没想到反倒被唐闺臣占了先机。嫦娥不禁大怒,说道:"这是《天女散花赋》,又不是《散风散月赋》,你只写花就好,为何要节外生枝?况且花根基极为脆弱,不过是靠献媚来讨喜,哪能轻视风月呢?用词如此不当,可见当日殿试有多荒唐。太后把你的名次挪到十名之外,也是合情合理。"

风姨也在一旁帮腔:"她句句都在说不怕风,可谁都清楚,这些花卉又不是铜枝铁蕊,怎么可能不怕风?别说狂风暴雨,就是一阵小小的凉风,恐怕它们都难以承受。"风姨话音刚落,突然狂风大作,众才女被吹得瑟瑟发抖,只觉寒意彻骨。

众才女正惊慌失措之际,陡然间,半空中万道红光涌现。在那红光之中,骤然出现一位美女。一时间,众才女只觉眼前光芒耀眼,眼花缭乱,心中愈发恐惧。

这位美女手中握着一支笔,直指风姨和嫦娥,厉声道:"你们二人的职责在于掌管风月之事,为何要多管闲事,擅自闯入文场捣乱?我负责掌管闺阁女子,主持女试大典,怎能任由你们这般辱没斯文?故而我特意前来问罪。倘若你们知晓过错,便速速回去,别在此胡言乱语;若是依旧执迷不悟,等我弹劾的奏章呈递上去,那时你们可就追悔莫及了。"

嫦娥听了,说道:"我不过是发泄个人私愤,与你有何相干?"风姨也跟着帮腔:"你明显是偏袒她们,反倒来怪罪我们,你难道不知羞耻?"

那美女闻言,顿时气得暴跳如雷。

正在这时,丫鬟匆匆跑来禀报:"又有一位道姑前来求见。"话还没说完,道姑已迈步走了进来。她与那位美女亲切地

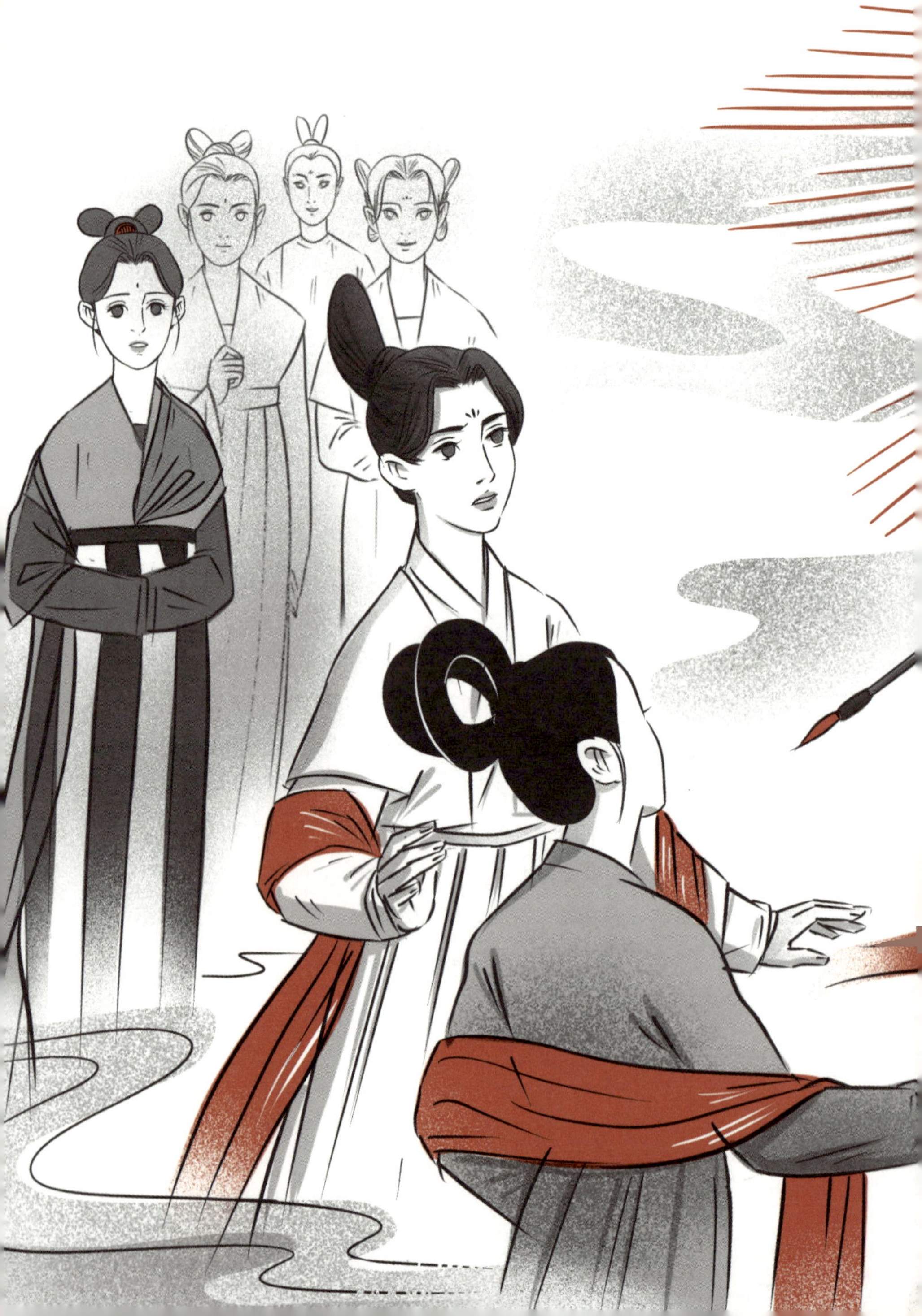

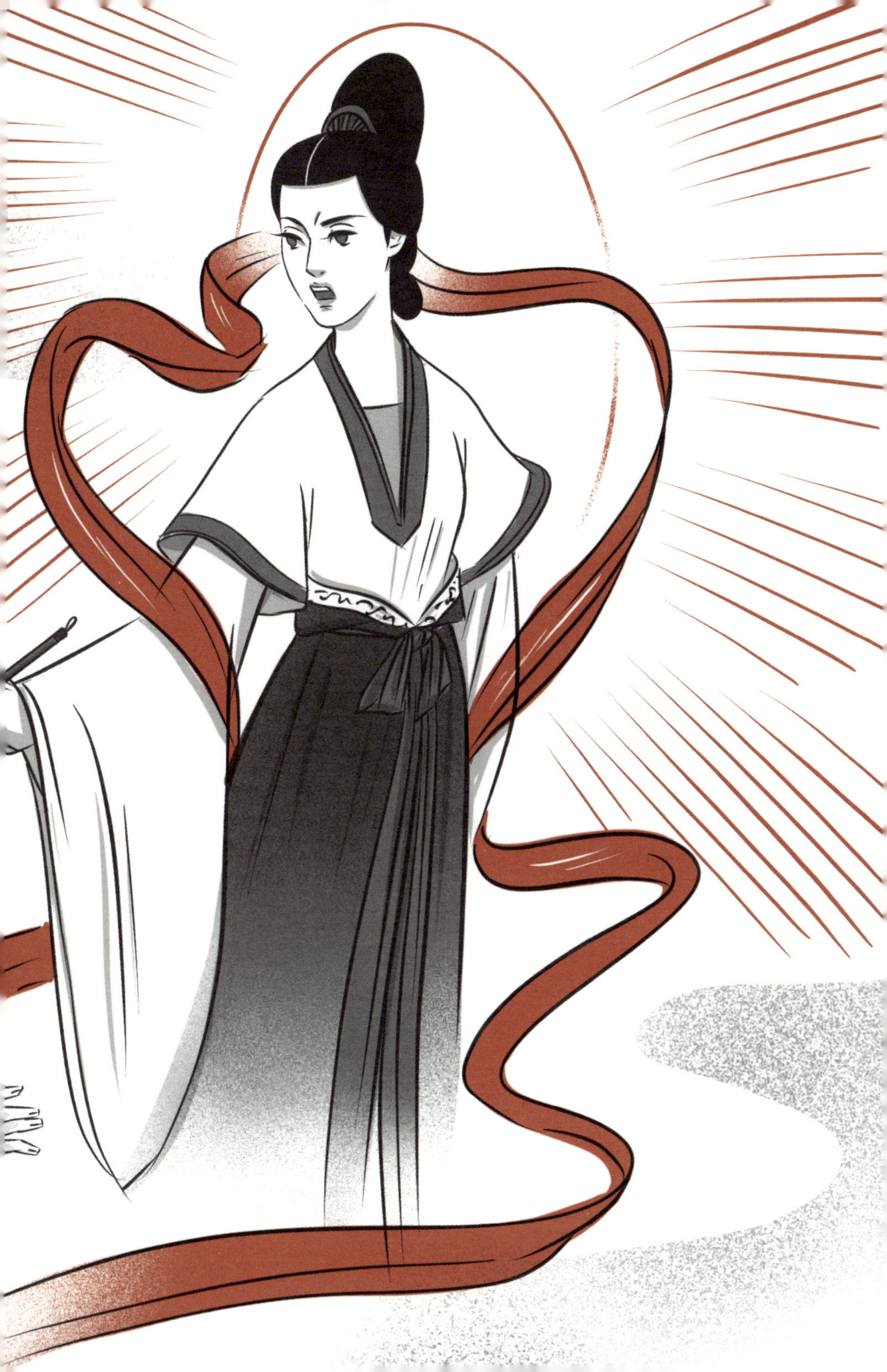

执手相见，众才女也一同上前恭敬行礼。

道姑转身面向嫦娥和风姨，语重心长地说道："如今百花仙子她们在尘世的缘分期限即将结束，我们重聚欢乐的日子想来也不远了。当初大家在言语上虽有些许不和，但那都已经是多年前的事了，何必还放在心上呢？要是再为此争执不休，岂不是旧怨未消又添新仇吗？"

风姨听了，连连点头称是，说道："您说得太对了，我怎敢不听从呢？"

嫦娥也开口说道："仙姑既然以如此公正的话语来劝诫，以往的所有不愉快我都一概不再计较。倘若我日后反悔，就让皇天见证，罚我永远堕入凡尘。"说完，她便与青衣女子一同走了出去。

道姑正准备告辞，众人听了她先前那番话，料想她道行高深，必定是位仙姑，便再三挽留。随后又另外设了一个席位，请道姑就座。

孟紫芝瞅准时机，和众人商议道："这位仙姑的来历可不一般，咱们何不问一问自己的前程？将来究竟会有怎样的结局，问清楚了心里也踏实。"众人纷纷称好，一时间七嘴八舌，都请仙姑讲讲未来之事。

道姑说道："贫道虽略懂一些占卜之术，可众才女足有一百人，大家一生的困厄显达、寿命长短，一时之间哪里能说得完呢？"

闺臣说道："仙姑不妨简单说说，讲个大概也行啊。"

道姑回应道："当年我在海外，曾见过一首长诗，仔细琢磨后，感觉似乎与诸位才女的身世有些契合。要是你们不嫌我啰

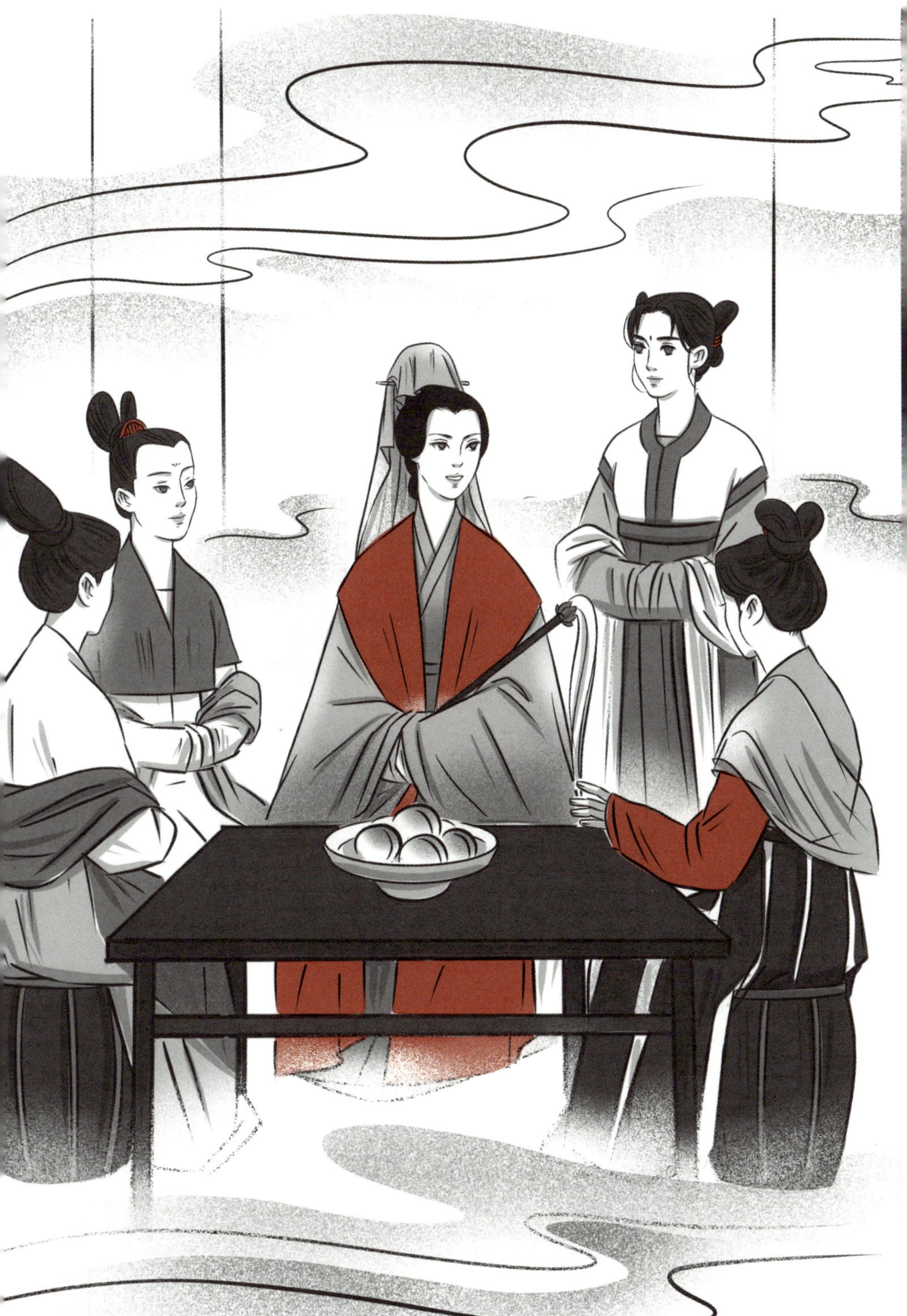

唆，我可以念诵一遍。"

闺臣连忙说道："那太好了！要是我们有不明白的地方，还望仙姑能给指点指点。"

道姑说道："此诗虽然长，但随处都可以标点分段。待贫道先念上几句，大家不妨各就自己所知道的，互相评论，也就大概可以晓得了。"道姑于是从武太后选拔才女念起：

科新逢圣历，典旷立坤仪。

蒋春辉说道："这句讲的是颁布女试诏书，是全诗的总起。虽然是诗句，却是太史公写《史记》的笔法。"闺臣说道："据我看来，这两句紧紧扣住全题，必须如此，后面的文章才有头绪。仙姑以为如何？"

道姑说道："才女所论甚是。"于是继续念道：

女孝年才稚，亲游岁岂衰。潜搜嗟未遇，结伴感忘疲。著屐循山麓，浮槎泛海涯。攀萝防径滑，扪葛讶梯危。桥渡虬松偃，衣眠怪石欹。雾腥粘蜃沫，霞紫接蛟涎。纵比蓬莱小，宁同培塿卑。

花再芳说道："这几句诗所描述的，肯定是闺臣姐姐。昨天听她讲述万里寻亲的经历，我还以为她是随口说说，哪有十四五岁的柔弱女子，竟敢豁出性命，前往深山荒林的道理。且不说有若花姐姐陪伴，就算再多几个人，也都是弱女子，又能做成什么事呢？如今听了这几句诗，才知道她一路跋涉奔波，竟是如此艰辛。这末句的对偶十分精巧，只是为何说比蓬莱小，却又不低卑呢？"

若花解释道："那座大山位于海岛之上，虽说叫小蓬莱，实则极为高大，所以诗中才会有这样的表述。"

道姑说道："这要亲身经历才会明白的。"于是又念道：

泣红亭寂寂，流翠浦渐渐。秘篆偏全识，真诠许暗窥。拂苔名已改，拾果路仍歧。……

卞彩云说道："前几句大概是泣红亭的碑记了，但'拂苔名已改'二句，又是什么意思呢？"若花说道："闺臣妹妹原名小山，后来因为在小蓬莱遇见樵夫，得到家信以后，才遵命改名为闺臣。当初上山时害怕迷路，所以凡是遇到岔路口，就在石头或者树木上刻下'小山'二字，没想到回来时，所有'小山'的记号都变成了'闺臣'。"孟芸芝说道："由此看来，原来唐伯伯已经成为仙家了。"

道姑继续念道：

雅驯调驳马，叱咤骇蟠螭。潮激鲲扬鬣，涛掀鳄奋鳍。

闺臣说道："真没想到，驳马和人鱼之事，今日竟出现在这诗里，实在是让人意外。"孟瑶芝好奇地问道："原来姐姐知晓此事，能否给我们讲讲具体的经过呀？"

闺臣回答道："诗的上两句，说的是若花姐姐和我下山的时候，幸好碰到了驳马，有它相助，我们才没被老虎伤害。下两句呢,则是说家父和我的母舅,当时幸亏遇到了人鱼,才在火灾中得以幸免。这些小小的动物,之所以能被记载在诗中,是因为它们做了善事。连动物做的善事都不会被人遗忘,更何况是我们人做的善事呢?"

随着大家的讨论,道姑的诗歌也提到了海外才女参加女试一事,以及女试的前因后果。只听道姑念道:

> 缘绎回文字,旋图织锦诗。抡才萦睿虑,制序费宸思。昔闻能臻是,今闻或过之。金轮爱独创,玉尺竟无私。鹖荐鸣莺阙,鹏翔集凤墀。堆盐夸咏絮,腻粉说吟栀。巨笔洵稀匹,宏章实可师。璠玙尤重品,蘋藻更添姿。

闺臣说道:"我就寻思着,这么盛大的典仪,怎么可能在诗歌里只字不提呢?原来这里面有这么多的议论,而且幽探、萃芳两位姐姐解读诗歌,太后亲自撰写制序这些事,诗里也都一字不落地记录下来了。"

道姑说:"我之前也讲过,这首诗真真假假、虚虚实实,贫道也没办法完全参透其中的全部含义。待我把剩下的几句念完,众位才女回去之后再细细琢磨体会,说不定就能了解个大概了。"于是,道姑又接着念了起来:

> 蠢竖妖氛黑,旗招幻境奇。短帘飘野店,古像塑丛祠。炙热陶朱宅,搓酥燕赵帷。冲冠徒尔尔,横梁亦蚩蚩。

纛竖妖氛黑，
旗招幻境奇。
短帘飘野店，
古像塑丛祠。
炙热陶朱宅，
搓酥燕赵帷。
冲冠徒尔尔，
横槊亦萤萤。

花再芳说道:"这几句的意思,倒是像写酒、色、财、气四字,莫非军队里还有这些内容?"道姑说:"如果没有这些,下面这句从哪儿来呢?"

裂帛凄环颈,……

众才女听到这句,吓得毛骨悚然,顿时变了脸色,说道:"据这五个字,难道还有自缢身亡的吗?"道姑感叹道:"岂止如此?"

雕鞍惨抱尸。寿阳梅碎骨,姑射镞攒肌。

众人都惊慌地战栗道:"这几句说的竟然是有姐妹在军前被害,伤筋动骨而不得全尸了。又为何如此凄惨呢?"众人一面说着,一面流下泪来。只听道姑又念:

四关犹待阵,万里径寻碑。琐屑由先定,穷通悉合宜。……镜外埃轻拭,纷纷误局棋。

秦小春说:"也不知道这四关是如何摆阵的,想要请教仙姑的话,估计她也不肯说破,一连好几句,都是稀里糊涂的,恐怕还是个迷魂阵呢。"道姑说:"诸位才女,你们看这后两句,难道不是说凡事不可勉强吗?人生在世,千谋万虑,争强好胜,无非只是一局围棋罢了。此时贫道也不便多言,我们后会有期。"随即便离席而去。之后又会发生什么呢?咱们下回接着说。

飞车海舟各赴前缘

话说道姑离席之后,众人收拾杯盘,重新入座。孟玉芝开口道:"听那个疯疯癫癫的道姑说了一番话,心里真是七上八下的。刚开始听到有人惨死,吓得不行,生怕自己将来也落得那般下场;后来又听说能流芳百世,又担心轮不到自己。可要是真能流芳百世,那又有什么关系呢?"花再芳接话道:"妹子我宁愿没福气,也想多活些日子。要是让我自己往死路上走,哪怕能流芳百世,我也不干。"闵兰荪和毕全贞听了,都点头附和:"放着现成的快乐不享受,却去惦记死后的虚名,这不是犯傻吗?"

道姑走后,众才女又行了一会儿酒令。不知不觉天色渐晚,大家再三向主人致谢后,便离席散去。

到了第二天,众人把这几天饮酒赋诗的作品收集起来,编成了《长安送别图》。没想到竟有诗词数千首,刚好抄满四本,这也算是当时的一桩盛事。此事顿时在各处传开,就连太后和公主听闻后也都赋诗赏赐。

转眼,十天期限就到了。礼部官员早早带着太后的命令前来,催促阴若花赶紧动身回国,以便他回去复命。若花、兰音、红红、亭亭四人赶忙备好香案,接过圣旨,前往朝中叩谢。正巧碰上国舅也在朝中谢恩,于是众人一同返回红文馆。其余九十六位才女也都齐聚在此,等候送行。众人知道国舅虽然身着男装,

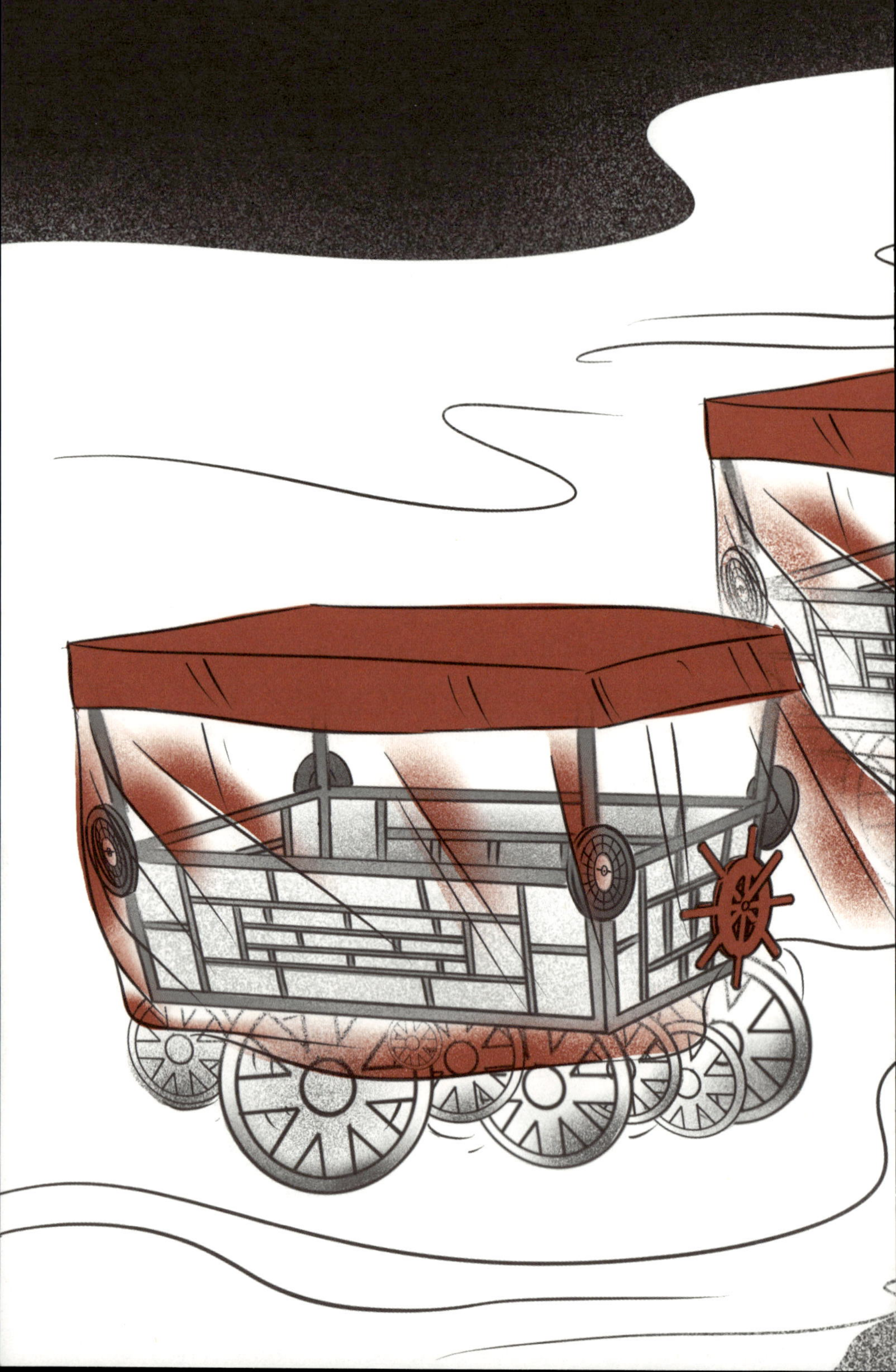

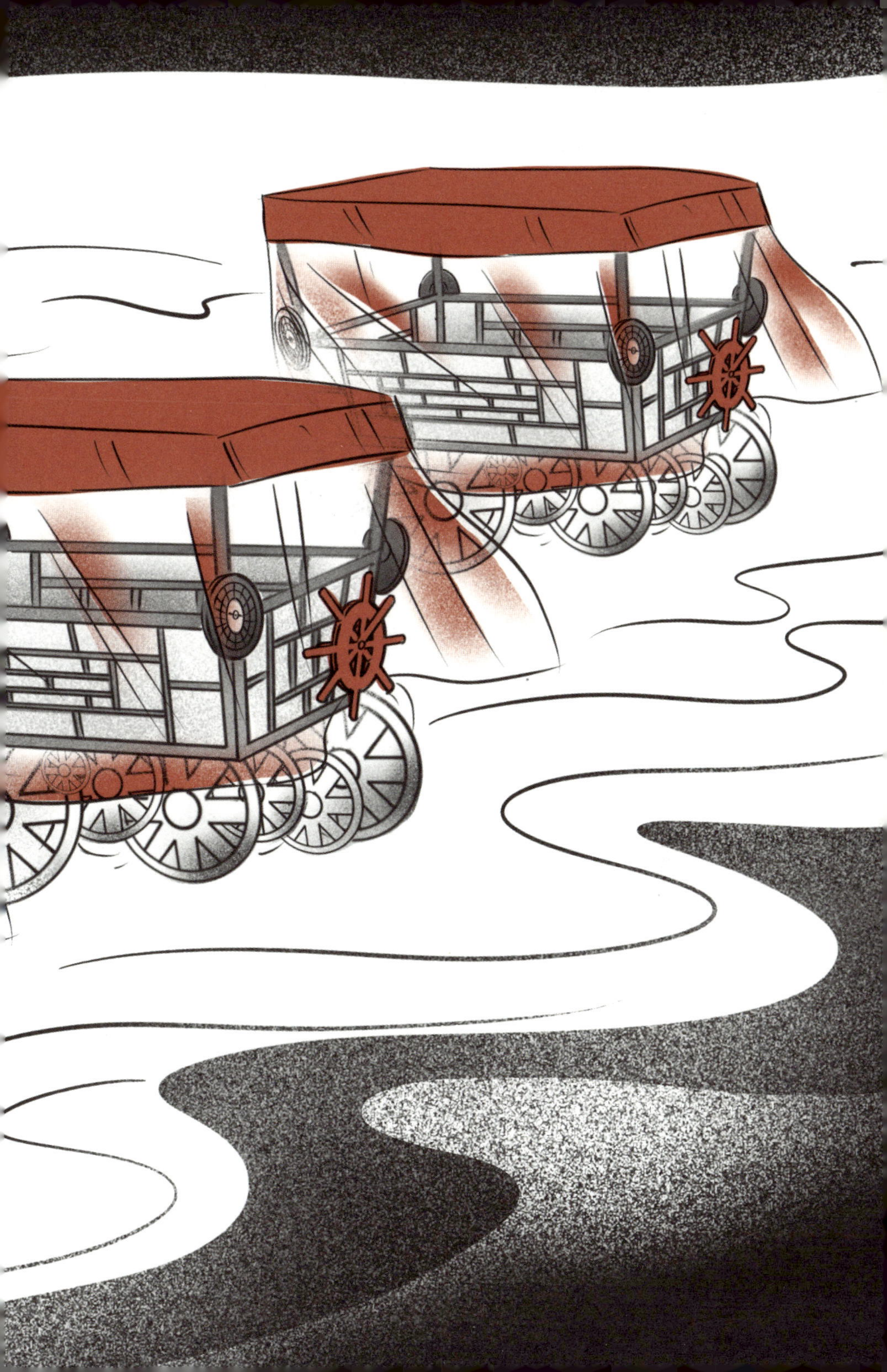

但并非男子，因此也都前来与他相见。阃臣准备好了酒饭，大家心中满是不舍，匆匆坐了一会儿，便起身离席了。

国舅早已将三辆飞车依次安置在庭院之中，三辆车全都朝着西方，有序排开。众人凑近一瞧，只见这些飞车的高度仅半人左右，长度不足四尺，宽度大约两尺多一点儿。车身是用柳树材料仿照窗棂的样式打造而成的，质地极为轻盈。

车子的四周用丝绢围了起来，车内放置着四枚指南针。车的后部拖着一小截木头，模样好似船舵一般。车身下方全是铜轮，轮子大小各异，大的如同面盆，小的好似酒杯，横竖交错排列着，林林总总有几百个之多。这些铜轮虽然薄如纸张，却坚硬无比。

当下众人经过一番商议后决定：国舅和若花乘坐前车；红红和亭亭坐在中车；兰音则与仆人一同坐在后车。

国舅先把钥匙交给了仆人，随后又将三把钥匙递到红红手中，叮嘱道："这三把钥匙，一把用来启动飞车，一把用于让飞车行进，还有一把是用来停车的。每把钥匙上面都标有名字，可千万不要用错了。要是车头往左边偏，那就把车后的舵朝右边推；车头往右边偏时，就把舵朝左边推。要是遇上顺风的情况，就把车里面的小帆布扯起来，这样飞车行驶起来会更快。"

说完这些，国舅还亲自演示了一遍如何使用钥匙，确保大家都清楚明白后，说了声"请"，便轻轻登上了前面那辆飞车。仆人也跟着上了后车。国舅接着说道："那就请贤甥和三位学士早点儿登车吧，咱们好赶紧赶路。"

若花、兰音、红红、亭亭四人望向一众才女，心中涌起一阵酸楚，泪水再也忍不住，如同雨点般簌簌落下。亭亭满是悲戚，对着闺臣哭道："接到圣旨后,我便寄出一封家书,只是不知何时才能送到家中。妹妹你要是回到岭南,务必替我嘱咐母亲,让她别忧心。等我到了女儿国,定会让若花妹妹派人送我回来接她。妹妹,今日你就受我一拜吧!"说着,她已泣不成声,双膝跪地,不住地磕头,又哽咽着说:"妹妹,我与你虽非亲姐妹,感情却胜似亲姐妹。如今这千斤重担,可就落在你身上了!"话音刚落,她竟一时情绪过激,哭晕在地。

闺臣本就因姐妹离别而伤感不已,又听了亭亭对母亲的嘱托,猛地想起自己父亲漂泊天涯、不知归期的苦楚,不由得也跪在地上,与亭亭抱头痛哭。众人见此情景,心中无不酸涩。

国舅在车内催促了好几次,林婉如和秦小春含着泪,一边抽泣,一边将亭亭和闺臣搀扶起来。这时,礼部官员又派人前来催促出发,亭亭哪肯轻易上车,只是泪眼婆娑地望着闺臣痛哭不止。多九公担心误了规定的期限,悄悄吩咐丫鬟,硬是将亭亭搀扶着,和红红一同登上了中间那辆飞车。

国舅、红红以及仆人各自使用手中的钥匙,刹那间,车内机关开始运作,那些横竖排列的铜轮一同快速转动起来,好似一个个飞速旋转的风车。眨眼间,飞车已离地数尺,待上升到十几丈高时,便朝着西方疾驰而去。众人望着渐渐远去的飞车,心中满是不舍,神情凄然,最终无奈地散去了。

过了些时日,红文馆的众才女纷纷向馆里告假,准备返回家乡。林氏见到大家回来,满心欢喜。闺臣将自己参加考试的经历,还有若花的事情,仔仔细细地向林氏说了一遍。林氏听后,吩咐下人摆下丰盛的筵席,还特意让人在外面另外设了一桌。

原来,唐小峰最近把书籍丢到了一旁,央求唐敏请了两位擅

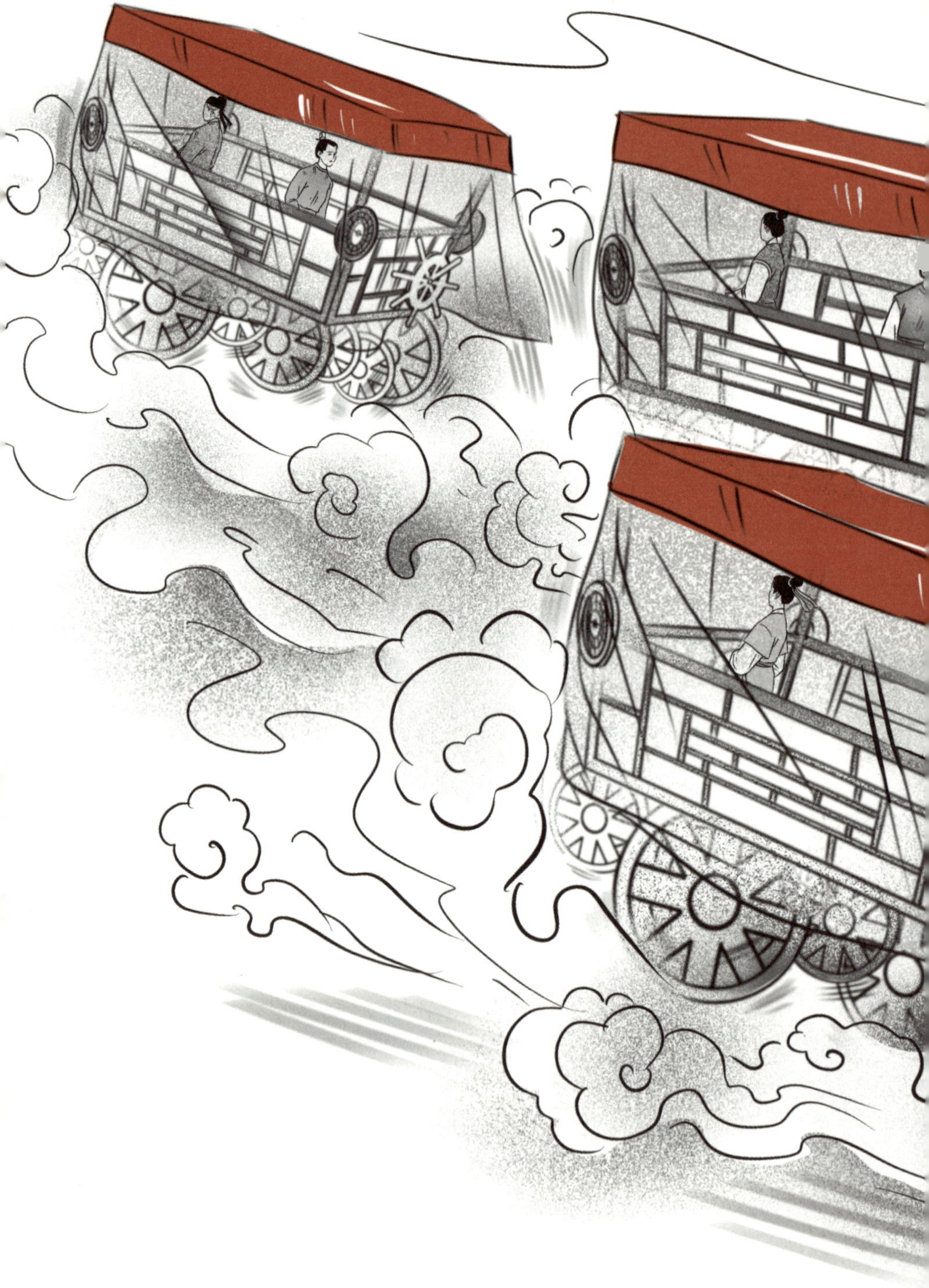

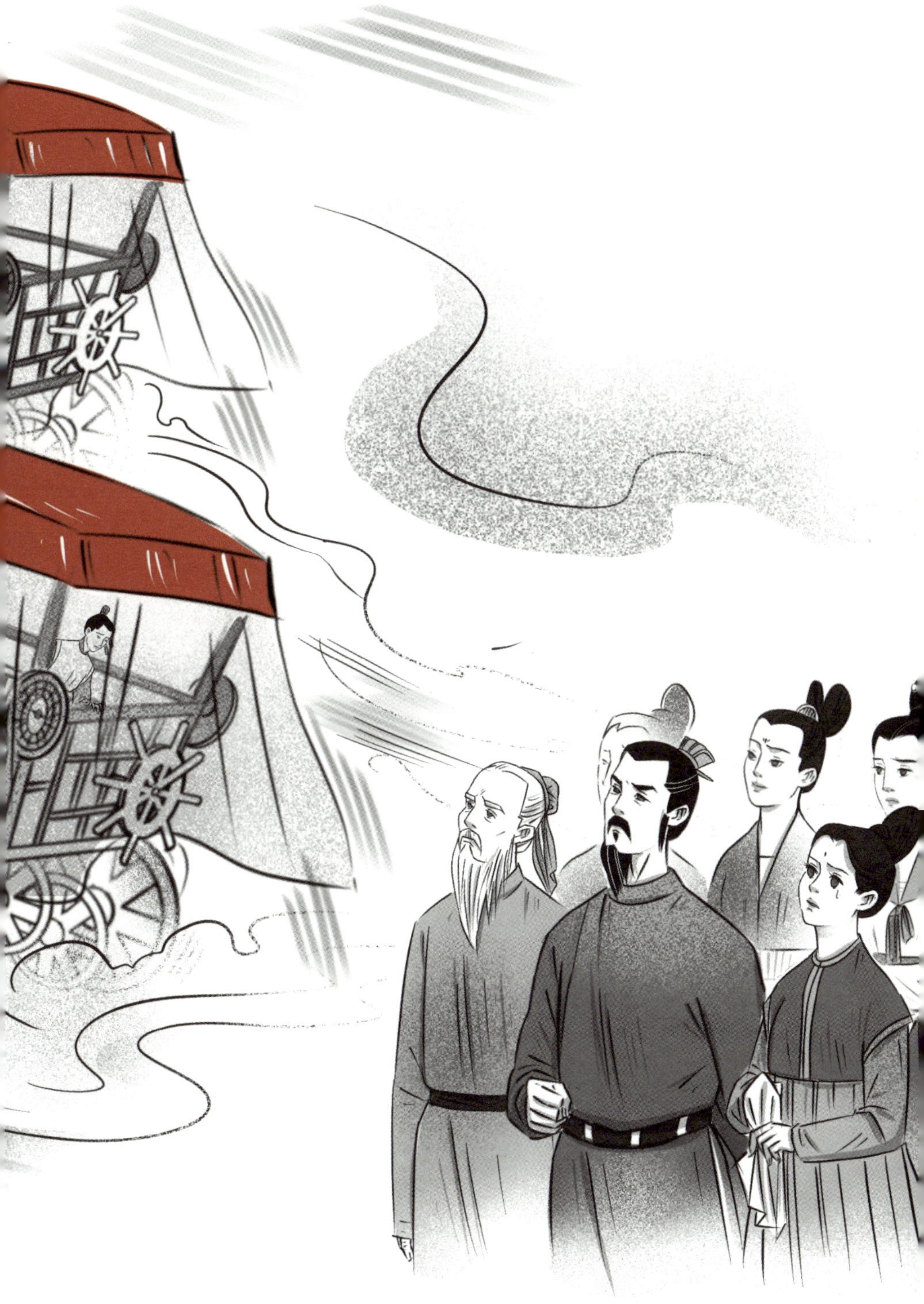

长枪棒的师父,每日跟着他们练习武艺。当时,唐敏便请多九公与小峰的师父坐在外面那桌酒席上。

第二天,闺臣与母亲商量,由于父亲至今还未归来,她打算前往小蓬莱再去寻访一番。林氏说道:"这件事固然重要,可到了秋天,你弟弟就要和洛红蕖成亲了。你何不再等上几日,等把这桩喜事操办完了再去呢?"闺臣回应道:"母亲既然有这样的想法,女儿自然会留在家中帮忙照应。"

此后一段时间,大家都忙忙碌碌的。终于到了重阳佳节这个吉祥的日子,唐小峰与红蕖喜结连理,成就了百年好合。而此时林婉如又即将和田氏举行婚礼,林之洋也因为家中有事脱不开身,闺臣没办法,只能无奈地等待着。

转眼间新春已至,不少媒人前来为闺臣说媒。林氏与闺臣商量此事时,闺臣表示要等父亲回来,由父亲来做主自己的婚事,林氏只好婉言谢绝了众人。

就这样,前前后后忙碌着,一直到了七月,才最终确定了前往小蓬莱的日期。

出发的前一晚,唐闺臣正在楼上整理物品,突然,只听见嗖的一声,一个人影迅速蹿进屋内。她定睛一看,原来是昔日那位剑术高超的好姐妹颜紫绡。

闺臣赶忙走上前去行礼,随后请她坐下,说道:"自打听闻姐姐你要送父母的灵柩回乡安葬,我就多次派人到你府上打听消息,一直盼着你的音信,没想到姐姐你竟已经回来了。"

颜紫绡开口说道:"我在从京师返乡的途中,恰巧遇到哥哥颜崖,他也高中武举,正往家赶呢。想到父母的灵柩长久地停放在异乡,我心里实在不踏实,就和哥哥商量着把灵柩迎回来安葬了。回到家后，听说贤妹你即将踏上远行之路，所以我就连夜赶来为你送行。如今我家中已没有什么可牵挂的了，贤妹你要不远万里去寻访亲人，婉如妹妹已经成婚，估计这次不能陪你一同前往了。你一个人上路，难免会感到孤单寂寞，我愿意陪着你一起去，不知贤妹你意下如何？"

闺臣听了颜紫绡的话，虽然感到欣喜，可自己心中另有一番想法，一时不好直接说出口。她犹豫了好一会儿，才缓缓说道："多谢姐姐的一番美意。只是妹子我这次前去，如果能把父亲找回来，那自然是再好不过；可要是父亲已然看破尘世，不愿意回来，又或者根本找不到父亲，那妹子我自然会在那边另寻一个修炼的法子。如此一来，归期可就难以确定了。还望姐姐能仔细考虑清楚。"

紫绡回应道："从常理来说，贤妹你确实应该把伯伯找回来，一家人夫妻父子团聚，享受天伦之乐，这样才算是了却了人世间的一件大事。但在我看来，即便团圆了又能怎样呢？欢聚之后，还不是一样会有分别的时候。再过几十年，大家终究都逃不过一死，到那时，谁又能躲得过那座荒丘呢？我这次愿意陪你一同前去，其实还有另一种想法。我倒希望伯伯不肯回来，这样一来，不仅贤妹你可以脱离这尘世的纷扰，就连我，也能摆脱红尘的苦恼了。"

闺臣暗自思索："怪不得之前泣红亭的碑文上说她'幼谙剑侠之术，长通元妙之机'，看来真是所言不虚啊。"想到这儿，她赶忙说道："姐姐既然已经有了这样的打算，这可正和妹子我的心思相契合。那就请姐姐明天过来，我们一同上路吧。"

第二天，闺臣拜辞祖先，和母亲、婶婶洒泪而别。她又对小峰说:"你年纪不小了,也不用我多叮嘱。总之,在家尽孝,为官尽忠,凡事问心无愧,这就是你一生的事业。"

说着,闺臣向红蕖拜下,红蕖连忙跪下道:"姐姐为何行此大礼?"闺臣道:"你很孝顺,定会照料好母亲,我也无须嘱咐。但我此番远去,无法尽孝,家中全靠妹妹操劳,你应受我一拜。"

二人擦干眼泪起身,林氏又嘱咐一番,全家人洒泪而别。

闺臣、紫绡带着乳母,来到了林之洋家中。多九公由于从京城回来的一路上太过劳累,这次无法一同前往。林之洋带上了几样货物,托付岳母江氏在家照管,然后领着吕氏、闺臣、紫绡,和众人告别后,登上了海船,朝着小蓬莱一路进发。

途中虽然做些货物买卖,但也不敢过多耽误时间。不知不觉新春已过,在四月下旬时抵达了小蓬莱。闺臣和紫绡与众人告别后,便上山去了。

林之洋等人等了两个月,仍不见二人回来,心里十分焦急。他每天都上山打听消息,二人却始终毫无踪影。

眼看着又过去了一个月,这天林之洋正在山上寻找时,突然碰到一个采药的女道童。女道童手中拿着两封信,递给林之洋,说道:"这是唐、颜二位仙姑的家书,麻烦你顺便帮她们寄回去。"

林之洋接过信,刚打算仔细询问一番,那女道童却突然消失不见了。紧接着,他眼前竟出现一个长着青白獠牙的人,模样好似夜叉一般。那人猛地吼了一声,林之洋吓了一大跳,嘴里连声说着"不好,不好!"便慌慌张张地跑回了船上。众人见状也被吓得不轻,赶忙开船。

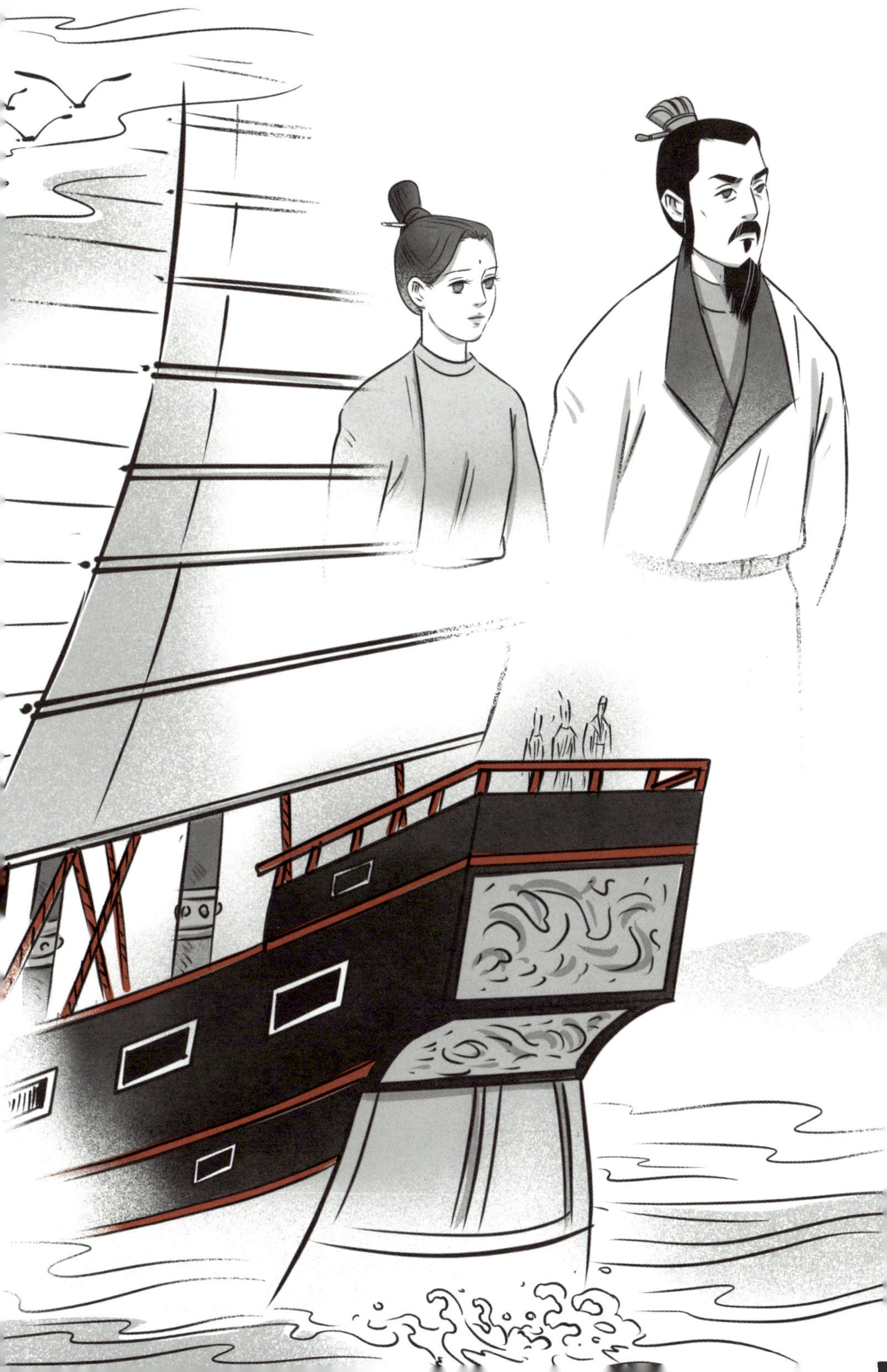

林之洋连日来上山奔波本就辛苦，又遭此惊吓，在返程途中便一病不起。直到第二年三月回到岭南时，身体依旧没有完全康复。

　　吕氏把两封信交给了林氏，林氏得知闺臣已然看破红尘，不愿回家，顿时悲痛欲绝，哭得死去活来。

　　颜崖收到了妹妹紫绡的家信，信中同样是些看破红尘的话语。紫绡在信中嘱咐哥哥前往小瀛洲，投奔反对武太后的洛承志等人，这样日后也能建立一些功业，谋个出人头地的机会。

　　颜崖得到这封信后，便邀约婉如的丈夫田氏，二人准备一同前往。而唐小峰自从闺臣离开后，每日跟着颜崖、田氏练习武艺，相处得十分投缘。于是，众人便一同启程，前往小瀛洲，想碰碰运气。之后又会发生什么呢？咱们下回接着说。

酒色财气结此公案

话说众人一路晓行夜宿，这天来到了小瀛洲山下。颜崖把信交给小卒去投递，洛承志随即下山迎接。大家见面后相互行礼，互通姓名，这才发现彼此大多是世交。当时，反对武太后的各路豪杰正从四面八方赶来，其中有不少豪杰的妻室，正是参加过女试的才女们。于是，洛承志提议将各人家眷接来一同居住，这样彼此都能省心，众人纷纷点头赞同。

众豪杰会聚齐整后，便朝着酉水关进发。起初众人的计划是起兵后将唐中宗迎至军营，再正式起义，然而武太后却已抢先将中宗接回东宫。于是，众人修书给东宫的内应张柬之等六人，叮嘱他们提前筹备，以便到时作为内应，避免事到临头手忙脚乱。书信送出后，大小军营纷纷竖起义旗，一路稳步向前推进。

当时，探子早已将情报送至酉水关。武四思心想："这些乳臭未干的小辈，居然妄图重蹈徐敬业、骆宾王的覆辙。今日若不给他们点厉害瞧瞧，他们就不知道天高地厚。"当即传令大将毛猛，摆开酉水阵。

武四思来到阵前，高声说道："文芸，你们休要放肆！我这儿有一座小小的酉水阵，你们若能破得此阵，我甘愿将这酉水关拱手相让。若是害怕了，我便刀下留情，饶你们性命。"文芿大声喝道："老匹夫，休要张狂！且看老爷我如何破了你这狗

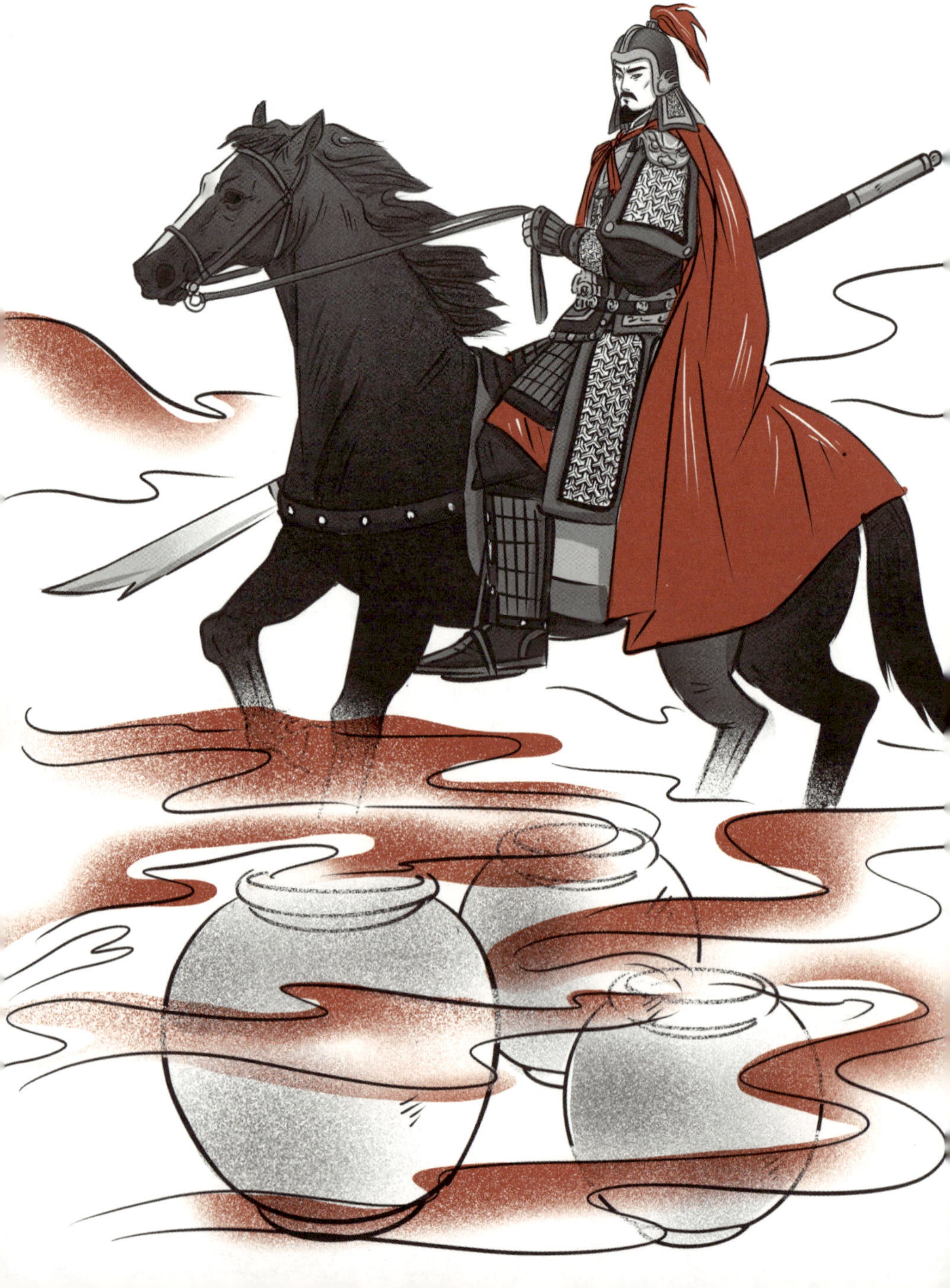

阵！"文芸赶忙阻拦道："五弟，不可莽撞！今日天色已晚，明日再与这老匹夫算账！"

第二天，武四思再度来到阵前叫阵，喊道："我这阵，绝不使用暗箭伤人。若伤你们一根汗毛，就让我即刻死在刀箭之下。"文芥说道："老匹夫既然已对天发誓，那我便去会会这阵。"说罢，他跨上快马，跟着武四思闯入阵中。

谁知武四思转眼间已没了踪影，文芥只见四周柳色葱郁，繁花似锦，青山绿水环绕，景色美不胜收，竟几乎忘却了自己身处战场之中。他正向前走着，忽然闻到一股浓烈的酒气扑鼻而来。又往前走了几步，便看到一家门外飘着酒帘，那浓郁的酒香直沁入脑门。文芥闻着这诱人的香味，只觉得喉咙发痒，不由自主地就走进了这家酒店。进入店内，只见有一副对联：

三杯软饱后，一枕黑甜余。

店内坐着众多酒客，有的独自浅酌，有的三五成群聚在一起畅饮，每个人脸上都带着微醺的红晕，大家都在不住地夸赞酒味醇美。文芥见状，也找了个空位坐下。这时，一个酒保满脸堆笑地走了过来，问道："客官想品尝哪几种美酒呀？"文芥说道："我要喝遍天下美酒，你这儿有吗？"酒保连忙应道："有，有，有！"文芥接过酒牌，只见上面写着：

山西汾酒、江南沛酒、饶州米酒、浙江绍兴酒、镇江百花酒、贵州苗酒、广西瑶酒、四川潞江酒、栾城羊羔酒、成都薛涛酒、盐城草艳浆酒、南通州雪酒、长沙洞庭春色酒、广东瓮头春酒……

文芯看着酒名,又闻着扑鼻酒香,馋得口涎直流,说:"这些酒我都要尝尝,先把前面十种各取一壶来。"他喝一回,称赞一回,接着又到其他酒店开怀畅饮。

文芸在外面等了许久,始终不见文芯出来,放心不下,便派薛选、文蕻进去打探。薛选不会喝酒,被酒气一熏,当场醉倒在地。文蕻喝了几杯,也醉倒了。文芸等不到消息,只好收兵。

第二天,武四思派人把文芯送回给文芸,让他看看文芯身上有无伤痕。只见文芯面色如常,嘴里仍酒气熏人。文芸见他还有体温,赶忙派人救治,却终究无济于事。

次日,武四思再度到阵前挑战,唐小峰等人被困阵中。文芸发愁道:"才到第一关就如此失利,这可怎么办?"章荭疑惑:"'酉水'二字,不就是个'酒'字吗,怎么这么厉害?"众人便派将士家属燕紫琼前往小蓬莱,向她的好姐妹唐闺臣求救。

为破阵,众人先抓住对方一个小兵,逼问破阵方法。将士们得知,要带一张写有"神禹之位"的黄纸在身上,出发前先说"戒"字。行动时,文芸下令众军营严禁饮酒,随后众人悄悄向前推进。武四思因连胜两场,毫无防备,做梦也没想到众人来破阵,仓促间被乱箭射死。

众人仅歇息了一日,便又朝着无火关进发。行至离关口五里之处,众人安营扎寨。很快,探子前来禀告:"前方的无火阵,从外面瞧不见一兵一卒,只弥漫着重重云雾。"

翌日,将军林烈前往阵前挑战。与武七思交手几个回合后,武七思拨转马头便逃。林烈见状说道:"你不过是想引我入阵罢

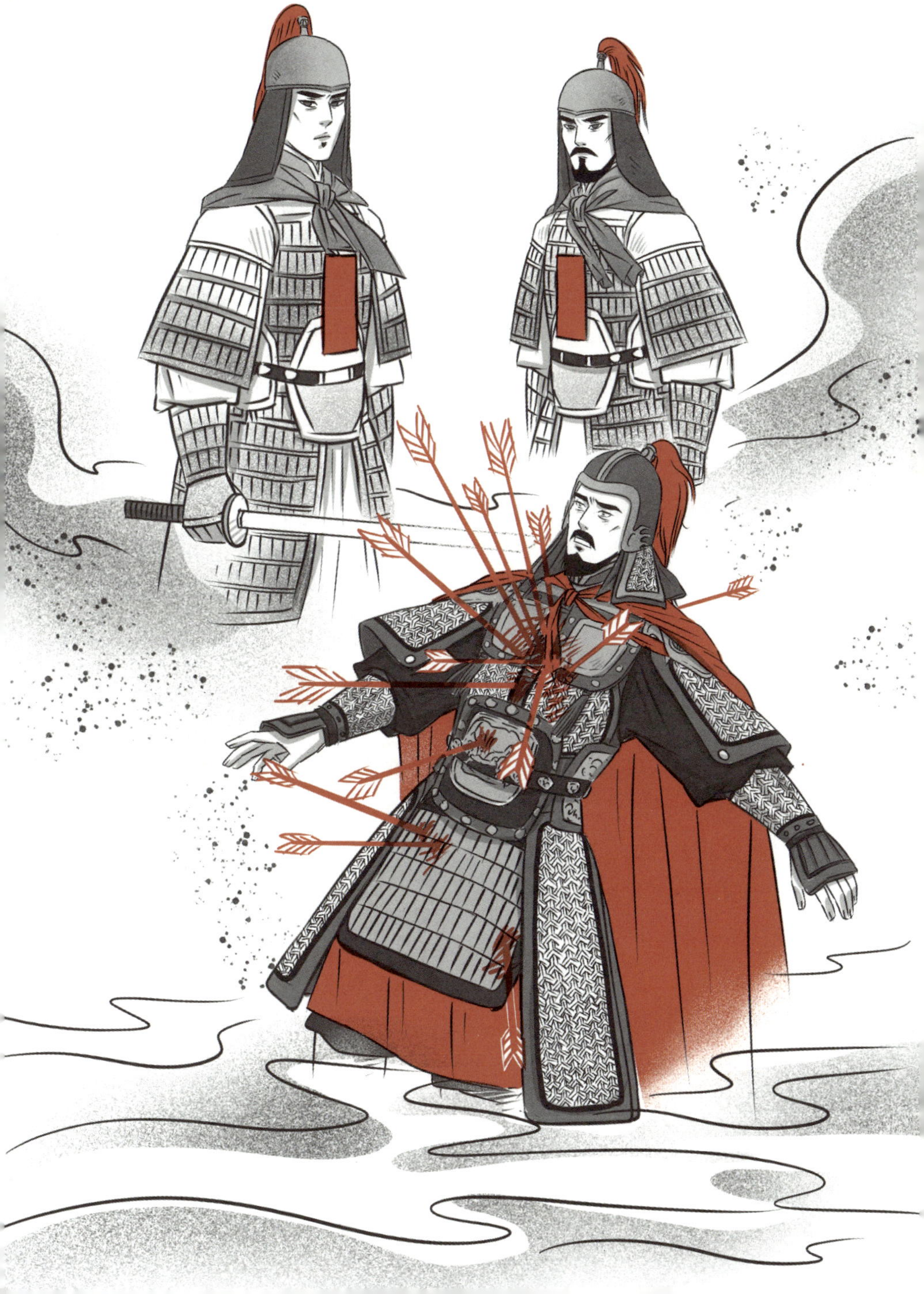

了,我倒要进入一探究竟。"

进入阵中,只见薄雾弥漫,远处的山峦在雾气中若隐若现。这时,林烈瞧见有个大汉远远站在山下,不知为何突然暴跳如雷,紧接着大喊一声,便朝着大山猛撞过去。只听得哗啦啦一声巨响,犹如霹雳乍响,那大山竟被他撞破了半边。林烈吓得急忙躲开,说道:"吓死我了,从未见过这般铁头的人。"

林烈定了定神,继续前行,看到有个妇人正在燃火炼石。他走上前去,问道:"大娘,敢问您炼这块石头有何用途?"那妇人答道:"只因有个大汉撞坏了不周山,我需炼这石头来补天。"

林烈在阵中走了好长一段时间,腹中饥饿难耐,便来到了一家店铺前,只见店里售卖的是蒸饼、馒头之类的食物。林烈急切地催促店里的伙计赶紧上饭上菜,伙计嘴上应承着,却先把糕点端给了其他客人。林烈又再三催促,伙计见他催得紧,竟把另一桌客人吃剩下的糕点端给了他。

林烈一看这情形,顿时心头火起,怒不可遏,随手抄起盘子就朝伙计扔了过去。此时,店里四处的蒸笼正不断往外冒着热气,林烈余怒未消,便将火气撒在了这些蒸笼上,举起大刀猛地朝蒸笼砍去。这一冲动之举,使得他内心的无名之火引动了邪火,四周的热气扑面而来,林烈招架不住,一个踉跄便跌倒在地,随即昏迷了过去。

第二天,前来营救林烈的众人进入了阵内,然而,他们也都没了消息,如同石沉大海一般。

文芸心急如焚,无奈之下又擒获了武七思的一个小兵。在小兵身上,搜出了一张黄纸,只见上面写着"皇唐娄师德之位"。

皇唐娄师德之位

众人依照小兵所说的办法，带上黄纸，并且在出发前默念一个"忍"字，随后便奋勇杀入阵中。然而，此时武七思早已逃之夭夭，不见踪影。

文芸下令休兵一晚。第二天，正当准备起兵之时，营中有人前来报告消息，称："文蒜的妻子邵红英、林烈的妻子林书香、谭太的妻子谭蕙芳、叶洋的妻子叶琼芳，都上吊自尽，以身殉节了。"众人听闻这个噩耗，悲痛万分，心中满是哀伤。无奈之下，只能将她们入殓装棺，与其他逝者的棺柩一同寄存在一处，并派遣士兵小心看守。

这日，大军抵达巴刀关。次日，将军阳衍前往阵前挑战，与武五思刚交手两个回合，便被引入阵中。一进阵内，阳衍便觉香风轻拂，花气弥漫，四周尽是一片艳丽之景。还没走出几步，就见道路两旁皆是柳巷花街，其间有无数美女。

阳衍正欲上前搭话，一位怀抱琵琶的美女款步走来，面带笑意地说道："郎君来到此处，便是一段奇妙的缘分，小女子愿与郎君永结秦晋之好。"阳衍一时被迷得心神荡漾，便随着那女子而去。

众人许久不见阳衍的消息。第二天，章芹、文萁、文菘也冲进了关内。过了一天，武五思派人将阳衍等人的尸首送到了大营，并劝说文芸尽早收兵。还称若不收兵，阳衍这四人便是前车之鉴。

这消息很快在军营中传开，阳墨香、戴琼英听闻后，急忙赶到军营前，抚摸着阳衍、文萁的尸首痛哭不已，随后便拔剑自刎而死。

众人正感到无计可施的时候，燕紫琼来到了军营中，说道：

"我在前往小蓬莱的途中遇见了一位仙姑,她给了我一服药和一个灵符,说这两样东西自有奇妙的用处。"文芸忙问道:"这药究竟有什么妙用呢?"

紫琼解释道:"这药是用凶狠野兽的心配制而成的,凡是前去破阵的人,需要先吃下这狠心药,然后在胸前戴上写有'柳下惠'三个字的灵符。这样到了阵内,就算受到各种各样的蛊惑,也不会被其所害。"

文芸依言照办,在二更时分,派将士焚烧了灵符后,便攻入城中,顺利地破了阵。之后,文芸留下两千兵马在此镇守,大军继续向前开拔。

这一日,众人抵达了才贝关。武六思早已摆好了阵势,来到阵前大声喝道:"到底谁敢来破我的这个阵?"章荭策马而出,与武六思交手了几个回合后,便冲进了阵中。一入阵内,只见四处青气冲天,一股浓郁的铜香直入脑髓。

章荭正向前行进,忽然看见一个大钱挡住了去路,那大钱金光闪闪的。大钱下面站着密密麻麻的一群人,个个都想抢夺这枚大钱。大钱下方悬挂着无数长梯,梯子旁边尸骸遍地,白骨堆积如山。这些人都是因为想得到这枚大钱而白白丢了性命。

那钱孔之内,金碧辉煌,散发着无比诱人的香气,简直就如同天堂一般。章荭把马拴在一旁,顺着梯子爬到了钱眼中间,只见里面尽是琼台玉洞、金殿瑶池。一时间,有许多人过来伺候章荭,甚至连果品、鱼虾都有专人负责管理,日子过得十分惬意舒心。

有一天,章荭拿起镜子一照,只见自己面色苍老,两鬓已经斑白如霜。他猛然想起当年登上梯子、钻入钱眼的事情,恍惚之

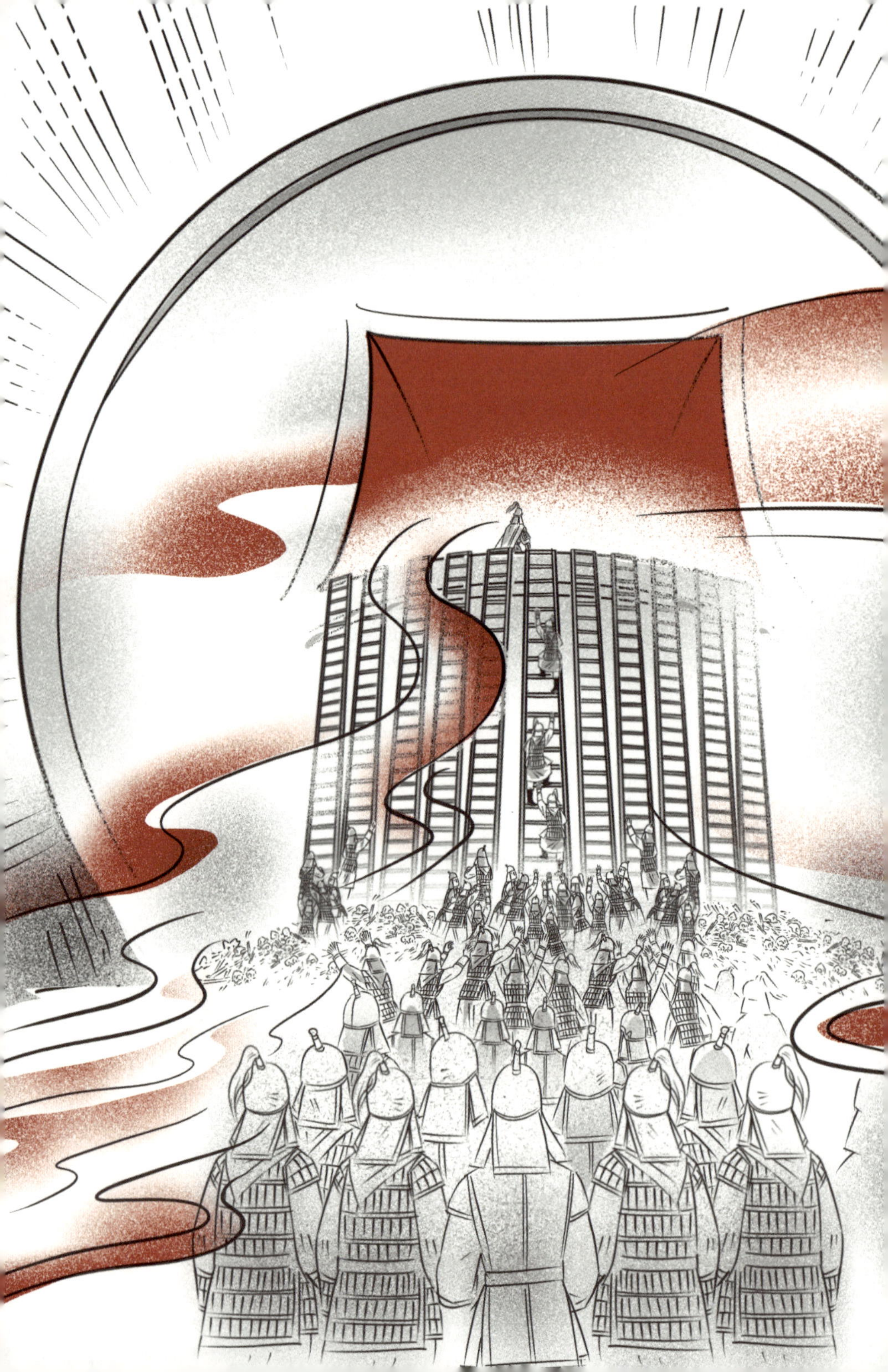

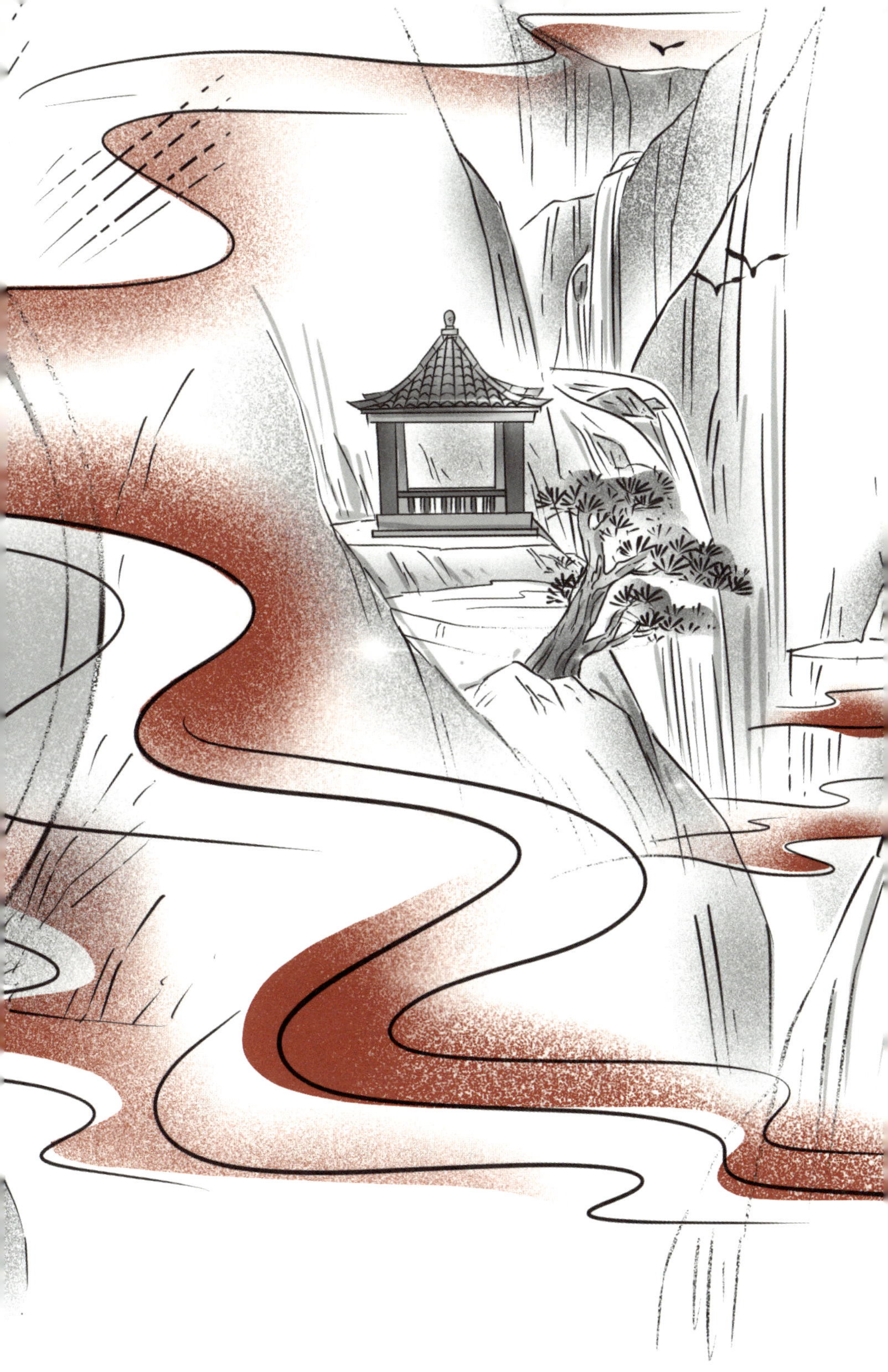

间，竟然已经过去了六十年。

众将领见章荙进入阵中后，直到傍晚都没有回来。第二天，宋素、燕勇又想着要到阵中弄个明白，哪知道他们也是去了就没再回来。于是众人无奈，只好焚香祈求唐闺臣相助，大家一连跪了三天，水和米都不曾沾口。

也许是众人的真诚感动了上天，四位仙子从天上降临下来，说道："这个阵名为'青钱阵'。钱是世人赖以生存的根本，是人人都喜爱的东西。所以但凡进入此阵的人，都会被它迷惑。要是稍微不能坚守自己的操守，被利欲蒙蔽了心智，没有不心神摇荡、不知所措的。"

最后，众人在仙子的指点下，用核桃化解了阵中的铜臭之气。当晚，他们挑选了三千精兵，趁着夜色偷袭才贝关。武六思因为没有家眷的牵挂，早就逃走了。他的仆人们也都纷纷逃散。冲入阵中的将士里，只有宋素平日里对金钱极为淡漠，所以没有受到伤害。

文芸率领大军继续向前行进。奸党张易之听说各个关口都被攻破了，而太后又卧病在宫中，无奈之下只好假传圣旨，派遣四员大将，带领十万大军前来迎战，结果却被文芸等人打得四处逃窜。

众军齐聚在长安城下，把唐中宗迎到了朝堂之上，又将张易之、张昌宗等人在宫殿的台阶下斩杀。随后，众人来到太后的养生殿。太后在病中被惊动起身，问是谁在作乱。李多祚说道："张易之、张昌宗意图谋反，臣等奉太子的命令，前来铲除这两个祸患。"武太后见局势对自己不利，只好说道："乱臣贼子既然已经除掉了，那就让太子回东宫去吧。"桓彦范说道："从前皇上把太子托付给陛下，如今太子已经长大成人，希望陛下能把皇位传给太子，以顺应上天和百姓的期望。"

第二天，太后归还了政权，唐中宗得以复位，并大赦天下。复位之后，中宗将文芸等三十四位起兵的将领全部封为公爵，将领们的妻子也都被封为一品夫人。过了一段时间，太后病好之后，又下了一道旨意："明年照旧举行女试，并且命令前科的众位才女再次前往红文馆参加宴会。"这道旨意一颁布，不知道又会在天下多少才女中引起轰动。至于接下来发生的事情，就只能留到以后再慢慢讲述了。